少年绘

我"亲爱的"法医小姐 2

I

（全两册）

酒暖春深·著

本故事纯属虚构，若有类似，纯属巧合。

长江出版社
CHANGJIANGPRESS

图书在版编目（CIP）数据

我"亲爱的"法医小姐.2 / 酒暖春深著.—武汉：长江出版社，2022.5
ISBN 978-7-5492-8285-2

Ⅰ.①我… Ⅱ.①酒… Ⅲ.①长篇小说—中国—当代 Ⅳ.①I247.5
中国版本图书馆CIP数据核字（2022）第069054号

我"亲爱的"法医小姐.2 / 酒暖春深著.
WO QINAIDE FAYI XIAOJIE.2

出　　版	长江出版社
	（武汉市解放大道1863号 邮政编码：430010）
市场发行	长江出版社发行部
网　　址	http://www.cjpress.cn
责任编辑	陈辉
印　　刷	嘉业印刷（天津）有限公司
版　　次	2022年5月第1版
印　　次	2025年2月第5次印刷
开　　本	710×1000mm 1/16
印　　张	33.5
字　　数	570千字
书　　号	ISBN 978-7-5492-8285-2
定　　价	69.80元（全两册）

版权所有，侵权必究。如有质量问题，请与本社联系退换。
电话：027-82926557(总编室)　　027-82926806(市场营销部)

目录

第 73 章	决裂	001
第 74 章	风纪	003
第 75 章	疑云	006
第 76 章	腊八	014
第 77 章	雪夜	019
第 78 章	火锅	024
第 79 章	线索	029
第 80 章	出事	037
第 81 章	还债	043
第 82 章	方向	049
第 83 章	证据	058
第 84 章	躲避	067

第85章	牙医	073
第86章	悬案	081
第87章	依恋	088
第88章	除夕	095
第89章	过招	101
第90章	游戏	107
第91章	背叛	113
第92章	惊蛰	124
第93章	黎明	134
第94章	海鸥	143
第95章	苏醒	149
第96章	找寻	158
第97章	破碎	164

目 录

第98章	知己	168
第99章	枷锁	177
第100章	锦红	183
第101章	交锋	190
第102章	卧底	198
第103章	烟疤	204
第104章	标志	214
第105章	交易	221
第106章	碰面	235
第107章	污蔑	241

第 73 章 决裂

"你好，帮我寄到这里。"林厌从柜台上抽了一张快递单模仿着卫丽红的笔迹填完之后又递给了柜员。

宋余杭把打包好的东西递过去称重。

"小嫂子，一共是四十八块钱，寄到五里镇上的邮政快递点是吗？"

林厌点头确认，看着对方扯了回执给她，这才和宋余杭一道往外走。

天色已经暗了下来，华灯初上，路上车水马龙，两个人说出的话化成了一团白雾很快消散在了空气中。

"问过卫丽红了，原来每年寄给余姨的那些过冬棉被、衣物都不是她寄的。"

"是啊，李洋一死，余鲸也死了，卫丽红坐牢，只有余姨，什么都不知道。她一直以为卫丽红是个好女人，带着孩子去城里过得很好，还时常接济她给她寄东西，却没想到从头到尾，惦记她的只有一个杀人犯罢了。"

林厌有些唏嘘，一时不知道该怎么评价李洋这个人。她一只手从包里摸出烟叼上，"啪"的一下按亮了打火机，还没抽两口就被人夺了过去。

林厌"啧"了一声，翻了个白眼，打算再摸一根出来的时候，被人连盒收缴了。

"医生说了，你这个病最怕肺部感染，烟少抽。"

"自己想抽就直说呗。"

宋余杭笑，将烟头按熄在旁边的垃圾桶上，扔了进去，眼看着红绿灯即将变红了，赶忙拉着林厌一溜烟跑过了马路。

KTV包间外音乐声震耳欲聋，包间里却安静到落针可闻。

男人从桌上摸起烟，"啪"的一下按亮了打火机，火光一闪即逝，烟雾缭绕。

他有些陶醉地深吸了一口。

身前跪着的男人看他这样，面上露出哀求之色来，深深磕了一个头，双掌合十，一张口就是哭腔："我求求您了，救救我吧，警察已经查到我头上来了，要不是我这几天没回家，估计早就被逮着了。本来我只是想开开荤，谁知道，谁知道……"

他的嗓音骤然尖厉了起来："她居然自杀了啊！又牵扯到'白鲸'那个案子，警察更不会放过我了！还有，还有……"

他又膝行过来，抱住了男人的腿："我家……我家也破产了……是不是那个？……"他看一眼男人的脸色，咽了咽口水。

"林……林厌搞的？我……我现在真的是走投无路了，全城警察都在搜捕我，我实在是没地方可去了，哥！"

他说着，又不要命一般"砰砰砰"地磕头，额头上很快留下了瘀青痕迹。

男人没管他，抽完一根烟，又点燃了锡纸闻着，直到地上留下一片血迹。

跪在地上的人摇摇欲坠。

男人用脚踩住他的头，这才开了口："你回去吧。"

脑后留了一条小辫子的男人大喜过望："哥，哥，你这是愿意帮我了？！"

男人松开他，靠在了沙发上："滚吧，会有人带你出去的。"

"欸，好，好，谢谢，谢谢哥。"他说着从地上爬起来，衣衫褴褛，看了看面前精致的果盘，伸手拿了一个苹果嘿嘿笑着，"三天没吃东西了。"

男人厌恶地皱眉："滚。"

扎辫子的男人点头哈腰地退了出去。

"跟我走。"黑暗中有人走了过来。

男人连忙应道："好，好。兄弟，咱们这是去哪儿啊？"

走在前面的黑衣人嘴角露出了诡异的笑容："走就知道了。"

第 74 章 风纪

宋余杭顶着黑眼圈从审讯室出来，草草洗了把脸，和衣往值班室的架子床上一躺，开始给林厌打电话，电话还未接通，人已经睡着了。

直到快到上班时间，值班室陆续有人进出，宋余杭这才猛然惊醒，端着漱口杯去洗漱。

同事从她身边走过："宋队，老郑要出去买饭了，问你吃点啥？"

宋余杭拿起毛巾擦脸："我去吧，正好熬了大半宿，出去活动活动。"

市局里的人都知道她随和，即使升了官也不摆架子，顿时笑道："成，那一会儿要买多少份发宋队的手机上。"

宋余杭笑："没问题。对了，今天上午 9 点有个阶段性工作总结会议，冯局也会来，务必通知到，技侦、刑侦，一个都不能缺席。"

"是！"同事敬了个礼转身走了。

宋余杭拿起钱包和手机出门。

在街角的摊贩那里买了早餐，宋余杭拎着一大袋油条、豆浆、包子、煎饼转身的时候，就看见林厌从一辆高级轿跑上下来。

替她拉车门的男人西装革履，三十出头，收拾得很是精神。

林厌穿了一件改良旗袍，寒冬腊月里下摆衩开到了大腿根，裹得身材前凸后翘，肩膀上披了一块遮风的小皮料，棕色的鬈发柔顺地垂在肩头，显得风情万种。

宋余杭走过去时，那男人已开车走了，林厌一个人哼着歌甩着挎包往局里走去。

宋余杭跟上她："昨晚我给你打电话为什么不接？"

林厌奇怪地看了她一眼："哟，这不是宋队吗？怎么也沦落到干实习生才干的活啦？什么电话？我没听到。"

宋余杭把塑料袋往路过的段城手里一塞，和林厌一起去了更衣室。

段城一脸蒙："欸——这谁是谁的啊？"

向来姗姗来迟的林厌今天罕见地早早坐在了座位上，反倒是宋余杭最后一个进来，坐在林厌对面。

冯建国见人都到齐了，翻开材料："开始吧。"

阶段性总结会议，各部门负责人依次发言，轮到林厌的时候，她闲闲地磨着指甲。

"没有，下一位。"

一室鸦雀无声。

"……"冯建国气得脸上的胡子都抖了抖。

林厌磨够了指甲，开始掏出手机玩小游戏，眼看着冯局即将拍案而起发飙的时候，宋余杭拿过桌上的话筒开始侃侃而谈。

众人的注意力又被她吸引了过去。

冯局脸上抖动的肌肉这才慢慢放松下来，他抿了一口茶水让自己消消火。

散会后，林厌大摇大摆地回了技侦。

宋余杭升了队长之后有自己的独立办公室了，离技侦不远，在同一条走廊上。

她推开自己办公室的门，拿热水冲了泡面，结果泡面泡好后她还没吃几口，外勤打来电话，说是上次侵害白灵的那几个匪徒，最后一个也找到了。

她"噌"的一下站了起来，扯过纸巾擦了嘴就往外跑。

"准备实施抓捕！"

这是一处城中村里的住处，旁边是废品回收站，臭气熏天。

警方已经包围了院子。

一行人贴着墙角，外勤组长对宋余杭低语："两个小时前回来的，再没出去过。"

宋余杭打了一个手势，后面两名队员上前来垫着手，另外两名刑警踩着他们的膝盖扶着肩膀悄无声息地跃过了围墙，从里面拔了铁门的插销。

宋余杭带人鱼贯而入，子弹上了膛，以战斗队形摸到了窗边，拨开破洞窗纱的一角往里看去，屋内没开灯，很黑，门窗紧闭，床上影影绰绰躺了一个人。

她伸出食指比了一个"1"，然后点了两名队员，示意散开。

那两名刑警会意，绕到屋后守住了出口，然后挥了一下手，几个人分开围在了门的两边。

宋余杭点了一下头，径直踹开木门，直接破门而入。

一行人纷纷冲了进去，漆黑的枪口对准了床上的人。

"起来，警察！"

屋里烟雾缭绕，有一股呛人的煤味。

刑警又喊了几句话，还是毫无动静。

宋余杭止住了他的话头，把枪别进枪套里，挥了两下烟，伸手把人掰了过来。

指尖刚触摸到他的身体的时候她就是一惊，这人的身体已经开始发僵了。

宋余杭迅速收回手，重力作用下，躺在床上的男人僵硬地翻了过来，张着嘴，嘴角流出了涎液，眼球往外凸着。

一行人纷纷后退了几步，已经有人开始咳嗽，呼吸困难了。

宋余杭把手放在了他的鼻子前，没有呼吸了。

她皱眉，示意人都先退出去。

"打电话，叫林法医过来一趟。"

第75章 疑云

半个小时后，写有"刑事现场勘查"几个大字的警车"唰"的一下停在了城中村的入口处。

车门被拉开，一行人鱼贯而出，林厌落在了最后。

宋余杭走上前去接过了她手里的勘查箱。

林厌今天穿得十分整齐，是长衣长裤、背后写有"现场勘查"的黑色作训服，踩着作战靴，鬓发扎了起来，颇为英姿飒爽。

她甫一走进屋里，就被呛人的煤味刺了一下眼睛，咳嗽着挥了几下手。

宋余杭走到她身边："我们进来的时候屋里全是烟，这已经通风换气过了。"

屋里仅有的一扇后窗开着，林厌瞥了一眼，从勘查箱里取出手套戴上，走到了床边。

指纹和DNA的提取同事已经在做了。

宋余杭掀开煤烟来源，炉子里的火已经熄了。她拿火钳捅了一下，堵得严严实实的，底下还有没燃完的煤炭，又敲了敲烟囱，实的，应该也是被堵住了。

怪不得烟排不出去呢。

段城对着尸体拍照，拉近镜头，按下快门："林姐，死者面颊的尸斑呈樱桃红色，再加上屋里这么浓的煤味，是一氧化碳中毒死的吧？"

林厌扒开死者的眼睑，拿电笔照着，又徒手掰开了他的口腔，用压舌板压住左右看了看，旁边另一个刑事勘查警察替她举着勘查灯。

"有长进，不过一般一氧化碳急性中毒的死者，在初期常有剧烈头痛、眩晕、心悸等感觉，这个时候虽然痛苦但意识尚存，人的求生本能会促使死者往门窗方向爬行，故我们在现场勘查中可能会找到很多拖擦的痕迹，或者人就死在地上、窗前、门后。"

她头也没抬，手上动作也没停。

"你看看这个现场，是不是过分干净了？"

经她一提点，段城这才发现死者不仅衣物完整，躺着的地方床单上连皱褶都没有，说明死者死的时候根本没有剧烈挣扎过，甚至没挪窝。

"你们蹲点的时候，有人跟着他吗？"宋余杭问。

几个外勤组员站成一排，摇头："没人跟着他，他一个人回来的，回去就再也没出来过，我们一直看着呢，不可能看错。"

"这期间有人进过院子吗？"

外勤组长摇了摇头："也没有，独门独户，我们都蹲守在附近，应该没有视线死角，要是有人进来一定能看到。"

他们正说着，方辛拿着证物袋走过来。

"宋队，现场没有第二个人的指纹。"

宋余杭皱了一下眉头，示意几个人都散了，去走访周边群众。

她打量起屋内的陈设，从煤炉底下拈起了一根抽剩的香烟，用手电筒微微一照，再熟悉不过了，中华，这牌子她也常抽。

宋余杭招呼人拿了个证物袋过来将烟装了进去，起身往林厌那边走去。

段城站在床的另一边靠近窗户那里拍照："林姐，那有没有可能是在睡梦里被熏死的呀？"

林厌解了死者的衣服，观察着尸表特征："不排除这个可能性，不过这么大的味道反正我是睡不着的。"

"除非……"她按了按死者的胸口，尸僵已经出现了，皮肤上有显著的一大片樱桃红痕迹。

林厌摘了口罩，俯身下去凑近死者的口腔，使劲嗅了嗅，随后起身："有酒味，方辛，采血，做一下血液酒精浓度检测。"

方辛应了一声拎着勘查箱走了过去。

宋余杭走到林厌身边，从旁边的人手里接过勘查灯替她们打着光。

"我们进来的时候人已经没气了，开始是面朝里侧卧。"宋余杭伸手指了一下。

"据外勤汇报，他一个人回来的，回来就再也没有出去过，也没有人进来，门窗紧闭，没有打斗的迹象，炉子里还有烧剩下的煤炭，林厌，能推测死亡时间，排除他杀的可能吗？"

林厌看着死者这张面目可憎的脸，不光是因为死相难看，还因为他对白灵做过的那些丑事。

她闭了一下眼，吐出一口浊气："通过尸温及尸僵程度来看的话，推测死亡时间在一至四小时，但无法确定是否为意外身亡，因为他的口腔里有酒味——"

在警方刚刚的地毯式搜索过程中，他们并未发现屋内有酒瓶，宋余杭也皱了一下眉头。

"那么也就是说，他是在酒后回到这里的。现在是上午10点左右，往前推四个小时，他是在哪儿喝的酒，和谁喝的酒，都和他的死有重大关系。"

林厌点头，摘了手套："没错，抬回局里进一步做尸检吧。"

几个刑警戴着手套进来把人装进了裹尸袋，林厌摘了口罩往外走，屋里的一氧化碳憋得她胸口发闷。

宋余杭从车上拿了一瓶矿泉水给她："吃饭了吗？"

林厌接过水灌了几口，拿手背抹了抹嘴角："没，接到电话就过来了。"

"我就知道。"宋余杭埋怨着，从警服大衣兜里掏出了面包和一盒牛奶递给她，"吃点儿吧，不然一会儿回去又晕车。"

林厌嘴上说着拒绝，眼神却留在那纸盒包装上。宋余杭失笑，走近两步将东西塞进了她手里。

宋余杭眼看着都收拾得差不多了，便去前面一辆警车上坐着，一行人回程。

作训室。

宋余杭坐在上首，林厌挨着她坐下。

面前的白板上贴着死者的照片以及整理出来的线索。

刑侦人员按着翻页笔，把内容投放在大屏幕上做着介绍。

"死者，男，高强，二十六岁，宏伟置业有限公司二公子，其父违反廉洁纪律，涉嫌职务犯罪被公安机关依法立案侦查，后公司破产清算。高本人涉嫌一桩强奸案，被警方全城通缉，今晨发现死于东城区的某一处城中村内，疑似煤气中毒，但无法排除他杀的可能。"

办案人员语速不快,语气四平八稳。

宋余杭看着大屏幕上的这张照片微皱了一下眉头,男人二十出头的年纪,西装革履,戴一副金丝眼镜,扎了个小辫,颇有一股斯文败类的气质,倒是和现场那个邋里邋遢、衣衫褴褛的人有天壤之别。

和林厌对视了一眼,宋余杭想起来了。

那晚在米兰酒吧,和林厌跳过舞,想要骚扰白灵,最后被宋余杭拦下来的,就是这个人。

宋余杭手指骨节轻轻叩着桌面:"排查一下此人的社会关系,尤其是他的什么狐朋狗友。宏伟置业破产有一段时间了吧?重点查和他有过经济往来纠纷的人。"

说到宏伟破产,她瞥了林厌一眼,林厌无所谓地扬眉:看我干吗?苍蝇不叮无缝的蛋。

宋余杭读懂了她的意思,扯了一下唇,又转了回来。

"网安开始查监控吧,沿着他的住所周边主干道看看这几天他的活动轨迹,去了哪儿,和什么人接触过。

"年底了,为了避免引起老百姓的恐慌,这个案子必须尽快破,不管是自杀、他杀还是意外身亡,即使他身上背了一桩案子,我们该做的事还是得做,明白吗?"

"明白!"众人整齐划一地回答。

宋余杭点了点头,准备散会了。

"对了,还有一件事,通知各辖区派出所加强巡逻,春节也快到了,越是逢年过节阖家欢乐的日子我们越不能松懈,小偷小摸入室盗窃的人都瞅着在这个时候冲业绩呢,务必让老百姓过个好年。"

底下有人轻轻笑了一声:"宋队,我们也瞅着在这个时候冲业绩呢,来一个逮一个,明年的功勋章就有了。"

年轻的刑警们一阵闷笑,就连林厌都忍不住弯了一下唇,又很快恢复了冷漠表情。

张金海走后,这支年轻的队伍并未就此消沉下去,反而在宋余杭的带领下犹如雨后春笋般散发出了欣欣向荣的态势。

他若在天有灵,也该是欣慰的吧。

宋余杭瞥了一眼墙上去年刑侦的大合照,起身道:"好了,散会吧,各忙各的去,有情况随时通知。"

宋余杭自然有她要忙的事，林厌也转身去换衣服准备解剖。

刷手，穿防护服，将头发整齐地盘进帽子里，戴上护目镜，动作一气呵成，林厌走进低温解剖室，换气扇已经在工作了。

段城按亮了摄像机。

"死者高强，20××年1月15日13点40分，第一次尸体解剖，现在开始。"

林厌从托盘里抄起解剖刀径直划了下去，一字形从头拉到尾划开了胸腹部，开始有条不紊地取肋骨，摘出内脏称重。

由于死者死了没多久，还是有些鲜血淋漓的，浓重的血腥味令人作呕。

段城却一直扛着摄影机，再没出去吐过。

再看林厌，即使这是她打从心底里厌恶的人却还是做得很认真，手上动作不疾不徐，报出的数据又快又准，令人啧啧称奇。

在技侦开始忙碌的时候，宋余杭也没闲着，又去审了一遍侵害白灵的其他几个嫌疑人。

"警官，我们只是一时兴起伤害了她，她当时又没死，顶多算是强奸罪吧。"对面的小混混笑着，露出了一口黄板牙，冲她晃了晃手铐，"您看，什么时候放我出去呀？"

法院正式的判决没下来之前，他们还不能被称为"罪犯"，而是"犯罪嫌疑人"，统一被看管羁押在看守所里，只有法院判决下来之后才能被移送到监狱里。

在此期间，还有会见律师的权利，这小子是盼着脱罪呢。

宋余杭扯了一下嘴角，把笔放在桌上："别急，你马上就能出去了，不过不是回家，是进监狱。"

她从桌上的烟盒里摸了一根烟点燃，满意地看着对方变了脸色。

烟雾缭绕里，她靠在了椅子上，通身散发着散漫的气场，那双眸子却是冰冷而锐利的。

"只是强奸罪而已？你的一时兴起摧毁了一个花季女孩大好的人生和未来，把她推入了绝望的深渊里，是间接造成她轻生的原因，你还觉得罪不至死吗？"

她轻轻吐了一口烟圈，身子前倾，烟雾弥漫到了他的脸上。

审讯室里没有空调也没有暖气，也不知道是冷还是怎么，"黄板牙"背后起了一层鸡皮疙瘩。

宋余杭的目光似透过他看向了他背后的虚空处："她死得很惨，每个午夜梦回间，你就没有一点心虚挣扎后悔吗？"

"有句古话，冤有头债有主，不是不报，时候未到啊。"

坐在对面的人开始频繁地吞咽口水，抖着腿，有些坐不住了。

"黄板牙"看她又从桌上摸烟，嗓音发颤地说："给我一根，我说，我说，我都说。"

宋余杭坐回去，扔了一根烟给他，示意人给他点上，旁边的办案人员翻开了笔录。

她点了点头："开始吧。"

今天周二，又正好是下半学期的最后一天，季景行特意早早跟老板请了假，提前下班来接小唯放学。

往常她忙不过来的时候宋余杭总会代劳，她又不好意思总麻烦宋妈妈，毕竟年纪大了。

前面的红灯变绿，季景行轻轻踩住了油门，结果第一下车子纹丝不动，第二下用了些力气，车子还是没动。

季景行蒙了，解了安全带准备下车查看，估计是发动机又出问题了吧，距离上次检修才过不久。

正值晚高峰时间，车水马龙之中，一人一车孤零零地站在马路中央，不时有汹涌的车流掠过她身边，喇叭声此起彼伏。

季景行扯着嗓子给4S店打电话："喂，你们怎么回事？上次是怎么修的，怎么又熄火了？"

她还未说完，对方直接挂断了电话。

"喂？喂？喂？"

任凭她再怎么喊，听筒里始终传来忙音。

季景行又气又急，眼看着快到放学的点了，她害怕小唯一个人在学校等急了，可是车一时半会儿也拖不走。

她掏出手机来准备打122报警时，一辆车缓缓滑到她身边停了下来。

车窗降下来，林舸扒着方向盘看她："季小姐？"

季景行回过头去，见人有点眼熟："你……你是？"

"我叫林舸，我们在医院见过的。"林舸温和一笑，带了一丝探寻的目光看着她和她的车，"这是……怎么了？"

听她说完后，林舸想了想，打了个电话，下车替她拉开了自己的车门。

"季小姐不嫌弃的话，坐我的车吧，我先送你去学校接孩子，拖车公司一会儿就来。"

季景行推辞着："欸——不用，我报警在这儿等一会儿就成了。"

"车来车往的，你站在路中央也不安全。"林舸也下了车，从后备厢里取出三角警示牌，跑远了些放下，又倒了回来。

"况且，你报警也是他叫人来把车拖走，总不可能在这大马路中间修车吧？"

季景行微笑了一下，糟糕的心情稍稍缓解："那倒也是，不过我还是等拖车公司来吧，毕竟是车主，万一有什么手续要办的，钱也好一次性付清。"

林舸从这一问一答里感受到了她的严谨，再看她的穿着，还穿着小西装外套、包臀裙，胸前佩戴的律师徽章在夕阳下闪着光，一看就是刚下班匆匆赶过来的。

见他端详自己，季景行恍然大悟，脸上一热，七手八脚地从衣服上拆下徽章。

"抱歉，太着急了……"

"哎，小心！"

一辆三轮车斜刺里冲了过来，林舸一把把人拽了过来。季景行脚下一个踉跄，跌进了他的怀里，浑厚的男性气息扑面而来。

季景行怔了怔，回过神来赶忙退了一步："谢……谢谢。"

林舸点头，松开了她的胳膊："我觉得我们还是去路边等吧。"

"好。"季景行想起来还是心有余悸，跟着他走到了马路对面。

这个时候她才有空打量自己的衣服，胸前空空如也。完了，律师徽章呢？！

这玩意儿说大不大，说小不小，但丢了很麻烦，需要挂失，并由当地律师协会向全国律协提交补发申请，什么时候能下来说不准，但她日常工作会见委托人是要戴的。

季景行看一眼川流不息的车流，叹了口气，抚上了额头，今天出门没看皇历吧。

林舸看着她的一系列动作和表情，从惊慌失措到不安再到接受现实的平静，轻轻笑了一声，指间夹着一枚小小的徽章递给了她："季小姐是在找这个吗？"

季景行喜出望外地将徽章拿了过来："啊？怎么会在你这里？！"

"刚刚看着要掉，就手疾眼快地接住了，我想着，这东西应该和我们医生的胸牌一样，都挺重要的吧。"

季景行把徽章放进随身的挎包里收好，露出了一个真心实意的感激微笑："谢谢你，是很重要，丢了就麻烦了。"

两人说话间，拖车公司已经来了，季景行办好手续交了钱，直接让对方将车子拖去 4S 店修。

林舸又给她介绍了另外一家靠谱点的4S店，挤了挤眼，笑容有几分大男孩的爽朗："我朋友开的，报我的名字打五折哦。"

季景行笑："真的吗？确定不是打骨折？"

两个人哈哈大笑起来。

林舸看了一眼手表："这样，不早了，我还是送你去学校吧，这个点你也不好打车。"

季景行和他熟了点，能看出他本质是个非常温柔善良的人，不再推辞，点了点头："好吧，麻烦你了。"

"把安全带系上。"

"好。"

第 76 章 腊八

宋余杭从看守所回来的时候已经是下午 6 点多了，一眼就瞅见宋妈妈拎着个保温桶徘徊在市局门口，忙快步迎了上去，把人拉进避风口里，搓着她冻僵的手："妈，你怎么来了？"

宋妈妈见是她笑了，把手里的保温桶递给她："今天不是腊八嘛，下午熬了点粥，给你们送过来。"

宋余杭微怔，宋妈妈又从随身的布袋里掏了几个饭盒出来一起叠放到她的手里。

"上次失眠那事，替我好好谢谢厌厌。我本来以为怎么着也没这么快联系上，谁知道人家今天上门来看诊了，我楼都没下，开了几服中药，药都是现成包好拿过来的，又给了名片，让我有时间去他们医院好好检查一下身体，做个理疗。"

宋余杭手上拎着保温桶，怀里抱着饭盒，嘴角浮起了一丝笑意。

东西带到了，宋母也准备离开了，又从兜里掏出一个小布包，从一堆散钱里抽出几张大票子："我寻思着，咱们也不能白占人家便宜，你拿去给厌厌。"

看着她颤颤巍巍地递过来的手被冷风刮得通红，宋余杭有些心疼，又把钱给推了回去："妈，这钱你自己拿着，我给她她也不会要的。"

宋母顿时一头雾水："这……这是什么意思，为啥呀？"

外面太冷了，宋余杭推着她往里走："没什么意思，就是关系到了，给钱就生分了。妈，进去坐坐，我给您倒杯水暖暖你再走。"

"哎，坐坐就算了吧，你们办公的地方家属进去不好……"

宋母推辞着，宋余杭径直拉着她推开了大厅的玻璃门，掀开厚帘子，一股暖意扑面而来。

"这有什么不好的？去我的办公室坐。"

两个人沿着走廊走着，不时有人跟宋余杭打招呼，她一一点头应了。

"这是……？"有同事好奇地问。

宋余杭揽紧了妈妈的肩头："这是我妈。"

"原来是阿姨啊，好不容易来一趟，宋队可得带人好好逛逛啊。"

说话的正是此次新被提拔上来的副队长，从前的业务骨干，算是她的心腹。

宋余杭笑："那倒是，她还是第一次来，你们吃饭了吗？来点？"

她晃了晃手里的饭盒，一看就是妈妈给打包好带的。

薛锐赶紧拒绝了："不了，吃过了。"

他走了两步，又被人叫住了。

"林法医呢？"

薛锐摇头，也是三十出头的年纪，圆脸，有点小胡子，膀大腰圆的。

"不知道，估计还在病理实验室里吧，没见她出来过。"

"行，知道了，去忙吧，有新线索及时通知我。"

"好。"薛锐敬了个礼走了。

宋妈妈等人走了才开口："厌厌这么忙的啊？"

去她的办公室的路上刚好要经过实验室，宋余杭就带人在门外看了一会儿。

"忙起来和我差不多，我是体力劳动，她干的全是技术活。技侦现在没什么人，大头都落在她身上了。"

透过防弹玻璃门看去，林厌的蓝色制服外面套了一件白大褂，手上戴着手套，一直摆弄着试管和仪器，就没停过。

都在赶进度，估计她是解剖完就泡在实验室里了。

宋妈妈感叹："真够不容易的。"

宋余杭敲了敲实验室的玻璃。

林厌回过头来，四下瞅了一圈，才把视线聚焦到了她身上。

宋余杭跟她做口型，隔得有点远，玻璃又隔音，林厌皱了皱眉。

宋余杭想了想，往玻璃上哈了一口气，指尖就着水雾写着：出来，吃饭。

林厌看懂了，眉眼一弯，看见她旁边站着的宋阿姨时，挥了一下手算是打过招呼。

宋余杭又写：办、公、室、等、你。

林厌点点头，示意她们先去，抓紧时间干完手里的活。

办公室里宋妈妈看着宋余杭小心翼翼地从保温桶里拿出一个碗来把粥倒进去，剩下的怕凉了又给盖上了。

菜她也没动，光喝粥，等着林厌来呢。

宋余杭给宋母泡了杯茶，自己边喝粥边看材料。

片刻后敲门声响了起来，宋余杭放下碗，忙不迭地跑过去开门："怎么这么晚，还没吃饭吧？"

"没顾得上吃。"林厌向宋母问过好，这才挨着宋余杭坐下。

宋妈妈忙说道："来了就好，快吃吧，今天做了些腊八粥，也不知道合不合你的胃口？"

宋余杭帮林厌把保温桶里剩余的粥倒进了碗里。

林家不过腊八，就算是逢年过节也是由厨师做饭，铺上桌布，摆盘精致，饭桌上落针可闻，就连刀叉响一下都是罪过。

更何况她和家里人不亲，独立出去之后回家的次数更是屈指可数。

自己住的话，厨师也不会特意做腊八粥，除非她想吃。不过嘛，一般情况下，林厌是没什么过节的心思的。

所以，腊八粥这种食物对林厌来说只存在于电视上的美食节目里，乍一见还有点新奇。林厌捧起碗，拿勺子舀了一口。

宋母有些紧张地等着她的反馈。

林厌愣了三秒，突然笑开，眉眼弯弯的。她不常笑，就算笑也是那种冷笑、讽笑、不屑的笑，像这样打从心底露出笑意的时候不多，仿佛冰雪消融。

"嗯，好吃，谢谢阿姨，我从来没有吃过腊八粥，真的好吃，糯米煮的粥很香甜，还放了花生、桂圆、莲子、枣丝吧？"

宋妈妈笑得合不拢嘴，宋余杭从小吃到大早就吃腻了，更何况每次吃饭都是囫囵吞枣，跟饿死鬼投胎一样，哪里能说出来这些？

老人家也是爱听表扬的话的，又听林厌说是第一次吃，未免有些心酸。

第76章 腊八

这孩子在林家过的都是什么日子啊？

"好好好，你喜欢就好，快吃，快吃，一会儿就凉了，阿姨也没什么别的本事，就是做饭还行——"

说罢，她白了宋余杭一眼。

"当然，某个人是吃不出好赖的啊，你要是喜欢吃，以后周末有空了就来家里坐坐，尝尝阿姨的手艺。"

宋余杭拖长了声音抗议："妈——我什么时候吃不出来了？您每次做饭我也会夸的好不？"

"你夸？上次冰箱里剩的菜都坏了，你下了夜班回来看也不看全吃了，第二天拉肚子忘了？在你眼里，鱼翅和萝卜没有什么区别。"

"我那还不是饿的？……"宋余杭越说越小声。

林厌忍不住"扑哧"一声笑了出来。

宋余杭又剥了一瓣糖蒜放进她的碗里："尝尝这个，我妈腌的，特别好吃！"

这时有人进来递材料，宋母便放下茶杯起身："那你们忙，我就先回去了。"

宋余杭赶紧站了起来："妈，我送你吧。"

林厌也放下碗站了起来："阿姨，外面冷，一会儿我们送您回去吧。"

宋母笑道："不用，不用，你们忙，抓紧时间吃饭，冬天吃凉的东西胃寒，没几步路，我自己坐公交车回去。"

说罢，她从沙发上拿起自己的布袋子，脚步匆匆地走了出去。

林厌一手拿着勺子，捅了一下宋余杭，有些于心不忍："你就这么让她一个人回去了？"

宋余杭笑，夹了一筷子卤肉给她："我妈身体还算硬朗，确实也就一站路而已。"

电话铃声突然响起，是林厌的电话。

她拿过手机接通："喂，林舸，是我。"

林舸的嗓音显得有些沉重，他叫了她的小名："厌厌，回家吧，这可能是我妈的最后一个大寿了，她……刚被查出患了宫颈癌。"

林厌心里"咯噔"了一下："怎么会？"

林舸的嗓音难掩沉痛："终末期，医生说只能尽力延缓生存时间了。"

林厌闭了一下眼睛："好，我知道了，我这周五回家。"

"好，那你忙吧。"林舸说完，好像是有医生叫他，便匆匆挂了电话。

宋余杭看她脸色不好，问道："怎么了？"

林厌如实说了:"如果不是婶娘的话,我估计这辈子都不会再踏进林家了。"

宋余杭捏了捏她的手:"没关系,我陪你去。"

林厌扯了一下嘴角,微微红了眼眶:"婶娘的身体一直挺好的,怎么会?……"

宋余杭安慰她道:"天灾人祸,生老病死,人之常事。"

不提到林舸还好,一提到林舸,宋余杭又模模糊糊地想起了另一件事。

高强曾经出现在林舸的生日宴会上,是不是也说明他们之间有某种联系呢?至少,表面看上去两人关系应该不错。

宋余杭把这个想法跟林厌说了,林厌摇头:"我不是护短,你太不了解生意场上的人了,逢年过节,尤其是生日宴,来的没几个人是自己相熟的,多半是朋友的朋友,朋友带的人。女的在这种场合找金主,男的在这种场合猎艳和物色合作伙伴。"

"大家熟不熟不重要,主人多半也不会把这些朋友的朋友赶出场,重要的是人脉和交情,其次也是场子好看,来的人越多越有面儿。"

她和林舸也隔三岔五聊聊天,通一下电话,却从没听他提起过高强这号人物。

宋余杭也不想去怀疑林舸,毕竟是林厌亲近的人,但该走的程序还是要走的:"我知道……"

林厌止住了她的话头:"我也知道,不为难你,你该怎么查还是怎么查,只是别叫他来局里吧,也别在我婶娘生日当天,毕竟……"

宋余杭痛快地点头:"行,那就在那之前,约出来一起吃个饭吧。"

林厌起身:"我回实验室了。"

办公桌上的固定电话在这时响了起来,宋余杭走过去接听,林厌摸到门边,准备出去的时候被人叫住了。

宋余杭挂断电话说道:"不必回实验室了,和我去一趟审讯室吧。"

第 77 章 雪夜

审讯室。

因为只是例行询问，坐在对面的人没戴手铐，刑警甚至给他倒了一杯水。

宋余杭拉开椅子坐下，林厌和郑成睿在外面盯着屏幕上的监控画面。

陪同询问的办案人员翻开了笔录："昨天凌晨 4 点到 5 点之间你在哪儿？"

对面坐着的人穿着黑色皮衣，脖子上挂了条大金链子，手上也戴着金戒指，生怕别人不知道他是个暴发户一样，一边抖着腿一边答："在 rain 酒吧喝酒，怎么了？"

宋余杭递过去一张照片，是高强，问："认识这个人吗？"

金链子暴发户抽着烟瞥了一眼，"嗐"了一声："认识，这不就是那个欠债不还的小子吗？"

宋余杭不动声色地看着他："知道他欠债不还，你还跟他一起喝酒？"

金链子暴发户嘿嘿笑了两声，把雪茄摁熄在了烟灰缸里："没有哪条法律规定不能和欠债的人一起喝酒吧？再说了，警官，您是不了解那小子，他虽然落魄了，可到底是大公司的二公子，家底厚着呢，怎么也能抠出一点东西来，您说是不是？"

办案人员继续问："他欠了你多少钱？"

金链子暴发户皱着眉算了算:"前前后后算上利息,得有十来万吧。"

"他什么时候开始向你借钱的?"

"就他家出事那会儿。"抽了烟口干,金链子暴发户靠在座椅里,把一次性纸杯里的水喝干净了,又叫人给倒上,"再来一杯,再来一杯,泡上茶。"

陪同的刑警看了宋余杭一眼,宋余杭点头,他便拿着纸杯出去了。

不一会儿,热气腾腾的茶水被送到了金链子暴发户手边。

宋余杭把玩着手里的钢笔,淡淡地道:"你的钱可能要不回来了,他死了。"

对面的人一口水还没咽下去,"噗"一声全喷了出来。

"喀喀喀……不是吧?纸巾,纸巾,老子的皮衣……"金链子暴发户一边说着,一边扯了纸巾擦自己身上的水。

对面两个人都看着他,他又有一丝警觉地抬起了头。

"你们今天叫我来,不会是怀疑我杀的吧?!"金链子暴发户举起了双指,对天发誓,"天地良心啊警官,昨晚他走后我还在 rain 和一帮朋友喝酒,一直喝到天快亮,根本就没出去过!不信你们去查监控。"

酒吧的监控视频他们早就拿到了,高强确实是一个人进来一个人出去的,要是有尾随者的话,金链子暴发户现在也就不会坐在这里抽烟还喝茶水了,早就"银手镯"伺候了。

宋余杭皮笑肉不笑地扯了一下嘴角:"和你们一起喝酒的还有谁?把姓名和电话都写下来,喝了多少还记得吗?其间有没有劝酒行为?"

办案人员起身把纸笔递了过去,金链子暴发户摇头:"喝了多少记不得了,劝酒?没有吧,那小子猛的跟什么一样,八辈子没喝过酒似的,把我们好几个人喝趴下了。"

另一间审讯室里,坐着的同样是那晚喝酒的人,也是差不多的说辞。

林厌捧着一杯咖啡靠在桌上看着大屏幕,若有所思。

铁门"咣当"一声被打开,金链子暴发户抖着衣服走了出来。

宋余杭也紧随其后出来了:"最近不要离境,有情况我们会随时找你的。"

"好好好。"金链子暴发户无所谓地耸了耸肩,一出来就又想抽烟,从兜里掏了一根雪茄点上。

一个小刑警过来带他出去。

宋余杭开车送林厌回家,林厌刚喝了一杯咖啡,还是有些昏昏欲睡的。

第 77 章 雪夜

她掩唇打了个哈欠问:"你觉得他的嫌疑能洗清吗?"

"目前来看没有什么疑点,时间、证词、监控视频都对得上。"

林厌望着窗外,霓虹流淌过眼底,神情有一丝寂寥:"高强死了挺好的,活着也未必能被判死刑,所有伤害过别人的人都应该付出代价。"

宋余杭没和她讨论这个问题,感情上她更偏向于林厌的看法,然而她的职业和身份摆在那里,就意味着她不可能感情用事。

法律面前人人平等,并不会因为谁从前是个好人而网开一面,也不会因为谁是个坏人而落井下石,更何况"好"与"坏"的边界本来就是主观且模糊的,世界从来就不是非黑即白的。

红灯变绿,宋余杭踩下油门:"也许真的就只是一场意外吧,我还是愿意相信善恶到头终有报。"

走出市局门口的金链子男人很快混入了人群里。他借着路边停放着的车辆的后视镜往后瞥了一眼,发现有几个穿着普通的便衣跟着他。

他加快了速度,过了红绿灯,刚踏上对面马路的时候,绿灯变红了,车流把那几个便衣阻在了身后。

金链子男人拐过几条小巷,彻底消失在了便衣的视野里。

在街边的电话亭里,他拨了下号码盘,电话很快就被人接通了。

"喂?"他有些气喘,"我被人盯上了。"

那边的人声音却四平八稳,丝毫不乱:"放心吧,让他们跟,现在条子办案都讲究轻口供重证据,跟几天抓不到把柄他们自然就放弃了。"

不过让他有些意外的是,在没有任何指纹证据支持的情况下,警方居然也坚持查了下去。他还以为林厌会对高强恨之入骨呢。

那边的人似乎轻轻笑了一下。

金链子男人咽着口水:"那我……"

"你现在出去,这几天该吃吃该喝喝,平时怎么样还怎么样,刻意躲起来反倒惹人怀疑。"

林厌家门口。

宋余杭解了安全带:"你什么时候打电话给林舸约他出来吃饭啊?"

林厌看了一眼腕表:"现在吧,才9点多,估计他还没睡呢。"

021

"行，开免提吧，我不说话。"

电话接通后，林厌按下了免提："喂，林舸，是我，明天有空吗？我去看看婶娘，顺便一起吃个饭吧。"

林舸的嗓音有点哑："没事，你别跑一趟了，她现在住在无菌舱里，周五才能回家呢，到时候在家里见吧。"

林厌想了想，看了宋余杭一眼："行，那明天一起吃个饭吧，好久没见了……"

林舸低笑了一声："难为你还想得起我来，好吧，去哪儿吃？"

"哎呀，我有那么薄情吗？"林厌抗议了一声："随便，好久没吃火锅了，火锅吧。"

林舸点头："好，地点你定吧。"

"那就明天晚上8点吧，地址我一会儿发你，不见不散。"

"不见不散。"

挂了电话之后，林厌把手机收进包里，和宋余杭打了招呼，推开车门下车。

次日两个人一起到火锅店的时候，林舸已经在等着了。

锅底已经上了，林舸知道林厌不太能吃辣，点了一个鸳鸯锅。

听见包间门口有动静，林舸站了起来，却没想到会是她们一起进来。

林舸拉开椅子，林厌并未落座，而是稍稍坐远了一些。

两个人坐在了他的对面。

林厌开了口："哥，路上碰见宋警官了，不介意多一个人吧？"

林舸笑，又吩咐服务员多拿了一副碗筷："有什么好介意的？毕竟我和宋小姐也是朋友，人多吃火锅热闹。"

他把菜单递了过去："我刚才点了一些，你们看看还想吃什么，再来点儿。"

林厌接过菜单，又点了一些蔬菜、肉类。

林舸把菜单递给了服务员："现在上吧。"

"好的，林先生。"

席间三人寻常聊天，话题包括林母的病情等，林舸伸手想替她们倒酒，宋余杭一把捂住了杯口。

"我们就不喝了，果汁吧，明天还上班呢。"

林舸给自己倒上了："好吧，那我喝。"

宋余杭举起杯子："果汁代酒，干一个。"

第 77 章 雪夜

酒过三巡，菜过五味，林厌总算也没忘了正题。

"哥，你认识那个高强吗？"她试探着开了口。

林舸皱了一下眉头，下意识地反问："谁？"

宋余杭和林厌对视了一眼。

林厌咬着筷子慢慢帮他回想："就是你的生日宴上，和我跳舞，想占我便宜的那个人。"

林舸恍然大悟："喔，他啊，你不说我都忘了。我忘了是哪个朋友带来的了，就见过那一次，怎么了？最近不是听新闻说他家破产了吗？还是说，他又骚扰你了？"

林舸捏紧了酒杯："谁敢骚扰你，我打断他的腿。"

林厌笑道："哎哟，他哪儿那么容易就能骚扰我，龟孙子一招就被我打趴下了，没，我就是好奇，随便问问。"

宋余杭观察着他们的互动和表情，无懈可击。林厌又旁敲侧击地问了一下他 1 月 15 号当天晚上在哪儿，得到的回复是在医院陪妈妈检查身体呢。

这样的话林舸就没有了作案时间。

林厌心里悄悄舒了一口气，举起果汁杯和林舸碰了一下："走一个。"

宋余杭跟着喝了一口，刚坐下来手机铃声就响了，是市局的。

对方刚说了一句话，宋余杭就"噌"的一下站了起来："什么？！小唯失踪了？！"

焦急之中，她看了林厌一眼，林厌抿紧了唇，神色严肃地点了点头，示意她先去。

宋余杭这才一边往外跑，一边连珠炮似的问话："什么时候报的案？谁报的案？现在人找到了吗？！"

接线员的声音也有几分焦急："四个小时前失踪，当事人母亲来报的案，我们录入系统一查，发现和您……就赶紧给您打电话了。"

宋余杭闭了一下眼，长出了一口气，强迫自己冷静下来，推开了商场的大门。

"先调监控，我马上回去。"

第78章 火锅

宋余杭走后，林厌也坐不住了，拿起包欲起身："哥，今天这顿对不住了，改天再赔给你。"

林舸也站了起来，变故发生得太突然，他手里还捏着筷子。

林厌看了看他："今天这顿我请，别跟我抢啊，周五见。"

林舸点了点头，没再说什么，声音一如既往地温和："路上小心。"

林厌推开包间的门，抽身离去。

宋余杭和林厌一前一后地回了市局。

季景行正坐在会客室的椅子上，有人给她倒了一杯热水，她也不喝，一味绞着手帕红着眼眶，失魂落魄的。

"人呢？！"宋余杭携着满身风雪跑了进来。

"会客室呢。"

季景行一见到她，就像是找到了主心骨似的，扑上来紧紧攥住了她的手："余杭，余杭，小唯……"

时间紧迫，宋余杭也来不及跟她扯什么废话，直接开门见山地问："什么时候丢的？怎么失踪的？最后出现在哪里？你快说啊！"

季景行勉强闭了两下眼，滚出一行清泪来："我……我……她书法班下午3

点半下课,我让她在补习班等会儿,大概 4 点,我从公司出发去接她。"

急归急,季景行却也勉强保持住了镇定。她知道现在不能乱,必须把全部事实和盘托出,宋余杭才有可能梳理出线索找到小唯。

"我到补习班的时候,大概是 4 点 15 分……"季景行有随身戴表的习惯,因此记得很清楚。

"补习班老师说小唯自己一个人走了,我当时气坏了,不是说好了等我去接吗?她才上小学一年级,怎么能让她一个人出门呢?!"

宋余杭捏了捏眉心:"说重点,她一个人出去后,你就再也没能联系上她?"

季景行点了点头,松开攥着她的手,七手八脚地从自己包里翻出手机递给她,神情慌张,满脸都是泪痕:"都怪我、怪我……"季景行失魂落魄地哽咽着哭了起来,"我应该早点去接她的,早点去接她的,我只是想着……想着多接几个案子……年底绩效下来了就可以带她出国玩了……她一直想去迪士尼……"

宋余杭知道她很早就给小唯配了一部小灵通手机,就是为了方便联系。

她起身按下拨号键,给小唯拨电话过去,听筒里传来了冰冷的系统提示音:"对不起,您所拨打的电话已关机。"

宋余杭只觉得太阳穴突突突地跳,心急如焚,拿着电话指着季景行吼:"都四个小时了,你早干吗去了?!现在才来报案?!"

失踪儿童寻回在刑事侦查学里有所谓的"黄金三小时"之说,在这三个小时之内,采取"十人四追法"能最大限度地寻回失踪儿童。

过了这三个小时,想在偌大的江城市找人无异于大海捞针,就这个时间都够犯罪分子带着孩子跑到省城了!

"对不起,对不起,我……"季景行精致的妆容被泪水打湿,她一路狂奔过来盘得整齐的头发也散开来,西装外套袖子上还有尘土,高跟鞋跟都掉了一只。

听见宋余杭这么说,她身子一软,只觉天旋地转。

宋余杭手疾眼快地扶了她一把,季景行垂着泪说道:"我……我找了……找了……我怕麻烦你……实在没办法了……才来报的案……"

宋余杭吐出一口浊气,从桌上扯了纸巾给她,把人扶到椅子上坐下,语气放缓了些:"你在这儿等会儿,有消息我会通知你的。"

说罢,她径直掉头走向作训室,边走边部署:"外勤一组,以失踪地点为圆心,辐射半径五公里内,从东南西北四个方向沿着大路紧急追寻。"

街边巡逻驻扎的警车接到命令后,风驰电掣般掠过了马路。

"外勤二组,前往长途客运站、火车站、汽车站、旅游集散中心等场所寻人。"

"外勤三组——"她按了按有些胀痛的脑袋,走进作训室,报出了季景行家的地址,"出两个人去金瑞小区四十八号楼下蹲守,孩子记得路,看是不是自己回家了。"

宋余杭舔了舔有些干裂的唇,心知这种希望太过渺茫了。

她又叫了一组人守在补习班孩子失踪的地点不要离去,万一小唯回去了呢?

另外一组人则奔赴季景行上班的地方,在楼下蹲守。

半个江城市局的警力都派出去了,宋余杭又站到了大屏幕面前瞅着监控。林厌看着她忙碌,很有自知之明地没出声打扰,回了技侦。

无论是侦查抓捕,还是蹲点守人,反正都和技侦没关系就是的。

林厌换上白袍,去干自己该干的事。

外面动静这么大,方辛在实验室里也有所耳闻,见林厌居然主动回来加班更是奇怪了:"林姐,我不是做了一天实验,眼花了吧?"

林厌懒洋洋地从恒温箱里取出试管:"得了,你没眼花,你货真价实的林姐又回来了。"

"啧,往常你不是一下班就走了吗?"方辛调侃她。

林厌挥了挥手,赶她出去:"行了,行了,你也上一天班了,回去休息吧,还没出来的检验结果我接着做。"

方辛感激涕零地道:"您终于大发慈悲良心发现不再无休止地压榨员工了吗?"

林厌用胶头滴管吸取了一滴液体放在玻片上,回过头笑骂:"得了,赶紧滚吧,免得有人等急了。"

实验室的玻璃门外隐约映出了一个瘦高的人影,段城兴奋地冲她们挥手,生怕她们看不见似的。

方辛微红了脸,把白袍挂在衣架上,跟林厌道别后,一溜烟跑了出去。

方辛出去后不久,走廊上响起了整齐的跑步声,应该是刑侦集体出动了吧,也不知道是不是有下落了。

林厌一边想着,一边继续做手里的实验,漫不经心地往显微镜上瞥了一眼,顿时"噌"的一下站了起来。

这是高强的检材,从心包里提取出来的血液,在高倍数显微镜下呈现出了幽蓝的色彩。

这种颜色她无比熟悉,在"白鲸案"中的几名被害人的血液里都提出了相同的物质。

林厌忙从柜子里翻出当时的检验报告，因为市局的实验室设施简陋，当时的这份检材是送去省厅做的。

她看着试管里的蓝色液体，背后出了一层冷汗。

郑成睿忙完从作训室回来，一眼就瞅见她坐在工位上看着电脑屏幕打东西，手边试管架上放了几支试管。

"林姐还没走呢？"

"没。"林厌头也没回地说，"有点事，忙完就走。"

"喔。"郑成睿除了是个死宅外，话是真的不多，应了一声便走到自己的位置上拿东西。

一阵"咯吱咯吱"拆塑料袋的声音过后，麻辣鸭脖的气味弥漫了出来。

"林姐，来点儿？"

林厌对这种垃圾食品向来是敬而远之的，没好气地道："你自己吃吧。"末了，她又停下打字的手，"那边结束了？"

郑成睿刚才还被抽调过去看监控呢。

他点了点头，舔着手指，打开电脑游戏放松一下："结束了，人找着了，你猜在哪儿找着的？"

林厌好奇地问："在哪儿？"

没想到宋余杭的效率还蛮高的嘛。

"补习班不远处的一个书店里，小女孩一个人去的，在那儿看了一下午的书，店里暖气开得暖和，小女孩睡着了，一直到书店都快打烊了，店员才发现她，正巧我们外勤满大街寻人呢，店员就赶紧报警了。"

"……"林厌抽了抽嘴角，真能折腾的。

她把心神放回正在打的报告上，抄送人是省公安厅物证鉴定中心。

上次的检验报告就是省厅发回来的，林厌还想再向他们求证一些事，可是打到一半，莫名感觉有些脊背发凉。

她顿下动作，看着"省公安厅"这几个字，按了删除，目光落回到一旁的试管上。

算了，这份检材不往省厅送了，用她的私人医院做吧。

按规定所有标好的检材便不能再拿出市局，除非是案情需要，林厌拿着试管架起身，看起来是把东西放回了实验室，实际上背过郑成睿，躲开监控，拿了一支新的试管放上了，将旧的那支一下收进了白袍口袋里。

她若无其事地往外走去，出了实验室把白大褂搭在了手上："老郑，我先走了啊。"

"嗯嗯，林姐慢走。欸，不吃鸭脖啦？"郑成睿戴着耳机打着游戏，嗯嗯啊啊应了几声，还惦记着给她鸭脖。

林厌已踩着高跟鞋走远了。

郑成睿摘下耳机，从屏幕前抬起头来，盯着她离去的方向若有所思。

市局大门口，宋余杭蹲下身，发梢上都是碎雪，揉了揉小唯的脸。

"小唯，以后要记得，在妈妈没有去找你之前，一定要待在原地等妈妈知道了吗？"

小唯也知道今天给人添麻烦了，红着眼眶，奶声奶气地点头："知道了，姑姑，小唯以后再也不乱跑了。"

宋余杭这才起身，把孩子的小灵通还给季景行："以后记得给它充电，还有——像今天这样的事，记得第一时间找我。"

季景行哽咽着道："谢谢，谢谢你，余杭，今天要不是你，我真的不知道该怎么办了，小唯……小唯要是出什么事的话，将来我还有什么脸面下去见你哥？……"

宋余杭想了想，看着她道："你不必如此苦着自己，找个踏踏实实的人陪着吧，也算是为了小唯好。再不济，忙的话，就让我妈去接送孩子也行，她老人家应该很乐意干这样的活。"

最近发生的种种，让宋余杭意识到，多一个人照顾保护小唯没什么不好，也能让季景行压力没那么大，前提是必须靠谱才行。

因为单亲母亲，小唯从幼儿园开始就没有了寒暑假，放假的时候季景行还在上班，因此额外替她报了众多补习班，今天练习的书法只是其中一种。

宋余杭蹲下身，又揉了揉小唯的脑袋："我们小唯也是辛苦了。"

季唯一扑进她怀里，在她的作训服上揩着眼泪："姑姑，小唯不辛苦，不累，今天真的……真的，只是太困了就睡着了……我错了，对不起，姑姑，对不起妈妈，我以后不敢了，再也不一个人跑出去了。"

宋余杭揉着她的脑袋，把人扶起来："你乖，快跟妈妈回家吧。"

第 79 章 线索

泰安精神病院。

"人睡了吗?"林厌透过铁门上方的空隙往里望去,只见陈阿姨侧身躺在床上,床旁放着输液架,上面的瓶子已经空了一半。

院长跟在她身边,毕恭毕敬地回道:"吃过药就睡了,小姐。"

"她肯主动服药了?"

医生苦笑道:"我们把药捣碎了混在饭里喂给她的,不然她也是不肯吃的。"

林厌眉间笼罩上了一层忧色:"她还有康复的机会吗?"

院长四十开外,没跟着她之前也是国内某三甲大型公立医院的精神科主任,摇了摇头道:"基本很渺茫,她已经是这个年纪了,只能说是延缓病情,减少复发的情况。"

林厌自己也算是半个医生,七年前托人在国内找到陈阿姨的时候,陈阿姨比现在疯得还厉害,缩在桥洞底下,别说分出男女了,连人形都看不出来。

这七年来林厌用尽了一切医疗办法,常规的,非常规的,物理的,心理的,各种前沿药物、尖端科技,陈阿姨也只能恢复到时而清醒时而糊涂的状态,还远远达不到精神病人康复出院的指征。而随着陈阿姨年龄逐渐增长,各种并发症也随之而来,高血压、心脏病、贫血、胃溃疡等。

陈阿姨年轻时为了找初南吃了太多苦，在年老后身体就逐渐垮了下去，只有衰老，是人类无论如何也无法阻止的事。

林厌看着她花白的头发心里一颤："开门吧，我进去看看她。"

院长犹豫地道："小姐，太危险了——"

毕竟那是个精神病人。

"开门。"林厌不容置喙地说道。

院长头皮一麻，只好拿着钥匙把门给打开了。

林厌走进去，却又突然想起什么似的，从挎包里取出一根试管递给了院长。

"找个人做检验，就在咱们自己的实验室做，最迟三天之内我要看到检验报告。"

院长双手接过试管："是，小姐。"

他走后把钥匙留给了她。

精神病患者的病房里连把椅子都没有，林厌在床边蹲了下来，打量着陈阿姨沟壑遍布的脸，替她把黏在侧脸上的白发梳理到耳后去。

也许是药物的缘故，陈阿姨睡得很沉，林厌就这样看着，难免想起了十多年前第一次去陈家的情形。

两个人同撑一把破破烂烂的雨伞，跑过泥泞的小道。

有不怀好意的邻居小孩在身后指指点点。

"哟，那不是杀人犯家的小孩吗？还好意思回来？"

"龙生龙凤生凤，老鼠的儿子会打洞，别看学习好，说不定也是焉坏呢，你可不许跟她玩啊！"

"就是就是，走走走，别看了，回家吃饭了，让人家听见回头给你一刀，哭都没地儿哭去。"

林厌要往雨里跑。

陈初南一把拽住了她的袖子："林厌，你干吗去？！"

"你就让他们这么说你？"少年林厌自有一副初生牛犊不怕虎的侠义心肠，往常她和陈初南不熟，但现在腰上还系着人家的衣服，自然不好意思再袖手旁观。

她向来恩怨分明，谁对她好她就对谁好。

陈初南摇头，收了伞，推开自己家破旧的木门："我习惯了。"

她脸上并没有什么难过委屈或悲伤的神情，仿佛只是在说今天天气不错般寻常，转头叫妈妈的时候语气又多了几分轻快活泼。

第79章 线索

她是真的没把这些话放在心上。

"妈，我回来了。"

陈妈妈正在炒菜，煤炉子放在窗口旁边，就那么摆在地上。她弯着腰，吃力地掂着锅勺，闻言转过身来却愣了愣："回来啦，这是？"

自从她父亲入狱后，母女俩的这个小家还从未有人踏足过。

陈初南兴奋地拽着林厌的胳膊，把人推到了屋中间："妈，她叫林厌，是我的同学。"

陈妈妈有些拘谨地在围裙上擦了擦手，招呼着林厌："坐，坐，林同学快坐，正巧在做饭，一会儿留下来吃点吧。"

林厌站着没动，也没叫人，一来是对这样的热情十分不习惯，二来是……

陈妈妈看她站的姿势有几分忸怩，小脸煞白，腰上还系着陈初南的校服外套，心下了然。

"不舒服吧？女孩子第一次来月经都会这样的，一会儿阿姨给你熬点酒糟蛋喝了就不疼了。"

那是十二岁的林厌第一次听见"月经"这个有些陌生的词语，脸上起了臊意，仿佛这是什么罪大恶极十恶不赦的东西，局促又不安地蜷起了脚趾。

她几乎想立马夺门而逃了。

而陈初南仿佛很有经验的样子，拉着她往帘子围起来的床后走去："妈，我先带她去换件衣服。"

陈妈妈边炒菜边回了一句："上次给你买的那条新裤子，拿出来给你同学穿吧，我看你们差不多高，你同学应该能穿的。"

陈初南的校服都是洗了又洗，穿了又穿，不光袖子、裤腿短一截，还打着补丁。林厌却是个漂漂亮亮的小姑娘，虽然新衣服老是被她打架弄得脏兮兮的，但脚上穿的凉鞋是电视上的最新款，陈妈妈一年的工资估计都买不起。

陈初南从衣橱最底层翻出了那条裤子，说是衣橱就是几个塑料箱子垒在一起。

裤子包装袋还没拆，她爱惜地摸了摸，轻轻把塑料袋拆开，一股劣质化纤的味道散了出来。

陈初南有些不舍，却还是小心翼翼地把裤子递到了她手里："喏，你穿这个吧。"

等林厌红着脸从帘子后面出来，几把椅子拼起来的桌上已经摆上了饭菜。这个家家徒四壁，除了床连个像样的能坐的地方都没有，墙壁斑驳剥落的地方都用报纸糊着，另一面则贴满了陈初南的奖状。

陈初南就盘腿坐在潮湿冰冷的地上，林厌慢慢走过去："明天我还一条新的裤子给你。"

"不用不用，洗干净就好了。"陈妈妈把酒糟蛋端上桌，扯了一个垫子给林厌坐。

"快坐，快坐，家里破，别嫌弃。"

桌上的饭菜也十分简单，漂着菜叶子的白粥，清汤寡水的没几粒米，黑乎乎的咸菜，馒头不知道放了多久，白皮上起了霉点，唯一看上去还让人有点食欲的是蒸红薯。

陈初南看着林厌那碗酒糟蛋，咽了咽口水："我也就每个月来月经的时候才能喝这个。"

林厌便知道，这是对陈家、陈初南来说，异常珍贵的食物。

林厌没坐，把换下来的衣物一股脑地塞进了书包里，转身就走："我回家了。"

"欸——"陈初南放下筷子追了出去，把薄薄的一片白色东西塞进了她的手里。

"你家不是很远吗？路上记得换，最近几天不要吃凉的东西哟，我妈说的，她什么都懂。"

林厌捏着那片卫生巾就像捏了个烫手山芋，想扔掉又紧紧攥在了手里，推开陈初南，头也不回地跑进了雨中。

那片卫生巾是林厌前半生用过的最劣质的东西之一，既软还不吸水，也不是纯棉的，甚至有点闷，不是很舒服，但是她始终记得那条裤子，以及陈初南把卫生巾塞进她手里的温暖触感。

这一记她就记了十九年。

陈妈妈也从一个什么都"懂"的和蔼阿姨变成了现在这副浑浑噩噩、人不人鬼不鬼的模样。

可真是造化弄人。

林厌扯起嘴角笑了一下，仰起头把眼泪逼回去，看见上面的吊瓶已经空了，从床头的托盘里又拿起一瓶，借着微弱的月光仔细看了看，才又给她挂上。

她回过头来替陈阿姨把手背上翻起的胶条一一压瓷实，把陈阿姨的胳膊放进被窝里，掖了掖被角，这才悄声离去。

回到别墅，林厌从衣帽间换好衣服出来，径直上了阁楼把自己锁进了暗房里。

这里是她在青山别墅的秘密基地，平时都锁着门，没用任何科技手段，一把超C级大锁就是最好的防盗方式。

暗室里挂满了大大小小的照片，大部分和陈初南有关，林厌扭亮台灯，走到了线索墙面前。

　　上面还有她上次用油漆笔画下的痕迹，正中央用图钉钉着一张泛黄的照片，是初南。

　　其余都是一些零散的线索，构不成思维导图，不过这么多年下来她也算是小有收获。

　　林厌看着李斌的那张黑白照，走上前去动手撕了下来。

　　这条线索断了。

　　那么当时还有谁有可能接触到初南的尸体呢？

　　报案者？

　　目击证人？

　　负责侦办案件的刑警？

　　助理法医？

　　实习法医？

　　痕检员？

　　…………

　　毕竟这是大案要案，经手的人可太多了。

　　林厌逐渐捏紧了手指，用力之大指骨都泛白了。

　　她恨就恨自己当时没能力，不学无术，搁现在只要是一块碎骨都能检出个八九不离十来。

　　林厌想了想，拨了个电话。

　　宋余杭被电话叫到别墅里来，看见面前的这面墙时猛地一震："这是……"

　　关于"分阳码头碎尸案"的线索梳理。

　　林厌用十四年时间一点点拼凑出了这面墙。

　　宋余杭看向林厌，那个人从桌上摸起烟，点燃吸了一口，手撑在桌上看着地图，眉头紧锁着。

　　宋余杭走到她身边，也端详起这张泛黄的地图来。

　　十四年前的江城市，黑笔圈出的是江城市一中，红笔画的是已知陈初南离去的路线，没走多远就戛然而止。

　　她再次出现在公众视野里的时候，已经是三天后了，变成了一堆碎肉，被人从垃圾桶里翻捡了出来。

抛尸地点被林厌用红笔大大地圈了出来，涂得乱七八糟的。

宋余杭绕着桌子走了一圈，把台灯放在了地图上。

"我对这个案子也算是颇有研究，你想不想听听我的看法？"

"这是……？"坐在对面的男人神色有一丝震惊。

"没错，和上次江城市局送过来的东西成分几乎一模一样。"

林厌不久前交给亲信的试管静静地躺在桌上。

"只不过这次血液里的剂量小得多，林厌也学聪明了，知道找人自己做了。"

坐在对面的男人埋头笑了一下，神色莫辨，指尖敲打着膝盖："这玩意儿又现世了吗？"

"接二连三地在江城市出现，这可不是什么好兆头啊。"和他对话的男人长叹了一口气，起身走到窗边，"为了这个东西，已经有太多人牺牲了生命。"

"可是配方不是已经被毁了吗？"坐着的男人看着那试管，淡淡道。

"可要是配方的主人还活着呢？"站在窗边的男人回过头来，嗓音有几分沙哑沉重。

"不——不可能！"坐着的男人蓦地加重了语气，咬牙切齿地说，"他……他早就死了！不可能还活着！除非……除非……"

他重重喘息着："他是从地狱里爬回人间寻仇的恶魔吗？"

窗边的男人看着窗外闪烁的霓虹和车水马龙，有些出神。他们都已不再年轻了，原本高大的背影都有些佝偻了。

然而在他说出那句话的时候，另一个人还是恍惚间想起了那段峥嵘岁月。

"管他人是鬼，再卷土重来多少次，二十年前他是怎么死的，只要他敢来，照样把他赶回地狱去。人间容不下这样的臭虫。"

因为没有白板，宋余杭就用笔在纸上写写画画："变态杀人狂在心理学上亦被称为'淫乐杀人狂'，犯罪者95%以上是男性，只有极少数是身强力壮的女性。"

林厌点了点头，靠在桌上示意她继续说。

林厌知道这是为什么，解剖分尸是个体力活，实施者要么有技术要么有力气，缺一不可。

"二是罪犯选择攻击的对象往往具有随机性，有可能你今天穿了一件漂亮裙子就被看上了，也有可能你背了一个好看的包就被盯上了，还有可能罪犯喜欢胖的，而你特别瘦就逃过一劫，这点不再赘述，只要你符合罪犯的标准，他就会杀你。

"三是像这种无差别攻击，犯罪者一般不会选择和自己有社会关系的人，因为只有不熟悉的人，在罪犯眼里才会只有生物属性而没有社会属性。换而言之，你只是他的猎物，只是他砧板上的一块肉，他杀起来才爽，才刺激。他享受那种把一切掌控于股掌中的感觉。

"四是人是一个复杂的能量系统，存在于潜意识中的性本能是人的心理基本动力，又称为'力比多'，因此心理的发展也就是力比多的发展。变态杀人狂之所以是变态，主要体现在性的倒错上，他并不能从正常的交往上获得快感，只有通过杀人才能满足自己的欲望。

"就像我们办强奸案时，大部分罪犯是通过控制、侮辱、猥亵女性来获得心理上的满足感，这是一样的道理。"

说到这里她顿了顿，抬眸看着林厌："但是，一般的连环杀手初次犯案后，一定会再次作案，我想这点你应该也是明白的。"

林厌点头，深吸了一口气克制着情绪："所以这些年来我一边解剖，一边在找相似的案例，就是想……"

她就是想找到一个共同点，这样也就找到了突破口。

可是从她大二跟着老师实习开始，至今已解剖了超过四千具尸体，泡在解剖室里的时间比吃饭睡觉的时间加起来还要多，可是依旧一无所获，没有遇到一个相似的案例。

白灵是个例外，可是线索又断了。

宋余杭走过去揽住她的肩头，给予她无声的安慰："所以我们把凶手是连环变态杀人狂的猜测先放到一边，回归到一般刑事案件的侦查上来，删繁就简。"

她在纸上画了一下，看上去倒真的像是对这个案子颇有心得的样子。

林厌不由得多看了她几眼。

宋余杭继续分析道："一般的命案，左不过是财杀、仇杀、情杀中的一种或几种。林厌，你给我梳理一下初南的人际关系。"

林厌摇头："她的人际关系简单得很。我是她最好的朋友，陈阿姨是她的妈妈，学校里的人都对她敬而远之，她哪里还有什么人际关系？"

"你再想想。"宋余杭琢磨着，"不一定是要和她交好的，交恶的也行。"

林厌想了想，拿过纸笔写下了几个名字："这是以前经常欺负我们的几个人，后来我自己查了，你们警方应该也查了，可还是一无所获。"

宋余杭脑中灵光一闪："我记得当时锁定的犯罪嫌疑人是个屠夫，陈初南的父亲在菜市场因为两毛钱和这个人起了冲突，一时失手砍伤了他的老婆，后来他老婆不治身亡。他有作案动机，又住在抛尸现场附近，还有作案条件，又有作案工具，警方还在他的车里发现了陈初南的血迹，倒是非常符合我对凶手外貌特征和性格的侧写，只是后来听说他死在了看守所里，不然一定能挖出更多东西，就算人不是他杀的，也一定和他逃脱不了干系。"

这个案子更让宋余杭意难平的地方就在这里了，明明锁定了犯罪嫌疑人，却让他就这么不明不白地死了，搁谁谁咽得下这口气？！

林厌手撑在桌上，微微颤抖着，吞咽着口水，努力调整着呼吸。

宋余杭轻轻拍着她的后背："你这里有电脑吗？"

林厌回过神来："有，我给你找。"

她从一堆报纸书本底下翻出了笔记本电脑，打开交给宋余杭。

第 80 章 出事

宋余杭虽然没有老郑那么高超的电脑技术，但在内网里查点东西还是轻而易举的。

她把搜索结果给林厌看："郭晓光，原名朱方杰，屠夫朱勇的儿子，他爸出事后他被一户姓郭的人家收养，改名为郭晓光。"

户籍照片上的郭晓光三十开外，留平头，单眼皮，貌不惊人，但仔细看上去和林厌收集到的朱勇的照片，骨相上还是有几分相似的。

多年来她也一直在找和朱勇相关的人，却都没什么音信，要不就是假的。

宋余杭笑了笑，为林厌解惑："早在多年前，公安部就开始着手'天网'的建设，就是如今内网的雏形，囊括了所有在押人员、服刑人员、刑满释放人员包括已去世案犯的身份信息、家庭住址、家庭成员，甚至是生物学物证，指纹、血型、DNA等，为所有可能再次作案的犯罪者布下了一张密不透风的网，这也是近年来刑事案件侦破率越来越高的原因，当然这也和刑事侦查技术的提高有不可分割的关系。

"在这张网里，无论是结婚、离婚、小孩上户口，还是参加工作政审，只要需要身份登记的地方，都会被当地派出所记录在案，上传到这张网里，当然，能浏览的权限也是相当高的。"

林厌扯了一下嘴角，闲闲抱拳站着："得了，你不就是想说，你好歹是个领导嘛。

说重点，说结果。"

宋余杭把郭晓光目前的家庭住址、电话号码、身份信息抄了下来递给她："我觉得我们得抽个时间去拜访一下他。"

林厌拿着字条转身就走，被人一把拦下了："你干吗去？"

"废话，查案啊。"

宋余杭拦在她身前："别冲动，我们得从长计议，拿到更多的证据才能重新立案侦查。"

林厌笑了，一巴掌拂开了她："别冲动？我已经没有多少时间了，十四年过去了依旧毫无进展，再有六年这案子就过了追诉时效了，到时候找到凶手又有什么用？法律能还给我、还给初南一个公道吗？能让凶手血债血偿，判凶手死刑吗？如果不能，我——"

宋余杭扶着她的肩膀，加重语气喊了她的名字："林厌，如果案子过了追诉期，我们就去中央，去最高人民检察院，去最高法院提起申诉，天理昭昭，公道自在人心。我不会让凶手逍遥法外的！"

林厌摇头，笑容有几分鄙薄，眼里渗出了一点水光："没用的，你忘了'丁雪'案吗？忘了何苗、白灵、吴威，忘了在'白鲸案'里死去的那些孩子吗？凶手不仅是李洋，那些不负责任的父母、对霸凌行为袖手旁观的老师和同学、在网上对逝者口诛笔伐的人，都是凶手啊！"

仿佛一记重锤敲在了心上，宋余杭眼眶一热，在她耳边一字一顿道："我们追求公理正义，不是为了有朝一日也变成凶手，林厌，你要是真的动用私刑来制裁犯罪者，那和李洋，和那些施暴者、煽风点火的旁观者又有什么区别？

"林厌，我不想你也变成那样。答应我，这事从长计议，你忘了李斌吗？不要打草惊蛇，我们走正常程序，总有一天会真相大白的。

"如果初南还在，也一定不希望你为她铤而走险，毕竟你也是她最好的朋友不是吗？"

林厌咬紧了下唇没说话，在昏黄的灯光下，泪水又涌了出来。她克制得很好，只是红了眼眶没让它落下来。

宋余杭轻轻拍着她的后背，给予她安慰："明天不就周五了吗？晚上我陪你回家，然后收拾东西，周六我们去一趟郭晓光家，但是现在已经不早了，你必须去睡觉了。"

林厌从床头柜里拿出一盒药，掰开，就着玻璃杯里的凉水将药吃下，把台灯调暗，然后窝进被子里，闭上了眼睛。

睡到半夜被冷醒，脚冰凉冰凉的，林厌起来开了电热毯，又把空调打开了。

她看着外面的天色，一片漆黑，安静的氛围里能听见呼呼的风声以及落雪的簌簌声。

她爬起来，从柜子里翻出一条厚毛毯，踩着拖鞋轻轻打开了门。

楼下隐约传来一丝亮光，她趴在栏杆上看了一眼，宋余杭仰面躺在沙发上睡得正香，旁边的电脑还开着。

林厌蹑手蹑脚地下了楼，将毛毯轻轻地盖在了宋余杭身上。

宋余杭闭着眼睛，嘴里咕哝了几句，又翻过身面朝沙发里面睡了。

次日清早，林厌伸着懒腰从楼上下来的时候，宋余杭已经做好了早饭，泡好了咖啡。

林厌抿了一口咖啡，早饭已经上了桌，客厅里的电视开着，正放着早间新闻。

宋余杭把牛奶从微波炉里拿出来，递到了她面前："给，趁热喝。"

林厌直勾勾地盯着电视。

"林总，林总，最近景泰股价大跌，就散户昨天上午于景泰集团大厦楼顶跳楼身亡一事，您怎么看？"

"林总，林总，说两句吧，就贵公司销售出口的'远洋'牌保健品和奶粉被查出致癌物一事，您有什么看法？"

"林总，林总，就景泰集团旗下的房地产大量跳楼抛售发表一下看法吧？"

"林总，林总，有传闻说集团内部已经开始了新一轮的裁员，是真的吗？"

…………

景泰大厦门口，林又元坐在轮椅上，被记者围追堵截。

保镖护着他艰难地穿梭在拥挤的人群里，林又元那张脸上依旧没有什么表情，但不知道是不是她的错觉，她总觉得在高清摄像机里他看上去又苍老了一些。

明明上次见面，他的鬓角还没有这么多白发，从来都是明亮坚定的眼神开始回避镜头，他一言不发地操纵着轮椅往里走着，那肩膀垮了下去，背影也显得佝偻了。

景泰的保安跑了出来，站成人墙把大批记者堵在玻璃门外。

而不远处的台阶上还坐着拉着横幅要景泰还血汗钱的散户、购房者，以及往铜盆里烧着纸钱的死者家属，还有部分声泪俱下的讨薪员工。

记者的镜头又"呼啦"一下子涌了过去。

宋余杭在林厌对面坐下来，不着痕迹地挡了她的视线，捏了捏她的手："快吃，不然一会儿上班该迟到了。"

林厌回过神来，点了点头，拿起遥控器关了电视："好。"

去江城市局的路上，宋余杭开车，路过景泰集团大厦时，放慢车速偏头看了一眼："要下去看看吗？"

林厌哗啦啦翻着手里的杂志，抿了一口咖啡，嘴角扯出个冷笑来："看什么看？景泰怎么样和我又有什么关系？"

宋余杭不吭声了，等把人送到市局，自己回了办公室，一个电话打给了负责此事的分局派出所了解情况。

"人确实是从景泰大厦上跳下来的，几百双眼睛看着呢，听说赔了百八十万，都是给儿子看病的血汗钱，钱没了，儿子也没了，老婆也离婚了，家破人亡这才……"

那边的人顿了顿，似有些不忍："这事经侦也介入了，宋队可以去问问。"

"行，我知道了，谢谢。"宋余杭挂了电话，紧接着又打给了经侦支队，得到的回复是，经侦已经就景泰生产假冒伪劣产品、涉嫌非法集资、金融诈骗等一系列非法经营活动立案侦查了，证监会也已经入驻集团内部开始彻查。

在如今经济还未彻底复苏的情况下，这样的结果对一个企业来说无异于是雪上加霜。

宋余杭揉了揉眉心："行，出结果的话随时通知我。"

"好的，宋队。"

中午吃饭的时候，林厌没去食堂，宋余杭打包了一份饭给她带过去，谁知道人家早就吃着了，照例是高级厨师做的精致料理，连送过来的餐具都是陶瓷的。

宋余杭从旁边拖了一把椅子过来坐下："你晚上什么时候去林家？生日礼物买好了吗？"

林厌剥着宋余杭带过来的蒸紫薯的皮："下了班就去，还用得着你说？"

林厌下了班，坐上车便问道："我准备好的礼物都拿了吗？"

司机回过头来恭敬地道："都放在后备厢里了，小姐。"

林厌点了点头，一路无话，很快到了林宅。

林舸在庄园门口迎接今天的来宾，见她的车到了，顿时眼睛一亮，把手里的酒递给用人，迎了上去："来了。"

林厌点头，摘掉墨镜露出花容月貌般的一张脸，嘴角勾起一丝弧度，看着司机把礼物递给了一旁的管家拿进去："婶娘呢，我去看看她。"

林家庄园比她那个别墅可大多了，由好几栋建筑组成，内部还有高尔夫球场、保龄球馆、露天游泳池等，庄园后面还有一片果树，她年少时常常在那里迷路。

东边是林又元的住处，独立的别墅，用雕花栅栏围了起来，灯也没开，静悄悄的。

西边才是林舸家的居所，此时灯火通明，别墅门口铺了红毯，挂了气球和彩带，还有一些生意伙伴送来的贺寿花篮。

"在里面呢，我带你进去。"林舸引着她往里走，见她一直瞅着东边，失笑道，"别看了，今天林叔不在，景泰出事了，最近林叔都没回来过。"

林厌不着痕迹地松了一口气，不知道为什么又有一丝介意。

景泰垮了，她不是应该高兴才对吗？

怀着这样复杂的想法，她见到了自己阔别多日的婶娘。

林母坐在沙发里，和几个老姐妹说笑着，头上戴着保暖的绒线帽子。屋里开着暖气很热，林厌一进来就脱了外套，林母却还穿着厚衣服，想来也是身体不太好的缘故。

林厌远远看着，心里一酸，快步走过去唤了一声："婶娘。"

林母从几个姐妹的说话声里回过神来，见是她，顿时眼眶一热，老泪纵横："厌厌，厌厌，我们厌厌回来了……快坐，快坐。"

她还是像小时候那样热情地招呼林厌，然而站起来的时候身子微微晃了晃。林舸手疾眼快地冲过去把人扶稳了："妈，您别激动，坐下说。"

林母看一眼自己的儿子，再看一眼林厌，情绪顿时缓和了很多，收了泪，顺着他坐下来，拉住了林厌的手，如常寒暄起来："身体怎么样了？上次你伤得重，婶娘想去看你，林舸非拦着我说我身体也不好，不让我去。"

林舸在旁边笑着："妈，您喝茶。"

"这话该是我问您才是，一直都没有来看您……"林厌握着她粗糙布满了老年斑的手有些百感交集，"是我疏忽了。"

她又不想让林母太难过，毕竟病人的心情最重要，所以强撑起笑容，故意用轻快活泼的语气说话："您看，我这次给您带了好多好东西，人参、灵芝、阿胶，补气养颜最好了。"

"还有围巾,羊绒的,最新款,我买了都舍不得戴,给您送过来了。

"这玉镯子成色也特别好,我当时见着就觉得特别适合您。"

林厌对一个人好,端看她愿不愿意了,要是愿意,可以掏心掏肺,甚至付出十倍心血来回报那些于她曾有恩的人。

林母摇头,握着她的手,眼里又渗出泪花来:"你能来看我,我就特别开心了,你一个人在外头别老花钱,毕竟姑娘家,手里有点钱免得叫人欺负。"

林厌点头:"嗯,您还不知道吗?我真的不缺钱——"

她的那些产业养活自己绰绰有余了。

林母动了动唇,还想说什么,林舸温柔地替她拿走了手里的茶杯,把人扶了起来。

"妈,您该回房喝药休息一会儿了,私人医生已经在等您了。"

林母回头看着林厌,眼里溢出一点不情愿神色来:"厌厌……"

林厌站起来目送她在林舸和私人医生的搀扶下离去:"没事,婶娘,去吧,您先喝药,我一会儿上去看您。"

林母的眼里瞬间溢出泪花和一闪而过的哀恸之色。

林厌微微一怔,再想看清的时候,林舸已经扶着林母离去了。

她抿了一口红酒,把心中淡淡的不安感压下来。

那个时候林厌以为林母那个眼神的意思是舍不得她,后来才明白过来,原来那个眼神想表达的意思,是向她求救。

第 81 章 还债

把林母送回房间后,林舸很快就下来了,换了一身裁剪得体的小西装招呼客人,穿梭在人群里谈笑风生,不时和人举杯共饮,身边总围绕着几只莺莺燕燕。

林厌看得好笑,从自助餐碟里拿东西吃。她声名在外,又是林家最不受宠的小女儿,除了几个想要猎艳的贵公子,倒是没人来招惹她。

好不容易从花蝴蝶堆里抽身出来,林舸举着威士忌凑到了她身边:"今天宋余杭没陪你来吗?"

林厌拿纸巾擦了擦手,举起酒杯和他碰了一下:"她好歹是个处级干部,来这种场合不合适,再说了,万一撞上林又元,又打起来,毕竟是婶娘的生日宴。"

说到生日宴,宴会的主人匆匆露了一面就回房间去了,至今未再出来招待客人。

林厌担心林母的身体,刚刚看林母精神和气色都不太好的样子。

她漫不经心地从托盘里拈了一块蜜饯扔进嘴里,起身道:"嗯,还是你们家的蜜果子好吃,我去楼上看看婶娘。"

林舸也站了起来,伸手拦住她:"别去了,她看着你心酸,你看着她也难过,大喜的日子何必呢?她在楼上输液呢,一会儿结束了我再请她下来。"

林厌想了想,把酒杯往他手里一塞:"行吧,那我去上个洗手间。"

林舸笑道:"需不需要让人带你去啊?"

林厌笑骂道:"滚,好歹也在这里住了几年,老娘还没得老年痴呆呢。"

等她走远,有侍者拿着酒瓶凑到了林舸身边,借着倒酒的工夫,低语:"少爷,要不要派人跟着她?"

林舸点头,转身将手扶在他的肩膀上,安抚似的轻轻拍了拍:"做得不错。"接下来的一句话蓦地变得小声了,林舸仅用两个人能听清的音量说道,"跟,别让她乱跑。"

侍者放下酒瓶,恭敬地鞠了一躬,消失在人群里。

林厌边走边给宋余杭发消息,对方回得倒是很快。

"你什么时候回来?"

林厌想了想,打字:"估计还得一会儿,等婶娘输完液去看看她。"

她一直盯着手机,没怎么看路,一头扎进洗手间里,差点撞到人。

两个花枝招展的妙龄女子互相搀扶着走了出来,脚步跌跌撞撞的,酒气冲天。

林厌往后躲了一下,就听见其中一个姑娘醉醺醺地哭道:"他……他怎么能这样对我啊?姓……姓林的……都不是什么好人!"

"行了,行了,快走吧,喝醉了赶紧回家睡一觉就好了。"

喝醉的那个姑娘浑身瘫软,站都站不起来,嘴里骂骂咧咧的,全靠另一个人扶着,两个人跌跌撞撞地消失在走廊尽头。

无辜躺枪的林厌一阵牙疼,把手机收进兜里,进了洗手间。

等她冲了水出来洗手的时候,对面蹲位里的门也打开了,贵妇打扮的女人走到镜前掏出口红开始补妆。

林厌不经意地瞥了一眼,那不是一双贵妇该有的、保养得体的手,粗糙且遍布细纹。

她不着痕迹地收回视线,把手放到烘干机下烘干,哼着歌往外走去。

一出来她就发现走廊上多了几个陌生人,其中一个站在男厕所门口打电话,西装革履,但她刚刚在大厅里没有见过。

还有在走廊里谈天说地的年轻人,以及端着托盘、脚步匆匆的侍者和清洁工。

仿佛她一来,刚刚还安静的地方瞬间热闹起来。

林厌扯了一下嘴角,叫住了扫走她脚边的烟头的清洁工:"那个——"

清洁工低眉顺目,恭敬地回答:"是,林小姐,有什么吩咐请说。"

高门大户里的清洁工无疑都是非常敬业且懂礼貌的。

林厌略抬起下巴:"新来的?"

"是,一个月前刚来。"对方回答,始终低着头,看上去四十来岁,帽檐下露出了几缕白发。

林厌看着自己高跟鞋的漆黑鞋面上的几滴水渍,刚刚洗手时不小心弄上去的,于是把脚伸了出去:"给我擦干净。"

清洁工放下扫帚,单膝跪地,从自己的工作服兜里扯出一块洁白的帕子,小心翼翼地替她把鞋面上的水渍揩干净:"好了,小姐。"

林厌收回脚,从钱包里抽出几张百元大钞撒在了他的头上:"不错,我会向我哥夸你的。"

"是,谢谢小姐,谢谢小姐。"清洁工捧着钱,点头哈腰地道谢。

林厌转身离去的那一瞬间,眼神冷了下来。

既然这人是新来的,又怎么会知道她姓林,还是林家大小姐?这人从兜里扯帕子的时候,也许他自己都没注意到,手机不小心也被扯出一角来。

那个牌子的手机,绝对不是一个清洁工用得起的。

在她抬脚离开的时候,男厕门口打电话的那个男人也走了。

两个人始终隔了十几米,不远不近地跟着,林厌拿着手机发短信,也不知道是在和谁聊天,笑得蛮开心的。

等她转过走廊,男人再跟上去的时候,大厅里并没有她的身影。

"少爷,跟丢了。"

林舸挑了一下眉头,嘴角始终保持着柔和的弧度:"还真是调皮呢,和小时候一模一样。"

林家虽大,这么多年过去了却没什么大的改动,林厌幼年时常在这里和前来逮她的下人、管家玩躲猫猫,是以轻车熟路。

她转了个弯就从电梯上了二楼,摆脱了小尾巴之后愉悦地吹了一声口哨,直奔姊娘的卧室。

她记得姊娘的卧室是二楼走廊尽头靠左的那一间,兴冲冲地走过去推开门后,却发现里面空无一人,就连床单、被罩都是整洁的,仿佛没人住一样。

林厌怔了怔,轻轻关上门。姊娘不在卧室里,那会在哪里呢?

她若有所思地打量起整条走廊,二楼比一楼安静得多,她的目光落到了右边的房门上,那上面挂着一块古朴的牌子,写着"禁止进入"。她把木牌翻过来一看是"林厌的家",顿时眼里就有了笑意。这是她刚来的时候,林舸给她做的。

他的房门上也有这么一块木牌。

"林餍，这个给你，你要是想找人说话、找人玩的话，就挂'林餍的家'有彩虹的这一面，要是不想让人烦你的话，就挂另一面，这样无论是管家还是下人都不会去打扰你啦。"

当时十岁的小林舸已经像个大大人一样，双手把木牌递到了她的手里。

林母笑着摸了摸他的脑袋："林舸，以后要和妹妹好好相处。你是哥哥，要照顾好她喔。"

"嗯！"少年林舸攥紧拳头用力点了点头，脸上有小小男子汉般的虔诚神色。

那是无家可归的林餍在林家感受到的第一份温暖。

她摸着这块木牌百感交集，轻轻按下了门把手，门竟然没锁。

林餍略微一怔，回忆和旧尘埃一齐涌入了脑海里。

屋里的陈设和当年一样，墙上她发脾气留下来的涂鸦都没变，只是少了一张床，被人改成了书房，进门的几个展览柜上，有她当年画的画、捏的泥人、折的纸飞机。

她再往里走，里面摆了一张书桌，电脑还开着，想来是有人常在这里办公。

靠墙的地方摆了放文件夹的柜子，旁边立着一具人体骨骼，还戴着调皮的帽子。

林餍忍俊不禁，想也知道这是谁的办公室了。只有医生才会有这种在房间里摆人体骨架的恶趣味，她的书房里也有。

没想到她以前的卧室已经被改成了书房，林餍看到这里，就准备转身离去了。

桌上的电脑突然响起消息提示音，成功把她的视线吸引了过去。

林餍鬼使神差般走近电脑，目光却落到桌上的一个透明模型上。

漂亮的人体骨骼——牙齿被锁在水晶球里，白得晶莹透亮，仿佛蒙了一层釉质，就连人类牙齿边上的红色牙龈部分都做得十分逼真。

这是女孩子，尤其是女医生怎么也无法抗拒的东西。林餍伸手将其拿起来端详着，却蓦地感觉到一丝说不上来的不对劲的感觉，让她心里麻麻的。

她正欲打开手机手电筒细看的时候，身后的门响了，林舸见她把玩着自己的宝贝，大惊失色地跑了进来，小心翼翼地从她手里把水晶球抱了过来，脸上都是紧张神色。

"我的天，你给我轻一点。你知道这个多贵吗？我大学毕业时的导师送我的，有市无价啊！"

林餍"啧"了两声："不就一个破水晶球，稀罕什么？坏了我送你十个。"

林舸把水晶球放在桌上摆好："要不怎么说你这人没人缘呢？这不是价格的

问题，是情分的问题啊。"

林厌摸了摸鼻子，又看了那牙齿模型一眼，往外走去："我的东西你怎么还留着？"

林舸关上门，跟她一起离开："嗐，这不是想着，万一你哪天回来了，这也是你的家，你看着也亲切些。改成书房纯粹是迫不得已的，别的地方都太大了，就这个房间格局还合适些，离我妈又近。"

林厌对这个倒是没什么非议，难为他还记着自己。

"婶娘呢？"

"在医务室呢，我带你去。"

"原来是在医务室，我说怎么搞了半天楼上没人。"

"你这个洗手间上得也没见人了，刚好妈醒了，我还让管家四处找你呢，再找不到人我就要报警了。"

林厌失笑，想起小时候有一回她不想去上学就躲在地下室里睡了个昏天黑地，林管家都要急疯了，带人把庄园翻了个底朝天也没找到她，就差报警了，最后还是放学回家的林舸把人从地下室里拖出来的。

"报什么警啊？我就是警察。"

林舸奇怪地看了她一眼，脸上的笑容淡了一些："以往你可不会这么说。"

"这不是深入了解之后，突然觉得，警察这个职业好像也不错的样子。"

林舸怔了怔，没说什么，推开了门："进去吧。"

"妈，妈——"他轻轻喊了几声，躺在床上的人闭着眼睛似乎睡着了。

林舸苦笑道："我刚才过来时还醒着呢。"

"算了算了，病人嘛，嗜睡是正常的。"林厌绕着病床走了一圈，输液架上挂着的是化疗的药物，林母一只手露在外面，林厌给塞回被窝里了。

林母似有所觉，眼皮颤动了两下，但是没有醒过来。

林厌起身："那我就先回去了。"

"不留宿吗？客房有很多。"林舸出乎意料地挽留了她一下。

林厌摇头，从房间里出来："不了。"

送别林厌之后，林舸并未离去，而是站在原地看着车子驶离。

有人过来低声说："少爷，他来了，在地下室等您。"

"看来她已经察觉到你的不对劲了。"男人站在阴影里说话，嗓子有些哑。

另一个年轻一些的男人握紧了拳头，喉头上下滚动。

"你还不动手吗？她必须死。"

"不。"年轻一些的男人终于长舒了一口气，"没有拿到林又元的遗书前，她还是林氏的法定继承人，还不能死。"

"但是——"他蓦地抬起头，眼里溢出狠绝之色，"另一个人必须死。"

"她啊……"男人笑了笑，眼神似有些怀念，"那个人的孩子呢，都长这么大了。"

男人说着，拄着拐杖走回来坐下抽着水烟："你说得对，她现在活着已经成为我们的阻碍，不仅拔除了李洋这个暗桩，还妄图翻案……"

那水烟壶里装的烟料却是……一阵蓝色的烟雾腾了起来。

男人吸了几口，靠在椅背上，脸上露出了些迷醉的神情。

"毕竟这事对你也有威胁，你怕她，甚至想杀了她都是正常的。"

"想好怎么动手了吗？"男人又问了一句。

年轻男人嗤笑了一声："还需要个诱饵。"

"哦？"男人轻轻笑了一声，举起香槟和年轻男人碰了下杯，"提前祝你成功。"

翌日，宋余杭在和林厌出发后，给妈妈打了一个电话，告知对方自己要出差的事。

在她们的车刚过服务区不久，加油站里的员工便走到空旷无人的地方，拿起了对讲机："喂，她们出发了。"

第82章 方向

车驶上高速公路，宋余杭戴着墨镜往后视镜里瞥了一眼，嘴角微勾："看来我们被盯上了。"

林厌手撑着额头，揉着太阳穴，懒洋洋地说："昨晚在林家的时候就有人跟着我了。"

宋余杭有些紧张地看了她一眼："没事吧？"

"没事，被我甩掉了。"林厌答，从后视镜里看着那辆黑车一直跟她们保持着不远不近的距离，嘴里嚼着口香糖，"昨天婶娘生日宴我忍着没有动手，既然对方都跟到这里来了，可就别怪我不客气了。"

宋余杭握着方向盘，视线直视前方，避着往来的车辆："不急，陪他们玩会儿。"

下一个服务区，林厌又吵吵嚷嚷着要去洗手间，宋余杭靠边停了车，解开安全带和她一起下去。

宋余杭一边抽着烟，一边跟着林厌往里走，余光瞥见那黑车也靠边停了下来。

宋余杭拍了两下林厌的肩膀："你去吧，我去那边转转，买点吃的。"

林厌会意，点了一下头，两个人分开走了。

跟在两人身后的黑衣人探头探脑地张望着，按下了耳边的微型麦："报告，她们分开了。"

林厌挤在洗手间排队的人群里，从前头那位专注地玩手机的女士头顶拿过鸭舌帽扣在了自己的脑袋上，将墨镜一戴，脱了外套拿在手里，从兜里掏出口罩戴上，跟着几位上了年纪的大妈一起混了出去。

黑衣人转了一圈，就看不见人了。

那厢宋余杭靠在柜台前买了一包中华，服务员给她找钱的时候，她用余光瞅见那个黑衣人焦急地转来转去，应该是把人跟丢了。

她嘴角微勾起一丝笑意，故意加大了音量说："再给我拿瓶矿泉水。"

黑衣人倏地回过头来，好似找到了目标，宋余杭引着人穿过走廊，往停车场走去。

午饭时间，服务区里挤满了旅游大巴、私家车，不时有人从停车场出来，掠过他们。

黑衣人亦步亦趋地跟着宋余杭。

宋余杭穿过人群，把人带向了停靠大巴的那边，高大的车身遮蔽了阳光，在地上投下了一片阴影。

她一边走一边用牙齿解了袖带，绕到了大巴车的另一面。

黑衣人快步跟了上去。

有人拍了拍他的肩："喂——"

他回过头去，林厌直接一拳砸在了他的面门上。

黑衣人踉跄着退后两步，撞在了车身上，同时一手从裤兜里摸出了弹簧刀，直刺向她的喉咙。

然而还没等他近身，就被人一脚踹飞了，宋余杭卡着他的脖子，把人推到了大巴车上，眼里都是凶狠的神色。

"说？！谁让你来的？！"

林厌捡起那把弹簧刀，在手心拍打着，走近了他："刀不错，就是人笨了点。"

那人咬了咬牙，眼里骤然迸发出一股狠意，屈膝砸中了宋余杭的腹部。她下意识地抬手格挡，被人瞅了个空当，抵住她的肩膀就是一个标准的反擒拿。

"妈的！"林厌啐了口唾沫，从后腰摸出了机械棍当头就是一棒，黑衣人被砸了个晕头转向。她扯过人的衣领往后一拖，重重砸在了车上，抬手去掀他的面罩。

就在这时宋余杭耳边突然听见了一声类似易拉罐拉环被拉开的轻响。

消音器！

她脑中警铃大作，瞬间扑向林厌把人摁在怀里，两个人滚在了地上，子弹擦着头发飞过去砸在了车上，火花四溅。

另一个黑衣人从大巴车另一边跑了过来扶起倒地的同伙，毫不恋战，爬起来就跑。

"宋余杭！"林厌的嗓音带有一丝惊恐，她扶起了宋余杭的脑袋。

"喀喀……没事……"宋余杭咳掉嗓子眼里的灰，拉着她站了起来。

林厌还想追，被人拖了回来。

"别追了，对方有枪有同伙，我们俩干不过。"

她又蹲下身来，打量着这颗深深嵌进汽车车身里的子弹。

林厌也趴了过去，看着她伸手把那颗子弹用力拔了出来。

"这是……？"林厌端详着子弹尖，眼里浮出一丝震惊之色。

"没错，是橡皮弹。"宋余杭把那颗子弹用力攥进了掌心里，咬牙切齿地说道。

服务区里的巡警听见动静跑了过来："那边，那边，在那边！"

纷乱的脚步声响了起来。

林厌拉着宋余杭放低了身子，绕着停放的车辆七拐八拐地跑了出去。

她把鸭舌帽随意地往路人头上一扣，摘了墨镜和宋余杭一起挤上了一辆前往省城的面包车。

两个人坐在后排摇摇晃晃的，把钱递给了售票员。

宋余杭："你的车怎么办？"

林厌想了想，掏出手机给神秘人发了一条短信："一会儿会有人来开走。"

"好。"宋余杭点头，怕她晕车不舒服，拍了拍她的脑袋，示意她闭上眼睛休息一会儿。

"睡吧，睡醒了我们就到了。"

郭家在省城的偏远郊区。

两人下了高速之后又上了客运大巴，走了一个多小时水泥路才到。

隐在巷子里的门面房，挂着"郭记糖水铺"的招牌，正是傍晚要开张的时候。一个结实精瘦的年轻人正从屋里往外搬着桌椅。

东西多，他一个人忙前忙后，脖子上挂了条纯白毛巾，脚有些跛，一不小心绊到了桌子，手里的塑料椅子倾斜下来。

宋余杭一把给他扶稳了。

男人松了一口气，脸上溢出感激的微笑："谢谢。"

然而下一刻，他的笑容就凝固在脸上。林厌从宋余杭身后走出来，掏出了警官证："警察，问你点事，认识朱勇吗？"

那个女人的脸他当然是记得的。

朱勇被逮捕那天，他跟着警车跑了几里地，人群里突然撞出一个瘦弱的少女，扑上去也不知道哪里来那么大力气，揉开了警察，对着戴着手铐的朱勇就拳打脚踢。

警察一窝蜂拥了上去，七手八脚地把女孩摁倒在地。

他的爸爸哀号着，活生生被人咬掉了半块耳朵。

而被警察拉起来的女孩还流着泪嘶吼着："别碰我！别碰我！杀人凶手！我杀了你！我杀了你！"

林厌这些年来其实并没有多少变化，要说有那也只是变得更成熟、更有风韵了。

他对她记忆犹新，因此一见着她就开始两腿打战，疯狂咽口水，背过身一瘸一拐地往屋里走去。

"不……不认识，你们找错人了。"

林厌追了两步："郭晓光，你叫郭晓光是吧？这些年来我一直在找你，你爸爸……"

提到"爸爸"，郭晓光突然发飙地把手里的椅子扔在了地上："我说了我不认识你还想怎么样？！什么爸爸？我爸已经死了，我是个孤儿！我没有爸！"

林厌怔了怔，郭晓光喘着粗气，犹如濒临崩溃的猛兽。

她摸上了腰间的机械棍，准备实在不行用武力解决算了。

宋余杭拉住了她的手腕，轻轻摇了摇头。

屋里传来拐杖点在地上的"嗒嗒"声，一个老人步履蹒跚地走了出来。

她满头银发，佝偻着背，伸手摸索着，竟然是个盲人。

"晓光啊，什么人呀？你怎么又和人吵架了？不是说了，要心平气和地做生意嘛，几毛钱算了就算了吧。"

郭晓光把脖子上的毛巾扔在桌子上，迎上去扶住了她："妈，没事，没和人吵架，外面我一个人收拾就可以了，你去休息吧。"

这应该就是郭晓光的养母了。

宋余杭动了动唇，上前一步。

外面有人叫道："老郭，来两碗糖水、云吞面！"

郭晓光应了一声，撞开她们往外走去："二位，我要做生意了，不点单请离开好吧。"

林厌眼珠子一转，拉着宋余杭坐下了："老板，我们也要两碗糖水，还有你们这里的招牌小吃全都来一份。"

郭晓光一个趔趄，看着两个人都不胖的模样："您吃得完吗？"

林厌悠悠地从竹篓里抽出了一次性筷子掰开："我吃不吃得完是我的事，你不给我做我就去消协投诉你，让你关门大吉。"

郭晓光咬牙切齿，又拿她俩无可奈何，一瘸一拐地冲进了厨房。

不一会儿，他端出两碗糖水怒气冲冲地放在了桌子上："给，吃完赶紧滚！"

坐了一天车，林厌倒真的饿了，尝了一口糖水觉得还不错。她本就爱喝这些汤汤水水的东西，微眯起了眸子："不错，再来一份打包带走。"

宋余杭失笑，把自己碗里的紫薯拨给了她："得了，快吃，别捉弄人了。"

林厌冲她龇牙咧嘴的，示意她别管。

郭晓光上一道菜，林厌加一道菜，也不一次性点完，就耗着他的耐性，让他拖着条病腿来回跑。

最后一怒之下，年轻人终于摔了菜单，碍着有其他客人在，压低了声音怒吼："二位究竟想做什么？警察也不带这么欺负人的吧？！"

点的东西太多了，即使宋余杭每样菜只尝了一小口，也有些撑，打了个饱嗝，拿劣质餐巾纸擦了擦嘴放在桌上。

"不干什么，问你点事而已，你要是一直回避，我们有的是耐心陪你在这儿耗下去。"

一个唱红脸，一个唱白脸，宋余杭是负责跟他讲道理的那个，林厌就是撒泼耍无赖的那个。

"就是啊，你要是不告诉我们，我们就今天来，明天来，天天来。反正我不光有的是时间，还有的是钱，或者，直接去问问——"她朝里努了努嘴，"里面的那位老太太。"

郭晓光转过来吼："别碰我妈，否则我跟你拼命！"

林厌无所谓地耸肩："你觉得你打得过我吗？或者，我会听你的吗？"

郭晓光攥紧了拳头，胸膛上下起伏着，正憋着一口气无处可发的时候，店门口坐着的一桌客人拍着桌子喊结账。

他只好先扔下她们，跑了过去。

"毛哥，四瓶啤酒、五碗糖水、两盘龙虾、一碟毛豆，一共是一百四十二块钱。"

他点头哈腰的，那胳膊上文了文身的社会青年吸了口烟，把烟圈吐在了他的脸上。

"什么？没听清，你再说一遍。"

郭晓光又觍着脸给重复了一遍："哥，一共是一百四十二块钱。"

那社会青年勃然大怒，把烟头扔在了他身上："敢跟毛哥我要钱？！"

郭晓光被烫了一下，衣服上破了一个洞，跟跄着后退了几步，撞在了后面的桌椅上。

"不是，毛哥，我……店小利薄，您上个月赊的账还没给呢……"

几个黄毛小弟也纷纷站了起来，对他指手画脚、戳戳点点的。

"什么？毛哥来你这儿吃饭是给你面子，你别给脸不要脸，还敢跟毛哥要钱？！你小子这个月的保护费交了吗？"

一个叼着烟的黄毛小弟看见他围裙兜里塞了几张散钱，伸手拿过来数着。

"哟，两百块，今天生意不错嘛，上缴啦。"

郭晓光涨红了脸，伸手去抢："别……别……毛哥，毛哥，我还要交房租和水电的，还要给我妈看病，我求你给我留点，保护费再缓缓，缓缓。"

那文着花臂的社会青年一脚踹在了郭晓光的肚子上："每次都是这个理由，你就不能换换？"

几个小混混哄堂大笑，郭晓光额头上渗出了豆大的汗珠，手摸上了一旁的椅子。不等他动手，已经有人抄着机械棍扑上去了。

他愣愣地看着那女人当头就是一棒砸在了社会青年的后脑勺上，把人砸趴在桌子上，酒瓶碗碟翻倒碎了一地。

社会青年捂着脑袋呻吟："哪里来的疯婆娘？给我干她！"

其他人抄起酒瓶一拥而上，然后挨个被宋余杭收拾得服服帖帖，扔到了门外。

她走过去从黄毛手里扯过钱，还给了郭晓光："他们一直在收你的保护费，你怎么不报警？"

郭晓光数着钱一分没少，小心翼翼地将其塞进了围裙兜里，苦笑道："报了，没用，我是个瘸子，我妈是个瞎子，又是外地人，这几个地头蛇被抓进去关几天放出来就变本加厉地收保护费，不给就砸店殴打客人，还不如忍气吞声，好歹能过几天安生日子……"

林厌捏紧了机械棍，骨节都泛白了："真不是东西。"

宋余杭背过身去打了个电话，不一会儿，附近巡逻的警车赶到。

几个民警跳了下来，见着躺了满地的小混混，恨铁不成钢地道："怎么又是你们？"

"哟，头都破了，谁打的？"一个民警翻过社会青年的脑袋瞅了一眼。

宋余杭面无表情地走过去："我打的，警也是我报的。"

那民警奇怪地看了她几眼，似是觉得她在多管闲事，懒洋洋地掏出了笔录："姓名、身份证号，你把人打成这样，是要担责任的。"

宋余杭扯了一下嘴角，掏出警官证递了过去："你们对违法犯罪活动长期不作为，甚至是纵容的态度，也是要负责任的。"

那民警见着这黑本本，瞅了她一眼："哟，同行啊，身手不错。"

他还以为这是哪个新来的小片警呢，结果翻开警官证一看，警号居然是以"0"开头的，顿时惊出一身冷汗，把人和照片来回对比了几遍，抬手就敬了个礼，话都说不利索了："宋……宋队好！"

"免了吧。"宋余杭从兜里掏出烟，甩了几下点上，"假期出来玩，就别宋队宋队的叫了，这几个地痞流氓收保护费、放高利贷，长期赊账，还打砸店铺，殴打客人，哪一条罪名拎出来都够关几个月了，这事我会如实跟赵厅汇报的，铐上吧。"

民警欲哭无泪："不是，宋队……"

她冷冷地看了过去："怎么，还要我亲自动手，再给他们赔医药费吗？"

她鲜少拿官威压人，大多数时候是平易近人的，冷不丁的一眼连林厌都瘆得慌。

那几个小民警头皮发麻，知道这人是真的生气了，都曾听过她破"极光案""白鲸案"的威名，她又是赵厅的得意门生，江城市局的二把手，不敢再得罪，分别拿手铐把那几个小瘪三铐上了警车。

这时候为首的人才又递了一支烟过来："宋队，您看，大水冲了龙王庙，一家人不认一家人，今晚这事……"他碰了碰她的手腕，"算了吧，兄弟几个请您吃饭。"

林厌将机械棍收上来当按摩棒一样敲着肩膀，看着那人轻轻扯了一下嘴角，在笑，说出来的话却是铁面无私的。

宋余杭点了一下他的执法记录仪："没关，宴请贿赂上级，罪加一等。"

民警脸色青一阵白一阵的，知道这人油盐不进，恨恨地咬牙，转身带着人走了。

宋余杭这才走过来帮他把倒地的桌椅扶起来："抱歉，打坏的东西我们会照价赔给你的。"

郭晓光愣愣地看着她，再看看林厌，觉得她们好像和普通警察不太一样。

"你们……"

因为这场变故，店里的客人都走完了，他今晚等于是颗粒无收。

林厌从钱包里掏出一沓人民币放在桌上："所有人的消费，我买单。"

郭晓光看着那沓人民币咽了咽口水，这些钱不光能买下今天的营业额，就连付这个月的房租都绰绰有余了。

他勉强把视线挪了回来："即使这样，我也不会告诉你们的。"

宋余杭的面色沉了下来，她拍了拍他的肩膀："你也不想背着'杀人犯'儿子的罪名，如履薄冰地过一生吧？把你知道的事告诉我们，我们一定会还你、还你父亲清白的。"

郭晓光咬着牙，微红着眼眶，一把搡开了她："十四年前你们做什么去了？！我爸已经死了！死了！他回不来了！他根本不可能去杀人！你们为什么不查清楚？！为什么？！

"这十四年来我东躲西藏，不敢去上学，不敢谈恋爱，不敢结婚！就是害怕……害怕……被人认出是杀人犯朱勇的儿子！我的腿就是被那些人打断的！

"在我爸蒙冤受辱，在我人人喊打，犹如过街老鼠的时候，你们在哪里？！现在跳出来惺惺作态，假正经，让人恶心！呸！"

看着他歇斯底里的模样，林厌也不知道被触动了哪件伤心事，微微别过脸去，吸了一下鼻子。

宋余杭喉头微动，敛下眸子，红着眼眶低下了头："我代表江城市全体警方，向您致以最诚挚的歉意，同时，我向您保证，十四年前的悲剧不会重演，正义虽然会迟到但绝不会缺席。"

"因为——"她看向林厌，"我身边同样站着一位当年'分阳码头碎尸案'的当事人，我想说的是，尽管希望渺茫，但还是有那么一些人愿意为了公理正义奋斗终身。"

就像黑暗里飘荡着的萤火，即使孑然一身，微不足道，也终究会成为迷路者的指引。

有这样的火光在，正义之炬便永不会熄灭。

林厌站直了身子，看着他："没错，当年死的……是我最好的朋友。她死后不久，她妈妈就因为受不了这个打击而疯了。十四年了，我也像你一样，没有一天过过好日子，必须依靠药物和酒精才能入睡，你的心情我十分感同身受，但是，如果这件事不是你爸爸做的，那凭什么要你付出青春、付出家破人亡的代价来替凶手赎罪呢？

第82章 方向

"真正该死的、该付出代价的,是那个杀人凶手啊。"

林厌的话犹如一记重锤砸进了他心里。

郭晓光攥紧了拳头,轻轻揩了一下眼角,正打算开口的时候,里屋的帘子被掀开了。

老人颤颤巍巍地站在门口:"晓光,关门,让客人进来说。"

第83章 证据

"她们已经摸到郭晓光这条线了。"听着听筒里传来的声音，男人手指抚上了眉心，不消片刻，做了个重大决定般把手放了下来。

"毁掉证据，做得干净点。"

郭晓光把店门外的桌椅搬了进来，探头探脑地看了看，见大街上已经没多少人了，这才把招牌也搬了进来，顺手关上了卷闸门。

室内只亮着一盏昏黄且沾满油污的电灯，老人坐在床上，旁边靠着拐杖。

这个由杂物间改造成的卧室狭窄逼仄，旁边挨着厨房，并没有多少能坐人的地方，宋余杭收拾出一个纸箱子，把自己的外套脱了垫上，让林厌坐了，自己则站着。

为了使这份笔录正规可靠能拿上法庭，她拿出了录音笔，先表明身份。

"您好，我是江城市公安局刑侦支队队长宋余杭，我旁边这位是市局技侦科主检法医林厌，也是当年'分阳码头碎尸案'死者的同学，我保证我们的谈话将全程录音，公开透明，我们会妥善保管这份证据，除了作为呈堂证供外不会挪作他用。"

老人听见她说林厌是死者的同学时，嘴唇动了动，那已经失明只剩下眼白部分的眼睛里忽然滚出了泪珠。

"十四年了……十四年了……我终于等到了这一天……"

"妈,妈,你别激动。"郭晓光坐在床上,用手背替自己的养母揩着眼泪。

宋余杭蹲下来握住了她的手:"您辛苦了,慢慢把您知道的事全部告诉我们,我们会还朱勇清白的。"

老人颤抖着手揩了一把眼泪:"勇哥……勇哥是被冤枉的……他根本不可能去杀人……"

宋余杭和林厌对视了一眼:"这怎么说?"

一问到这个,老人脸上露出难为情的神色来,但为了查明真相,她也豁出这张老脸了。

"当时……你们警察都说勇哥是报复杀人,因为……因为死者的爸爸杀了他的老婆,所以……所以勇哥才砍了对方的女儿……"

老人摇着头,嗓音嘶哑地说:"不是的,不是的……勇哥、勇哥早就想他老婆死了,只是一直没有这个勇气……他是那么懦弱的人……平时杀猪都要念叨半天,怎么可能去杀人呢?"

郭晓光的眼睛也变得有点红:"当时的警察、媒体、律师……没有一个人愿意听我们说,我爸就被活生生地打成了杀人犯。他本身就有高血压,进看守所没多久就脑出血死了。"

林厌若有所思地看着他:"你和你生母……"

郭晓光喉头动了一下,闭上了眼睛,现在想起来还痛不欲生:"她不配当母亲。"

在郭晓光断断续续的讲述里,一段那个年代里在世俗压迫下有些畸形又令人唏嘘的爱情浮出了水面。

朱勇和郭月珍是同村一起长大的青梅竹马,相约来到大城市打工,早已私定终身,却分别嫁娶了自己不爱的人。

郭月珍被家里用几个钱洋安排嫁给了同村有点钱的男人,年纪比她大一轮,还是个鳏夫。

等朱勇赶回家里时,已经生米煮成熟饭了。

他跑去抢亲,被父亲一巴掌打了回来:"你死心塌地地跟着月珍有什么用?!一样穷!我跟你说,这次回来你就别出去了,老老实实地在家里待着,你娘帮你物色了好几个姑娘,都是家境殷实的,光嫁妆都够你吃穿了!"

就这样,两个相爱的年轻人被迫分开。

婚后,郭月珍跟着丈夫去城里生活,朱勇也娶了另一个女人,夫妻俩一起去了城里打工。

朱勇凭借着在屠宰场待过的手艺，在菜市场开了一家卖肉的铺子，每天起早贪黑地讨生活。

他的老婆也就是郭晓光的生母，是个自私刻薄的女人，能嫁他纯粹是因为看中了他老实懦弱能干活。朱勇赚的血汗钱除了寄给家里一部分，其余全都给了她，女人拿着这些钱和几个发廊里认识的小姐妹跑去赌，成宿成宿地不回家。朱勇跑去她上班的地方找她，目睹她和一个男人卿卿我我，一怒之下要求离婚，却在此时发现她怀孕了。

女人哭着哀求他，朱勇本来就是个软弱又没主见的男人，更何况女人除了爱招蜂引蝶之外也没什么过错，还会每月按时往家里寄钱，在农村孝顺父母就是最大的美德。

朱勇打算等孩子生下来再看看是不是他的，如果不是就离婚。

等到孩子生下来，男娃娃软乎乎地抱住他的手指头的时候，看着虚弱地躺在床上的女人，朱勇突然就舍不得离了。

那个时候的他坚信一切都会好的，日子会好的，女人也会好好回到正轨上，他们一家三口将和和美美地生活。

可是好景不长，江山易改本性难移，女人养好了身体就又出去花天酒地，只有没钱的时候才会跑回家。见识了城市的灯红酒绿之后，她越发看不上朱勇这样老实懦弱又没钱的男人。

她傍的那些大款，随手开一瓶酒的价钱，都够他们一个月的生活费了。

郭晓光在童年里常常被爸爸背在背上，和他一起去卖肉。

朱勇忙不过来的时候，郭晓光就一个人在地上爬，也不知道什么能吃什么不能吃，捡起碎骨头、生猪肉就塞进嘴里。

"欸，小孩子不能吃生的东西，你怎么给他吃这个啊？！"

一次偶然的机会，郭月珍来菜市场买菜，从郭晓光手里拍掉了生肉，还拍着他的背，把嘴里的也抠了出来。

命运又让两个年轻人相逢了。

两人之间的爱意并未被消磨多少。

朱勇对家庭的责任感是真的，把对郭月珍的爱深深压在了心底。

可是殊不知，越是压抑的东西，爆发出来的威力越是惊人。

他们还是做了，各自背叛了家庭，撕咬着对方，在背德的快感中永久地沉沦了下去。

在郭晓光的童年里,他的母亲对他非打即骂,并没有因为他的出生而回归家庭,反而觉得他是个累赘,耽误了她和那些男人花天酒地,因为生过孩子的女人就不值钱了。

也不知道是哪一次,或者是很多次,郭晓光在外面叫她妈妈,女人一耳光就扇了过来,把他打得流鼻血。

"别叫我妈,我没你这样的儿子,你和你爸一样没出息!"

渐渐地,他就不再叫她了。

有时候朱勇去卖肉,把他一个人留在家里,女人就会带各种各样的男人回来,让他守在门口替他们看门。

小小的孩子就赤着脚,衣衫褴褛地蹲在破旧的木板房门口,睁大了眼睛瞅着来往的行人。

日子久了,有好事的邻居见着他出来,就咧开黄板牙笑:"哟,又开张啦。"

郭晓光听不懂,等再大一点能听懂了,却希望自己永远也不要懂。

有时候女人得的钱多,心情好了,会给他几毛钱让他去买泡泡糖吃。

更多的时候她是把在别的男人那里受的气、受的折磨,一股脑地撒在他身上。

三四岁大的孩子,自己都站不稳,走路跌跌撞撞的,要给她倒洗脚水,要把她擦洗完身子的水泼出去,要拎着比他还高的扫帚扫地,要拿抹布擦桌子,要挽起袖子给她洗袜子,洗内衣内裤。

稍有不如意的地方,女人就会把他的脑袋按进水盆里,拿搓衣板打得他嗷嗷直叫。

至今想来,那仍是一段噩梦般的日子,郭晓光越说越喘不上气来,攥紧了膝盖上的布料。郭月珍摸到儿子的手用力攥着,一只苍老得遍布皱纹的手和年轻的手紧紧交握在了一起。

在那段最灰暗的日子里,只有郭月珍,这个父亲的情妇,因为爱屋及乌,会对他好,会对他笑,还会从自己本就拮据的生活费里抠出钱来给他买糖吃,拍干净他身上的土,细声细气地对他说话。

小孩子其实就是这样,谁对他好,他就会本能地依赖谁。

有一次郭月珍买完菜路过他家门口,见他寒冬腊月里蹲在院子门口玩泥巴,问他:"为什么不进去?"

他闷闷地回答:"妈妈不让我进去。"

郭晓光眼里多了怜悯之色："饿不饿，孩子？"

他点头："饿。"

郭月珍就从菜篮子里翻出了刚买的馒头，还是热乎的，递了一个给他。

这一幕正巧被喝完酒回来的女人看见了，两人大打出手，所幸朱勇及时赶了回来。

那是郭晓光头一次看见父亲发那么大脾气，也是父亲忍了这么多年来头一次对女人动手，一把把人揉在了地上。

"离婚吧！"

女人嘤嘤哭了起来，这时候又不愿意离了。朱勇虽穷了一点，可待她是极好的，从没说过半个"不"字。

女人不仅不愿意离还扬言要是离婚就告诉老家的父母，让他们把嫁妆还回来，让十里八乡街坊邻居都知道是朱勇抛弃了她，朱勇是个负心汉！

她还说要带着儿子一起跳河，就是淹死也不给朱家留种。

那个晚上，郭晓光透过里屋木板上的小洞看去，他爸爸坐在床上，背对着他的妈妈抽烟。

女人睡熟了。

男人起身，从厨房里拿出了杀猪刀。

蚊帐上投下了他高高举起刀的影子。

郭晓光吓得瘫坐在了地上。

可是那一刀终究是没砍下去的。

在朱勇身上，郭晓光见证了一个男人最软弱，也最善良的一面。

朱勇听从父母之命媒妁之言，娶了自己不爱的女人，忍受了多年的"绿帽子"，在暴力面前也保护不好自己的孩子，在被逼到绝境的时候却又放下了屠刀。

就是这样一个老实、懦弱、无能又耳根子软的人，怎么会做出杀人碎尸这样惨无人道的举动呢？

打死郭晓光他都不信。

要是朱勇有这样的勇气，多年前死的就不是陈初南，而是他不合格的母亲了。

郭晓光说着，闭了一下眼睛，眼里滚出了两行清泪。他飞快地拿手背抹掉了，吸了吸鼻子。

"她这样我爸都没有跟她离婚……我爸又怎么可能为了复仇去杀人呢？说句不该说的话，她死了我们都松了一口气……"

至于她的死倒确确实实是个意外了，陈初南的爸爸去买肉，恰逢那女人又回来跟朱勇要钱，朱勇让她等一会儿，自己去上个厕所，央求她帮忙看着铺子。

女人不耐烦地应了，因为两毛钱和陈初南的爸爸起了口角，进而发展到人身攻击，陈初南的爸爸就揉了对方一下。

女人抄起杀猪刀先动的手，没砍到人，被人把刀夺了。

她又扑上去喊道："你扎，你扎，哑，有本事往这儿扎！"

然后也不知道是被她拽了一把还是陈初南的爸爸本来脚下就没站稳，真的白刀子进红刀子出了。

以往初南从来不跟她提这些，林厌也没问，这还是林厌第一次听见关于陈初南的爸爸杀人的始末。

怎么说呢，林厌有点……

她微微闭了下眼睛，呼吸变得有些不稳，右手紧握成了拳。

她替初南爸爸不值，替郭晓光不值，替初南被叫了那么多年"杀人犯的孩子"不值。

宋余杭把他们说的话都一一记了下来："所以，当时你父亲死后，你就跟着郭月珍一起生活了吗？"

郭晓光点了一下头，又拍了拍母亲的手，含泪笑着："嗯，要不是我妈，我现在估计早就饿死了。"

林厌还有一丝疑惑："老太太，您没有儿女吗？"

郭月珍摇头，脸上有一丝遗憾神色："我结婚后一直没怀上，开始是以为丈夫年纪大了，后来去医院一查是我的问题。婆家也嫌弃我这个，就把我赶出家门了，幸亏勇哥不嫌弃我。他死后就剩我和晓光相依为命了。"

宋余杭有些唏嘘，也不知道朱勇遇见郭月珍，究竟是幸还是不幸了。

不过有一点毋庸置疑，郭晓光遇见郭月珍，一定是他最大的幸运。

"老太太、晓光，你们再想想，还有没有什么能证明朱勇清白的东西？光凭他没有作案动机这一点，是洗刷不清他的嫌疑的。"

宋余杭并没有因为动情而影响自己的判断，冷静清晰地提出了难点。

郭晓光黯然地摇了摇头："要是有，我爸也就不会死在看守所里了。"

两个人对视了一眼，林厌换了一种说法问他："十四年前，6月15日入夜开始，你爸在哪里？"

郭晓光回忆了一会儿，直视着她们的眼睛答："他一直在家，没有出去过。"

"你能保证吗？"宋余杭皱着眉头看他，只觉得这案子越来越扑朔迷离了。

对方举起了两指并拢发誓："我愿意为我说的话负法律责任，若有半句假话，叫我不得好死。"

林厌看着他："我信你。"

郭晓光挠了挠头，听见她这么说，脸上露出一丝笑意来，不过很快又皱紧了眉头，显然是说到这些还是难受："他平时5点半从菜市场收工，骑一个小时的三轮车回家接我放学，然后给我做完晚饭，就要剁猪草喂猪，物色第二天要宰杀的猪仔子，常常天不亮就起来干活了，哪有那个时间？"

老人也颤颤巍巍地开了口，混浊的眼睛里闪烁着泪光："你们……你们要是不信，我也可以做证，那天还是我去接的晓光放学……"

宋余杭敏感地觉察到了她话中的不同寻常之处："为什么是您去接的他？"

"因为我爸的三轮车丢了，走回来的。"郭晓光答，"我印象深刻是因为在学校等了很久，饿得不行，郭姨按惯例晚饭时间去给我家送吃的，发现没开灯，敲门也没人，以为出了什么事，才跑到学校接的我。"

录音笔闪烁着，宋余杭也拿纸笔把他们的谈话一字不落地记了下来。

这车丢得未免也太巧了。

林厌："什么时候丢的？"

郭晓光想了想，说道："案发前一天晚上。6月15号凌晨我爸起来杀猪，车就不见了，还是我跟邻居借的板车，和他一起把猪肉运到市场上去的。"

宋余杭继续问道："车丢了，你们报警了吗？"

"报了，当天下午我爸从市场回来后就报了，警察说不是什么贵重财产，黑灯瞎火的，也不一定能给找回来，就只给登了记就走了。"

"谁知道三天后，就是18号，警察又上门了，我以为他们是来送车的，结果他们一来就把我爸摁地上了，说他有重大作案嫌疑……"郭晓光说到这里，再也讲不下去了，宋余杭扯了一张纸巾给他。

"抱歉，又让你们回忆起这些伤心事，但是请相信我们，你们这些年受的苦不会白受，我一定会让你爸——沉冤得雪。"

"沉冤得雪。"

两只拳头对在了一起，宋余杭以一个警察的身份，对他许下了郑重的诺言。

在笔录上签字之前，郭晓光又跪了下来，对着那支放在桌上的录音笔虔诚地起誓，再次重申："我，郭晓光，发誓，我所言皆为事实，我愿意为我说的话负法律责任，若有半句假话，叫我遭受天打雷劈，不得好死。"

说罢，他才拿起笔，闷头写上自己的名字，按了指印。

老太太也拄着拐杖摸索着走了过来，林厌扶着她，拿起印泥，递到了她手边。

老太太使劲按了下去，指尖深深陷进了油墨里。

她哆嗦着嘴唇，在宋余杭的指引下，也把鲜红的指印按在了白纸黑字上。

起身的时候，她再也支撑不住，眼里滚出了两行清泪，握着宋余杭的胳膊就要跪下来给宋余杭磕头："求求……求求你们了……一定要……一定要还勇哥清白……还晓光清白。我撑着这把老骨头，不等到真相大白的那一天，死不瞑目，死不瞑目啊！"

老人哀号着，郭晓光一把把人托了起来，替她揩着眼泪。

"妈，你这是做啥呀？做啥呀？忘了你这眼睛是咋瞎的吗？大夫说了你不能哭，不能哭……"

林厌不忍归不忍，却还是想起了另一件事。

她从钱包里掏出自己的名片递了过去："这里你们不能再住了，明天天一亮就搬家。这是我的名片，你们拿着这个去找芳悦清洁公司，他们会给你们新的工作和住处。"

郭晓光看着这张烫金名片犹豫不决："你们……"

林厌一把将名片塞进了他的手里："让你拿着就拿着，别婆婆妈妈的！"

宋余杭也把自己的电话留给了他："有困难、遇见危险的时候，打这个电话，我一定会尽我所能地帮助你们的。"

她们这么郑重反倒让郭晓光心里不安起来："是不是破案有什么——"

宋余杭摇头："现在什么都不能告诉你，你要记住，我们今天来这里是来旅游的，只是碰巧在你这儿吃了一顿饭，帮你解决了几个地痞流氓，然后就走了，什么事也没有发生。"

"你们今天跟我们说的话就烂在肚子里，绝对不能再泄露给别人，否则——"

她顿了一下，未尽的话让人不寒而栗。

郭晓光身上起了一层鸡皮疙瘩，心里麻麻的，但是他也郑重地点了点头，用力攥紧了这张名片："好，你们放心，你们来过这里的事我不会让别人知道，这是我们之间的秘密。只要能换回我爸的清白，我不怕，做什么都可以。"

林厌起身："那我们就告辞了，你们……"她的视线在年轻人和老太太皱纹遍布的脸上一一掠过。

"保重。"

"保重。"

郭晓光送她们出去，即将关上卷闸门的时候，又从厨房里拎了打包好的盒饭出来："给，糖水，你不是说还要打包一份带走吗？我寻思着这工作也不能做了，这可能是我做的最后一份糖水了，你喜欢，送给你。"

"哪，也不一定就是最后一份吧，你的手艺还是蛮好的，等这个案子尘埃落定，来林家做饭啊，我还缺个粤菜大厨呢。"

那个时候的她还不知道，郭晓光说最后一份，原来真的就是最后一份了。

林厌笑嘻嘻地接过糖水，等卷闸门关上后，又从底下的缝隙往里面塞了一沓钱。

她总是一副玩世不恭的模样，时常口吐狂言，舌灿莲花，大多数时候是冷漠偏执且尖锐的，说话做事总有那么几分刻薄。

也多亏宋余杭和她相处得久，才能见识到这坚硬外壳包裹下的柔软与善良。

她一把把人拉了起来："走吧，我们去找个地方睡觉。"

她揽过林厌的肩膀，在她耳边轻声道："别回头，一直走，带身份证了吗？"

林厌的眼神瞬间冷了下来："带了。"

"前面路口分开，各自找酒店入住，半个小时后再联络。万事小心。"

林厌点头，此时一辆公交车刚好停下下客。

等绿灯再亮起来的时候，十字路口已经没人了。

追踪的黑衣人摔了耳麦："又他妈跟丢了！"

第 84 章 躲避

西南边陲，某热带雨林。

皮靴踩在木质阁楼地板上"嘎吱"作响，头顶上的电灯泡微微摇晃着，蚊虫不知疲倦般撞了上去。

"Go，Go（走）。"有人用蹩脚的英语，推搡着一队女孩从丛林中走过。

树枝晃动着，走在最后面的矮个子女孩拉了拉前面年纪相仿的女孩的衣服："不是说带我们去东南亚淘金吗？怎么跑到——"

她话音未落，整个队伍停了下来，领头人大声喝止了她们的窃窃私语，随即一行人被带进了一个房间里。

"从今天起，你们就住在这里了，明天开始由库巴给你们安排工作，只要你们干得好，能让客人满意，月入过万不是问题。"

房间不大，木质结构，摆了几张简陋的架子床，领头人口中的库巴走了进来，人高马大，典型的东南亚人面相，手里拿着一根黝黑的皮鞭，蛇一样贪婪的目光一一掠过这些惊惶不定的女孩子的脸。

他满意地点了点头，用缅甸语叽里呱啦地跟领头人说了几句什么。

领头人脸上露出如释重负的微笑，跟他一起走了出去。

木板门合上，门口多了两个彪形大汉守着。

还是刚刚说话的那个女孩子把行李放上了床:"芳芳,你睡哪儿?"

"上铺吧。"

"行。"

女孩子的床靠着门口,她一边从破旧的布包里掏东西一边透过门缝看去。

库巴掏了一沓钱给领她们来的人。

领头人蘸了蘸口水数着钱,叽里咕噜的也不知道用缅甸语说了些什么,脸上露出些不满情绪来。

那个叫库巴的人变了脸色,掏出鞭子吼了一句,领头人吓了一跳,唯唯诺诺地不吭声了,最后被几个黑衣人带离了这里。

女孩子心里越发不安起来。

她摸着自己包里的小灵通愣了愣,准备给家里打个电话报平安的时候,又是那个库巴带着几个人走了进来,她下意识地把手机塞进了被褥里。

库巴一扬手,几个黑衣人上去翻着她们的包。

女孩子下意识地去抢,被人一把揉在了床上。

几个彪形大汉如饿狼一般看着她。

她不敢动了,手脚发软,默认了他们的暴行。

直到翻遍了她们的背包,把所有人的护照和身份证都扔进了麻袋里,库巴才停手,说:"工作,不需要这些;赚钱,不需要这些。老老实实地待着,会给你们钱的。"

说罢,他又关上了门,留下一屋子面面相觑、惊魂未定的女生。

上铺是女孩子的同伴,同村的姐妹。

"算了算了,睡吧,睡吧,只要能赚到钱,让我做什么都愿意。"

女孩子不安地躺了下来,被窝是潮湿的,有一股热带雨林独有的,也可能是上一任主人留下来的腥臭气味。

她睡不着。

其他人也都一样,翻来覆去睡不着。

寂静的夜里只有床板"咯吱"的声音。

终于还是有人忍不住开了口:"你们都多大咧?"

隔了半晌,女孩子听见对床说:"十八了,你呢?"

问话的女孩子答:"二十一了,你得叫我声姐。"

屋里有人闷笑起来,女孩子们陆陆续续打开了话匣子。

第84章 躲避

"我二十咧,和家里吵架就跑出来了。"

"刚满十九,想赚点钱供弟弟上学。"

"我二十五了,应该是你们中间最大的吧?"

"你呢?"话题转到了她这里。

女孩子嗫嚅着说:"十……十五了……"

"看起来不像啊。"

女孩子有一张姣好的面容,扎两个麻花辫,大眼睛灵动又鲜活,身材很好,并不像普通的十五岁女孩子那样干瘪。

她是童养媳,已经是一个一岁孩子的妈了。

这在她们那个村里是常有的事。

她不堪忍受丈夫的殴打,这才央求同村准备出去打工的姐妹带她一起走。

连日来的奔波让女孩子们都有些累了,渐渐地,没人再说话了。

有人打起了呼噜。

女孩子掀开被子下床,上铺的同伴探出头来:"你干啥去?"

"睡不着,上个厕所去。"

上铺的同伴冲屋中间的铜盆努了努嘴:"那里有盆。"

"算了,怪不好意思的。"

女孩子脸上臊得慌,从枕头底下摸出手机,捏在手里往外走去。

即使她一时冲动离开了家,可心里还是牵挂孩子的,想给娃他爸打个电话,听听孩子的声音。

同伴又躺了回去。

女孩子轻轻推开了门,不知道何时门口的守卫不见了。

月朗星稀,丛林里燃起了星星点点的篝火,不远处的几个木屋里亮着灯。

她顺着楼梯往下走,打算找个僻静又有信号的地方给家里打电话。

这里的每一栋木房好像都一模一样,她一路过去,透过门缝,看见有不少屋子里住着和她们一样的女孩子。

屋子里一样死气沉沉,没有人说话。

女孩子咽了咽口水,走廊已经到了尽头,面前的一栋木屋里亮着灯。

她必须经过这里才能下楼梯到丛林里去。

绣花布鞋踩在地上极轻,屋里的男人们发出了兴奋的叫声,那个库巴也在。她不敢看,头皮发麻,直到女人凄厉的尖叫声划破夜空。

她猛地看过去，女人一只眼睛透过门缝死死地盯着她，头破血流，衣衫不整。

"救……救救我！"

惊恐之下她一个趔趄撞到了栏杆上，木质房子发出了令人牙酸的声音。

丛林里亮起了火把，有人往这里跑来。

木门"嘎吱"一声被打开了。

女孩子抬脚就跑，却被人一把拽回来重重地摔在地上。

手机飞了出去，落在拐杖边上。

男人俯身将手机捡了起来。

"叫什么名字？"他有一张温和的脸，也许是上了年纪，看上去分外亲切。

女孩子战战兢兢地回答："丽……丽丽。"

"不错。"男人端详着手机，用拐杖抬起了她的脸，"送她回家见家人吧。"

女孩子心里一喜，笑容就凝固在了脸上，库巴赤着膀子高高举起木棒狠狠地砸在了她的后脑勺上。

血花四溅，女孩子瞬间就没了动静。

他必须狠。他带人去搜查的房间，要是女孩子不死，死的人就是他。

血花溅上了灯泡，墙上的灯影投下了库巴壮硕的身形，他拖着人走过的地方留下了森森血迹，一直蔓延到了楼梯下面。

不一会儿，一个七八岁的小孩拎着一桶水过来，开始擦洗地板。

丛林里的树枝晃了晃，"扑通"一声水响，一切罪恶消弭于无形。

"你好，一间标准间。"林厌掏出身份证递了过去，等待入住的工夫指尖闲闲地敲打着柜台，不着痕迹地用余光观察着身后的情形。

酒店大堂里有监控，跟着她的人没进来。

林厌吹了声口哨，跟柜姐抛了个媚眼，拿起房卡上了楼。

"标准间，谢谢。"宋余杭从钱包里抽出钱递了过去，拿着找回来的零钱和房卡也上了楼。

十五分钟后，夜色里，二楼窗户悄悄开了一条缝，巷子里空无一人。

一个矫健的身影沿着水管徒手爬了下来，蹲进了黑暗里。

林厌到达约定地点的时候，宋余杭已经等着了。

见她跑过来，宋余杭这才长出一口气迎上去："没事吧？"

"没事。"林厌摇头，"费了些功夫，不过总算是甩掉了。"

宋余杭拉着她贴着墙根走，避开了道路的监控，进了一家小旅馆。

老板娘窝在椅子里，见有人进来懒懒地抬了一下眉头："身份证。"

宋余杭直接掏出房价双倍的钱放在柜台上。

老板娘坐了起来，数着钱咧着嘴笑了，扔给她们一串钥匙："直走上楼左拐。"

就这样，两个人用双倍的钱入住了一家不用身份证登记的"黑店"。

为了完美圆谎，并甩开追踪者，宋余杭故意和林厌在大街上留下了监控影像，随即入住大型酒店，这种酒店一般会在公安部备案，无论是谁，只要一查就能查出她何时何地入住了这家酒店。

不管是警方，还是跟着她们的未知势力。

林厌也是如法炮制，宋余杭唯一担心的就是分开走林厌会遇到危险。

但是林厌当时执意要分开走，压低了声音道："证据你一份我一份，他们摸不清到底在谁那儿不会贸然动手，我们在一起才是真的危险，分开。"

林厌进了浴室后，宋余杭从兜里摸出烟走到窗边抽着，透过窗帘看去，这里地理位置绝佳，刚好在糖水铺子对面，将整个大门和院子尽收眼底。

街上安安静静的，偶尔有几声狗叫响起。换而言之，只要对面有一点动静，她们绝对能听到。

宋余杭从背包里摸出手电，把窗子拉开一条缝，按亮手电投到了平房的玻璃上。

郭晓光看着地板上亮起光斑，起身拉亮了电灯，闪了一下又很快关掉。

这是他们约好的用以确认彼此安全的信号。

宋余杭悬着的心彻底放了下来。

等林厌洗完澡擦着头发出来，宋余杭这才去洗澡。

奔波了一整天，林厌是真的困了，在宋余杭出来时掩唇打了个哈欠，抬眼看她："你不睡吗？"

宋余杭刚洗完澡头发略湿，听了这话回道："不睡，得留神听着对面的动静。"

林厌咕哝着："那我先睡了，半夜醒了换你。"

她一夜无梦，清早是被对面卷闸门被拉开的声音吵醒的。

郭晓光探头探脑地出来，天还未大亮，长街上并没有多少行人。他四下看了看，这才把自己母亲也扶了出来，背上背着一个硕大的旅行包，手里拖着行李箱，飞快地锁了门，拉着郭月珍快步离去。

林厌安排的车就停在路口。

直到看见他们平安无事地上了车，林厌才又睡眼惺忪地倒在床上："啊，还早，再睡会儿，睡会儿。"

男人站在落地镜前系着扣子，比起林又元来说，他年轻气盛，浑身上下没有一丝赘肉，就连清早起来都是神清气爽的，头发理得一丝不苟。

他似乎有定期剪发的习惯，从来不会让自己的头发和胡须随心所欲地生长。

这种生活作风上的严谨也注定了他在床上的刻板。

女人有些不知餍足，赤着脚下地，搂住了他的腰。

男人刮胡子的手一僵，他垂眸看去，即使内心已经在思考这只手做成什么标本好，仍是温言软语地问："做什么？"

女人的手沿着三角区往下滑："你什么时候给我这个啊？我想……"

男人摁住她的手，转过身来，微笑着道："不是说了吗？等你拿到他的遗书再说。"

"可是——"女人皱了皱眉，晃着他的胳膊，用娇嗔的语气跟他撒娇，"都已经那样了，公司都要垮了，他还是不松口，我能怎么办？"

男人意味深长地笑了，抬起她的手轻吻了一下："那就看你的本事了。"

郭晓光上了面包车才松了一口气，扶着自己的妈妈坐好，替她系上了安全带。

前排的司机戴着墨镜，回过头来："郭先生吗？"

郭晓光点了点头，把名片递过去："林小姐要我来找你们的。"

男人低头端详了名片片刻，嘴角突然浮出一丝诡谲的笑意。

郭晓光心里"咯噔"一下，暗道"不好"，推了一下车门，车门纹丝不动。他再抬起头来的时候，就被人用枪抵住了前额。

"儿啊，晓光，晓光，怎么了？"老太太听见动静，伸出手摸索着。

郭晓光握着妈妈的手冷汗涔涔，咽了咽口水："没事，妈，大哥和我聊天呢。"

男人脸上露出一丝微笑，这人还挺识时务的。

他收了枪开车："走吧，我老板想见你们，别让他老人家久等了。"

第 85 章 牙医

难得有不工作的周末，季景行起了个大早，做好早饭之后叫女儿起床。

"小唯，快点起床吃早餐了，别忘了今天我们预约了牙医，一会儿还得早点去排队呢。"

小唯揉了揉眼睛，睡眼惺忪地起来去洗漱，然后回到餐桌前坐下，电视开着，正在播放早间新闻。

"进入春运以来，警方接到不少报案，陆续有儿童在火车站走失。年底人流量大，在此提醒各位家长在公共场合看管照顾好自己的孩子，如发现孩子失踪请尽快前往附近派出所报案。"

她伸手掀开糖罐子，舀了一勺白糖放进粥里，打算拿遥控器换台看动画片的时候，季景行从厨房里出来，关了电视，面色有一丝严肃。

"都蛀牙了还吃糖，不许吃，喝白粥，尝尝妈妈做的菠菜。"

季唯一不情不愿地"喔"了一声，却也乖乖把放了糖的粥推到她面前，夹起菠菜放进了盘子里。

季景行脸上这才展露一丝笑容，揉了揉她的脑袋："乖，等蛀牙好了，妈妈给你做拔丝苹果。"

爱齿口腔医院。

母女俩坐在走廊的椅子上等护士出来叫号。

也不知道是因为冷还是怎么，季唯一紧紧靠着妈妈，抱住了她的胳膊。

季景行轻轻拍着她的后背，放低了声音哄着："害怕吗？小唯最勇敢了，打针都不怕还怕拔牙呀？"

小唯瑟缩着，红了眼圈，啜嚅道："妈妈，你可以陪我一起进去吗？你要是和我一起进去的话我就不怕了。"

季景行脸上露出难色："这个……看医生让不让妈妈进去了。"

她话音刚落，护士叫到了她们的号码，季景行赶紧站起来，把单子一起递过去："你好，59号。"

小唯却还抱着妈妈的大腿不肯走。

护士失笑道："小朋友，你已经长大了，这里是检查室，妈妈不可以进去的。"

这是今天上午的最后一个号了，林舸站起来活动着身体，扭了扭脖子，还没等到患者进来，门外却隐约传来小孩子的哭声。

他好奇地探头出去："怎么了？"

熟悉的声音传来，季景行偏过头去看他，四目相对，两人都有些意外。

林舸笑了："季律师，没关系，一起进来吧。小周，拿鞋套给她。"

很快东西就递到了季景行手里，季景行这才陪着女儿一起走进去。

小唯止住了哭声，拉着妈妈的手指晃了晃，好奇地看着林舸："妈妈，他是谁啊？"

"没大没小，叫林叔叔。"

小唯甜甜地笑起来："林叔叔好。"

"你好。"林舸戴上口罩，从椅子上转过身来，示意护士拿颗糖给她，"你叫什么名字呀？"

"我叫季唯一。"

小唯拖长了声音答，口齿清晰，看来应该没什么太大的问题。

季景行看着塞进她手里的糖果："欸——"

林舸弯起眉眼笑着，冲她挤了挤眼睛，示意她别担心。

护士把人拉到一边，低声道："没事的，那是咱们医院特制的药丸，不含糖，有轻微的麻痹作用，一会儿拔牙会方便点的。"

季景行这才稍稍放下心来。

"啊——来像叔叔这样，比比谁的嘴张得大。"

清晨的日光里，穿着白大褂的医生和孩子一起做着鬼脸，成功逗笑了季景行。

"没想到林医生还挺有一套的。"

说到这个，小护士也有一些自豪："那可不？我在公立医院的时候可没见过哪个院长像他这么平易近人的，还天天出门诊，来我们这儿看牙的病人孩子都可喜欢他了。"

季景行点了点头，赞同她的说法。

如果说林厌是那种让人一看见就喜欢不起来的类型，那么林舸大概就是无论放在哪里，总会让人心生好感的类型。

"是吗？那他怎么……"

女人在一起聊天多半是八卦，算算年龄，林舸比宋余杭要大几岁，今年也快四十了吧，还没成家吗？

护士摇了摇头："没呢，林医生是出了名的洁身自好，之前有个同事明里暗里骚扰了他几次，被严正警告后直接辞退了，从那之后，就没人敢再提了。"

季景行看着林舸若有所思，这样性格开朗活泼、为人幽默豪爽、做起事来严谨认真，还洁身自好的男人简直是太难得了。

一番检查之后，林舸放下手里的器械，把季景行叫了过去："龋齿倒是不严重，用不着拔，清理后用药物填充就可以了。"

"倒是这个——"林舸微笑，轻轻捏住了孩子的下颌，"小唯，让妈妈看一下。"

"啊——"说来也奇怪，季景行不是第一次带小唯看牙，这家医院却是第一次来，小唯睁大了眼睛，好奇地看着这个和善的叔叔，他说什么都乖乖照做。

林舸指给季景行看："看见没？乳牙滞留，旧的牙齿还没掉，新的牙齿已经长起来了。"

季景行"啊"了一声："这我倒是没怎么注意——"

林舸笑："没关系，这个位置一般人不刻意看的话也留意不到的，我建议您蛀牙保守治疗，这个牙得拔了，不然会影响到邻牙的生长发育的。"

他一说起自己的专业知识来头头是道。

季景行的表情凝重了些："行，拔吧。麻烦您了，林医生。"

一说到拔牙，小唯又张了张嘴，红了眼眶，怕妈妈发火，所以忍着没有哭，却也磨磨蹭蹭地不愿意躺上治疗椅。

护士想来抱她，被林舸制止了。

男人蹲下身来，视线和她持平，目光始终是温和亲切的："怎么了，小唯，害怕吗？"

小唯摇摇头，又点头："会……会痛吗？林叔叔……"

林舸戴着口罩笑，眼睛眯成了月牙儿。他并没有欺骗孩子，而是站在平等的角度和她沟通："会有一点点不舒服，像被蚊子咬了一口的感觉。不过，这感觉每个人可能都会有点不同，有的人被蚊子咬了一口都会觉得痛，有的人就不会。叔叔答应你，你要是觉得痛的话，我立马住手，这样可以吗？"

"小唯，听话，去吧，叔叔看了一早上病了，不要耽误人家吃饭，妈妈会在这里陪你的。"

季唯一看看妈妈，又看看林舸温柔的笑容，点了点头，自己爬上了治疗椅，却没想到脚一滑，林舸给抱上去了。

照明灯打开后，小唯紧紧地闭上了眼。

林舸失笑："小唯，你看这是什么？"

小唯睁开眼，惊呼了一声，护士姐姐在他的授意下，拿电脑放着她喜欢的动画片。

林舸把人按住："好了，小唯看动画片，叔叔要开始工作了，张好嘴不能动喔，动的话护士姐姐就会把动画片关掉喔。"

被动画片吸引走了全部注意力的孩子哪还顾得上疼，捏紧小拳头点了点头，奶声奶气地说："好，我不动，谢谢叔叔。"

"不客气。"林舸微微一笑，拿起器械开始干活。

不消片刻工夫，小唯还没回过神来，完整的牙就被拔下来放进了托盘里。

林舸摘了手套，把乳牙用卫生纸包了起来递给季景行："要留着做个纪念吗？"

季景行的脸色有点红："这您都知道啊？"

林舸笑："下牙扔房顶，上牙扔床底嘛，小时候我妈也这样。"

季景行小心翼翼地双手将牙齿接了过来，带着孩子一起鞠躬。

"今天就麻烦您了，小唯，谢谢林叔叔。"

因为拔了牙又塞了药物，小唯这会儿说话有些含混不清，还流口水。

"谢……谢叔叔。"她说到一半，就有些害羞地捂住了嘴。

林舸摘了口罩，送她们出诊室："没事的，小唯，麻药过后正常反应，有口水吐出来就好了。"

转过头，他对着季景行说道："填充的药物两天来换一次，一定要监督孩子正确刷牙，控制糖的摄入，健康饮食。"

季景行略微赧然地点了点头："好，知道了。小唯，跟叔叔再见。"

"再见，林叔叔。"

林舸站在走廊上目送她们远去，轻声感叹。

"真是个可爱又听话的孩子呢。"

"怎么，来了省城也不招呼一声，一来就给我的人一个下马威，如今师父想请你吃顿饭也请不动了？"

电话那头，老人的声音中气十足。

宋余杭看了一眼旁边的林厌，苦笑道："这不是旅游，碰巧撞上了吗？出来玩又不是公事，就没跟局里报备。"

赵俊峰冷哼了一声："我不管，今天周末，你师母已经出去买菜了，中午来家里吃饭，就这么定了啊，不来就是不给我这个面子。"

说罢，他"啪"的一声挂了电话。

宋余杭无奈，拿着手机走过去跟林厌商量："怎么样，去赵厅家里一趟呗？"

街心公园里，林厌叼着烟，背过身去站着，看着湖面上的水鸭游来游去："不去，要去你自己去。"

宋余杭想了想，还是如实说了："我觉得我们还是去一趟比较好，他是厅长，要想翻案必须得到他的支持才行。"

陈年旧案，还是在公安部挂过牌的重点案件，要想翻案并不是他们几个小兵小卒红口白牙一碰就可以的。

其中牵连甚广，司法三巨头有哪一个部门出了差错，都是难于上青天的。

因此宋余杭才迫切地想要得到赵俊峰的支持。

林厌悠悠地吐了口烟圈，眼神有些怅然："你又怎么知道他一定会帮我们？万一——"

宋余杭蹙着眉头，读懂了她未说完的话："你是怀疑，这案子也和他相关？"

林厌扯了一下嘴角："我可没说啊，这个案子之所以变成今天这样的无头悬案，当年负责侦办的刑警、负责监督的检察官、主审的法官，没一个逃脱得了干系。"

宋余杭摇头："据我所知，赵厅是缉毒出身，当年还在禁毒支队，这个案子不是他办的，和他没关系。"

也不知道是烟瘾犯了还是怎么的，林厌有些心浮气躁。

"什么叫没关系？这个案子办成了今天这样，应该是钉在江城市全体公安民警头上的一根耻辱柱才是！"

可是偏偏，这个案子已经无人问津。

反正受害者已经死了，反正"凶手"已经被抓获了，死在看守所里是他自身的原因，和警察没关系，林厌在陪陈妈妈上访那几年，独自查案的这么些年，怀揣这样想法的人不计其数。

宋余杭轻轻地把手放上她的肩头，想要安慰她，却被人一下子挥开了。

林厌转身就走，宋余杭追了两步："你去哪儿？"

"找个网吧，打游戏。"林厌烦躁地一脚把掉在地上的易拉罐踢飞了。

宋余杭跟在她身后："真的不跟我去吗？你一个人我不放心。"

林厌扯了一下嘴角："有什么不放心的？证据不都在你那儿吗？网吧人多，光天化日的，他们还敢杀人吗？"

宋余杭把人拦住："可是——"

林厌伸手把人拂开："滚，我给你两个小时时间，快去快回，迟了我就一个人回江城了。"

"好。"宋余杭拉着她没松，和她一起走，"那就这么定了，我去探探赵厅的口风，你在附近找个网吧待着等我，完事我们一起走。"

"小宋，来，尝尝我煲的鱼汤。"宋余杭甫一进门，午饭已经张罗好了，师母热情地拉着她落座，又进厨房端出了已经炒好的热菜。

"师母，我来帮您。"宋余杭洗完手，准备也去厨房帮忙的时候，又被人摁住了。

"不用，不用，你去陪老赵喝酒吧，难得今天你们都休息。"

师母说着，又把人推了回来。

宋余杭无奈，又落了座。

"倒上，倒上，倒满。"眼看着酒杯都要溢出来了，赵俊峰才让她住了手。

宋余杭看着这满满一杯酒就有些牙疼。

她一会儿还得去找林厌呢，醉醺醺的怎么行？

"我先敬您，敬您。"她率先端起酒杯，看着赵厅将酒一饮而尽，自己却只是稍微沾了沾唇，饶是如此，脸上也起了一层热意，胃里烧得慌。

第85章 牙医

"别光喝酒啊，吃菜，吃菜。"师母夹了一筷子红烧肉给她。

宋余杭笑，拿起公筷也给她夹了一块腱子肉："除了我妈做的饭，就属师母做的最好吃了。"

"哎哟，这小嘴甜的，来来来，多吃点，我当初就说让老赵把你安排在省厅多好啊，工资高还有前途，怎么着都比地级市强吧，想师母做的饭了还能随时来吃。"

赵俊峰抿了一口酒，夹了一筷子下酒菜，面色微红："得了，人家想回家你管那么多呢。"

宋余杭的脾气赵俊峰是知道的，在警官学院的时候，入校第一年，她并不是体能最好的那个。

在训练场上因为拖队友后腿被他骂了几句后，这个年仅十八岁的少女天天起床号之前起，熄灯号之后睡，把汗水挥洒在了训练场上。

一年后的期末考试，五分钟内，她做了两百零一个引体向上，打破了校运会纪录，成绩远超同期的男性学员。

赵俊峰那时候头一次对这个有明亮眼神的女孩子正色起来。

他俩第一次对打的时候，赵俊峰没留情面，把人的大牙都打飞了。

三年后她毕业的时候，把人摁在拳击台上揍，旁边围观的校领导都要疯了，直到裁判吹哨，拉起她的手宣布胜利。

女孩子带着血的脸上这才露出一丝如释重负的神色。

她身上就是有一股韧劲和狠劲，和她的父亲一样。

赵俊峰看着这张酷似她父亲的面容，有些出神。

老伙计的话在耳边响起。

"凭什么？就凭我是个普通人，想出人头地就这么难？！我偏不信邪，我要让所有看不起我的人都看看，即使我没钱、没背景，但只要给我时间，终有一日我会让整个江城市公安系统都知道我的名字！

"我会拥有自己独立的办公室，组长，队长，局长，厅长，那又算什么？！

"终有一日我的名字会刻上人民英雄纪念碑，让万人景仰！"

当时江边喝了酒的少年们肆意发着疯。

如今却只剩下他形单影只一个人了。

赵俊峰仰头把杯中的酒一饮而尽。

宋余杭替他斟满，也替自己倒了一杯，犹豫片刻，决定还是趁着醉意将事情和盘托出。

她把碗递给师母，把人支开："师母，我想再吃一碗饭。"

"好，好，我去给你盛。"师母知道他们有话说，走的时候顺便把赵俊峰的碗也收走了。

宋余杭开了口："我想问问您，关于十四年前'分阳码头碎尸案'的案情。"

落针可闻的房间里，赵俊峰变了脸色。

第 86 章 悬案

在良久的沉默和注视里,赵俊峰放下了筷子:"怎么想起来问这个了?"

宋余杭不动声色道:"毕竟是悬案,还是想破的。"

赵俊峰冷哼了一声,又替自己斟满酒:"不是悬案,当初法院已经判刑结案了。"

"可是犯罪嫌疑人死在看守所里了不是吗?"宋余杭反驳,"这个案子便不算完。"

"那你还想怎么着,把死人从地底下挖出来和你当面对质吗?"赵俊峰捏着酒杯的手有些用力,水面泛起了涟漪。

宋余杭张了张嘴,还没来得及说话,就被赵俊峰冷不丁的一眼堵了回去。

"你连国法规矩都抛之脑后了?你们在江城搞出的那些事情,我睁一只眼闭一只眼不追究,不代表可以毫无底线地纵容你们肆意妄为。"

作为一省公安厅厅长,他自然有自己的情报来源和眼线,宋余杭就没想瞒他。

"这件事和林厌没关系,是我自己想查。"

就算是为了已经惨死的李斌和永远东躲西藏不能以真面目示人的郭晓光,她也该查下去。

赵俊峰抿了一口酒,笑了一下。

宋余杭不解其意,直到他的目光看过来,那里面竟然有一丝怜悯之意。

"余杭。"他叫了她的小名，像尚在上学时那样，"你把林厌、林家人都看得太简单了。

"林厌是什么身份？留洋归来的博士，没去你们江城市局之前，任职于国内最大的司法鉴定机构，就连公安部挂牌的案件，每年都有不少是委托给他们做的，有几个人年纪轻轻的就能做到这个程度？纵观法医学史上恐怕也没几个这样的人物。"

宋余杭看着他，那混浊的眼睛里映出了自己的影子。她端起酒杯，也抿了一口酒，然后重重地将杯子放下。

"那是她自己努力的结果，她除了吃饭睡觉以外都泡在解剖室里，恐怕也没几个人能做到像她这样。"

赵俊峰微微一笑，替她斟上酒："你错了，当今这个世道，想出人头地的人太多了，努力只是及格线而已，你得有钱，有人脉，有心机，有手腕，最重要的是，你得心狠。"

赵俊峰不愧是缉毒出身的老公安，也许宋余杭自己都没意识到，在酒精的催动下，明明是她先提出的问题却渐渐被人带偏了方向，被牵着鼻子走。

"你好好想想，林厌是否真的无辜？你看着镜子的时候，镜子里的人也在看你，但是你又怎么知道，镜子里的那个人就是和你朝夕相处的那个呢？毕竟人心隔肚皮，知人知面不知心哪。"

赵俊峰和她轻轻碰了一下杯，自己先将酒一饮而尽了。

宋余杭看着桌上泛起涟漪的酒杯，微微笑了一下："不愧是您，心理诱导，我差点就要被您带偏了。不过——"

她把那杯酒推远了些："对当年毕业考我吃过亏的科目，我就不会再犯同样的错误了。"

赵俊峰怔了怔，随即笑起来："不错，有长进。"

宋余杭替他夹了一筷子凉菜放进碟子里："那么现在我们可以说说案情了吗？师父。"

林厌在附近的网吧开了台机子，在门口留下监控影像后，就从后门消失了。

她径直招手拦下一辆出租车，去了和人约好的地方。

男人依旧是一身宽松的运动装，正在挥杆打球。

球进洞了，客人也到了。

男人回过身，拿白毛巾擦着汗："来了，坐。"

林厌在他对面落座，开门见山地道："我要当年朱勇的体检报告。"

对面的人端着茶杯的手一顿："这不可能，绝密文件，我弄不出来。"

林厌冷眼看着他："多少钱你开个价。"

男人抬起茶盖撇走杯中的浮沫，袅袅烟雾里，她的眉眼也如浸在水墨画里那般摄人心魄。

他把茶杯放了下来，目光落在她身上，眼里有一丝兴味神色："老规矩，反正今天她也没跟着你不是吗？"

他这是暗示，是邀请还是诱惑，端看林厌怎么选了。

两人四目相对，他以为她会答应的，谁知道她轻轻笑了一下，靠在了椅背上。

"缺钱的不止你一个，我可以去找别人，比如说你的竞争对手……"

男人蓦地变了脸色，有些咬牙切齿地说："这事除了我没人愿意帮你。"

"那可不一定。"林厌掏了支烟，侍者倾身过来给她点上了。

她幽幽地吐了口烟圈："毕竟你们都有共同的敌人，破这个案子，无论是对你、对我，还是对想他下台的人，都只有好处没有坏处。怎么选，就看你了。"

随着她的话音落下，白皙纤长的手把银行卡放在了桌上。

她真是把人心揣摩得透透的。

男人笑了，看着她的脸，明明是那样好看，却让他心生寒意。

"我说拿不出来就是拿不出来，不过我可以告诉你，当初为他做体检的狱医是谁。"

赵俊峰抿了一口酒，面色如常："这个案子真的没什么好说的，十四年前你还在上学，林厌也才 18 岁，你们又怎么知道当时的警界没为这件事而付出过努力呢？"

"余杭，做人不能太狭隘，看问题也不能太片面。"

"我当然知道，也有所耳闻，林厌或许对警方有偏见，但是我不会，我只相信事实。事实就是朱勇没有作案动机，我们确确实实抓错人了。或者换个说法，是怎么铁证如山才能让警方、媒体、律师、社会大众一股脑地相信他就是个杀人犯？"

赵俊峰嗤笑了一声："现代刑侦轻口供重证据，你说你没杀人、没有作案动机，警方就会轻信吗？你会这样办案吗？"

一连串问题抛了出来，宋余杭坚定地反驳道："不会，但是有疑点我一定会查到底，会拿出让犯罪分子心服口服的证据。"

话已至此，赵俊峰实在是没什么好说的了："当年我在禁毒口，即使这个案子在公安部挂了牌，也轮不到我们管，你找错人了。"

宋余杭看着他，他已经老了，两鬓斑白，前两年看起来还算明亮的眼神，如今看起来也变得混浊了些。

酒精把他黝黑的面色烧得通红，但是他也没有回避徒弟审视的目光。

宋余杭知道答案了，轻轻端起今天的最后一杯酒，敬自己的老师。

"这个案子我要查。"她如是说。

赵俊峰和她碰了一下："你要查便查。"

"如果查出来和谁相关，我不会心慈手软。"

"哟，长本事了。"赵俊峰把空了的酒杯放在了桌上，目光自始至终是温和淡然的，看着自己的爱徒，"我老了，快退休了，你要是真的能翻案的话，我也就放心了。"

宋余杭饮尽杯中的酒，几乎快在这样的目光里落荒而逃了。

她匆匆起身："师母，别盛了，我吃饱了，局里还有事，就先回去了。"

"欸——再吃点啊。"师母从厨房里探出头来。

宋余杭摇头，拿起自己的外套出门。

赵俊峰给了她最后一句忠告："永远、永远不要对自己身边的人放松警惕，蛰伏的猛兽一旦苏醒也是会吃人的。"

林厌在赵俊峰家楼下找到人的时候，宋余杭正蹲在马路边吐。

林厌走过去拧开矿泉水瓶盖将水递给她，轻轻拍着她的背："不能喝还喝这么多。"

宋余杭摆手，拿水漱了漱口，顺着她的力道站起来："你去哪儿了？我去网吧找你来着，没人。"

林厌扶她站稳，心里"咯噔"了一下："没去哪儿，坐久了不舒服出来抽烟透口气。"

林厌架起她的一只胳膊，扶着步履蹒跚的人往前走去。

而此时的赵家，宋余杭离席后，赵俊峰也放下了筷子。

"老赵，不吃啦？"

第86章 悬案

面对爱人的呼唤，赵俊峰颤颤巍巍地起身，披着他那件单位发的、穿了几十年的旧呢子外套，抖着手拂开了椅子，背影佝偻，走向了自己的卧室。

"不吃了，收拾吧。"

宋余杭喝成这样没法坐大巴，怕她路上撒酒疯，林厌想了想，还是打了电话给省城的眼线，让人提了辆车过来，把人扶进副驾驶座，替她系好了安全带。

"小姐，需不需要派人跟着您？"

林厌本想回答"不用"，但看宋余杭醉醺醺的样子，还是点了头："行，离远点，别让人察觉了。"

线人很快安排下去，林厌又把人叫住了："拿着我的名片去芳悦清洁公司的那个人安顿好了吗？"

对方怔了怔，看着她的脸色，不敢妄自揣测："芳悦那边不是我在负责，我去问问再告诉小姐。"

林厌皱了一下眉头。为了保密起见，她名下的私人产业和线人都各不相同，彼此独立，也没见过面，都有各自负责的业务。

他这样说确实没什么错，但林厌莫名有一丝不安的感觉，只是面上没露出分毫来。

"不用了，我自己问吧。"

"好，小姐再见。"

线人点头，看着她的车汇入了汹涌的车流里。

林厌一边开车，一边戴上蓝牙耳机，从后座上扯了一条毯子扔在宋余杭身上。

等待电话接通的时候，她有些不耐烦地用指尖敲打着方向盘。

短暂的嘟音过后，电话被人接通。

"喂？"郭晓光的声音有一些疲惫。

林厌心里一喜："你还好吗？到地方了吗？"

这是一个空旷的仓库，排气扇"嗡嗡"工作着，在地上投下纷乱的光影。

郭晓光被绑在椅子上，黑衣人把手机递到了他的耳边，漆黑的枪口对准了他。

郭晓光咽了咽口水："挺好的，到了，到地方了。"

林厌松了一口气："那就好，给你安排工作了吗？"

抵在太阳穴上的枪口磨得头皮痛，郭晓光的声音有些急促："不……不急着上班，我想再……再歇两天。"

"行,看你,你不工作也是可以的。对了,警察找过你吗?"

林厌反问,驱着车往出城的方向开去。

"早上来过,我都照着你们教的说了,他们应该没有起疑,还说会把抢的钱都还给我。"

"那就好。"

林厌还想说什么,黑衣人有些不耐烦地抬了一下枪口,郭晓光额头冷汗直流,会意地结束了这场对他来说有些漫长和煎熬的通话:"没……没什么事我就挂了,我妈还等我给她喂饭呢。"

"好。"眼看着快上高速了,林厌也摘了耳机,挂了电话,专心致志地开车。

她能听见郭晓光的声音就说明他还活着,既然他还活着就说明暂时是安全的。

不过,她还是得找人去看看。

林厌这么盘算着,却不知道已经来不及了。

等她回过神来的时候,郭晓光这个人已经如同人间蒸发了一样音信全无。

停车接受检查的时候,宋余杭哼唧了两声,揉着太阳穴悠悠转醒:"这到哪儿了?"

林厌戴着墨镜,也打了个哈欠,给她扔过去一瓶矿泉水:"收费站,再有几十公里就到江城了。"

宋余杭拧开盖子灌了两口水,又将瓶子塞进了扶手箱里,偏头看向林厌:"辛苦你了,要不一会儿我来开吧。"

"别了。"林厌把找回来的过路费扔在了仪表台上,"我今天刚提的车,去年才换的A1驾照,我可不想被扣分。"

宋余杭笑了笑,怕她开车闷,陪她说着话。

在她俩回江城的路上,另一通电话也被接通了。

"她们拿到关键性证据了。"男人的声音听上去有些苍老。

电话那头的人轻轻笑了一下,似一切早在意料之中:"斩草不除根,春风吹又生,当年我早说过……"

话音未落,就被人打断了。

"不伤害无辜之人,这是最后的底线!"那边的人声音听上去有几分急切。

男人沉默了半晌,才说道:"这事你别管了,我来解决。"

"你怎么解决?她们可是——"

第86章 悬案

"那又怎么样？这本就不是她们该碰的案子，明里暗里我也给了无数次机会，她们敬酒不吃吃罚酒。"

"呵，你倒也是狠得下心来。"

电话里的人轻笑了一声，嗓音透出几分森冷之意："成大事者，不拘小节，更何况……"短暂沉默过后，他接着说，"你我心里都明白，若这个案子大白于天下，对我们没有任何好处。"

去往江城市的剩余几十公里全都是盘山路，林厌开得聚精会神。

宋余杭瞥了后视镜一眼："有人跟着。"

林厌戴着墨镜，嚼着口香糖："我的人。"

宋余杭摇头："左边那辆车是你的吧，后边的可不是。"

林厌一只手操纵着方向盘，把墨镜拉下来些许，看了一眼，嘴角浮起一丝冷笑："试试就知道了。"

她说着，看见前面有一条匝道，将方向盘打了个转，一个急弯径直拐上了岔路，去往了无名山路。

身后那辆车明显一怔，放慢了速度。

耳麦里传来声音："小姐？"

林厌无所谓地扬眉，看了宋余杭一眼："没叫你们出来不许动手。"

无线电又恢复了安静。

宋余杭把背包背在背上，活动了一下筋骨："啊，睡得有点久，是该活动活动了。"

左边那辆白车很快退到了一边，而后边那辆黑车跟着她们上了匝道。

林厌嘴角微勾地说道："来吧，我已经很久没飙过车了。"

第87章 依恋

林厌今天开的车是宝马M系的高端车型，强劲的动力几乎瞬间就让仪表盘上的数值飙升，发动机轰鸣，车子"轰"的一声就冲了出去。

"不好，她要逃了，追！"身后的黑车也加大了马力，穷追不舍。

林厌瞥宋余杭一眼："抓稳了。"

她话音刚落，一个漂亮的甩尾，车子一百八十度漂移过了急弯，轮胎发出令人牙酸的声音，在地上擦出了一条白线。

宋余杭干呕两声，被颠得七荤八素："下次过弯之前能不能先给点提示？"

林厌愉悦地吹了声口哨，额前碎发飘了起来："提示了呀，是你自己没抓稳。"

宋余杭透过后视镜往后瞥去，身后那辆车也以一个漂亮的漂移过了急弯，牢牢贴在了她们身后。

"看来特种车辆驾驶学得不错，既然甩不掉，你想怎么办？"

山路幽静狭窄，道路两边立着牌子：事故多发地带，请小心谨慎驾驶。

林厌眸中蓦地迸出一股狠意："甩不掉，那就……"

宋余杭看着她拉下了手刹，一脚把离合踩到了底，还没来得及出声，车身猛地一颠，后轮丧失抓地力，车尾侧滑以迅雷不及掩耳之势甩了过去，要把那辆黑车狠狠地拍进悬崖峭壁里。

第87章 依恋

车辆互相挤压发出了尖锐的声音，发动机轰鸣着，车身在石壁上擦出了火花。

危急时刻，那辆黑车反应迅速，知道这样下去会被林厌撞到山石上导致整辆车侧翻，人也会死无葬身之地，索性破釜沉舟地把马力开到最大，一脚踩下油门，在石壁和林厌的车之间硬生生地擦出了一条生路。

山石滚落，黑车车身上的漆纷纷剥落，以一个"龙摆尾"的姿势卡着一个绝妙的入弯角度进了隧道。

林厌如果不及时刹车，会径直撞上隧道外面的混凝土墙，车毁人亡。

"妈的。"她狠狠啐了一口。

宋余杭没有催促她，瞳孔里那面墙越放越大，她咽了咽口水，看着林厌。

林厌急促喘息着，狂打方向盘，车尾擦着石壁划出了一条弧线，轮胎脱离主路，把沿途低矮的草丛碾压得支离破碎。

宋余杭知道，这个时候无论是踩刹车还是依靠自身引擎和速度来减小抓地力已经来不及了。在千钧一发之际，她以一个顶级车手的专业素养完成了一次漂亮的跳动侧滑。

车子撞上墙的那一刻，林厌心跳如擂鼓，安全气囊弹了出来，她猛地往左打了一下方向盘，车身甩了出去，以一个诡异的角度进了隧道。

"轰"的一声，引擎盖被弹飞，砸上了风挡玻璃，宋余杭眼前一黑，随即被隧道里的日光灯刺得睁不开眼。

"没事吧？"耳边传来林厌的呼唤。

宋余杭舒了口气："没事，你呢？"

林厌额头上渗出了豆大的汗珠："没事。"

经此一劫，两辆车都受损严重，林厌犹如猛兽一般撕咬着对方，誓不罢休。

对方也铆足了劲要把她逼停，两辆车一路挤着石壁，撞击着，碾压着，火花带闪电般出了隧道。

林厌想加速，又被人侧超堵住去路；她踩刹车，对方又穷追不舍，实在是狡猾至极。

车子出了隧道，又是肉眼可见的急弯，宋余杭充当起了观察员的角色："小心，前方一百米处路面有坑，右五，全油进。"

林厌会意，往右打了一下方向盘，轮胎擦着坑边滑了过去。

那辆车也如法炮制，咬着她的车尾。

"这样下去不行，进了市区到处都是她们的人，再遇到交警，我们就彻底暴露了。"那辆黑车上的人商量着。

驾驶座上的男人蒙着面，咬了咬牙："坐稳了，我要撞了。"

同伙抓紧了车厢顶上的扶手。

下一刻发动机轰鸣着，车身狠狠飙了出去。

白色的宝马凌空腾起，有一瞬间的失重感袭来，仪表盘上的数字乱飞，警报响了起来。

林厌咬牙，及时拉住了手刹，跑车良好的性能让后轮迅速着地，抓稳了地面，阻止了车身侧滑飞出路面。

旁边就是万丈深渊，海平面波光粼粼。

宋余杭心跳如擂鼓，靠在座椅上喘着粗气，透过破碎的后视镜看见那辆车又撞了上来。

她心里一紧："林厌？！"

林厌会意，飞快倒车，轮胎与地面摩擦着，发出了耀眼的火花，肾上腺素和仪表盘上的数值一起飙升。

远处隐约可见天光大亮，强烈的日光透过风挡玻璃照了进来。

"路没了。"林厌偏头看向宋余杭，"怕不怕？"

宋余杭握住她抓操作杆的一只手："不怕，你说跳我们就一起跳。"

"好。"林厌回过头来，直视着前方，看着路越来越窄，直到尽头。

那伙人想要她们身上的证据，势必会置她们于死地，与其坐以待毙，她们倒不如破釜沉舟地放手一搏。

她若加速，那辆黑车势必会跟上来撞她，那个人的驾驶技术和她不相上下，这个时候拼的就是谁更心狠，更想要对方死无葬身之地了。

所以明知道是绝路，她还是义无反顾地开了上去。

她倚仗的是自己的技术，是宋余杭能与她同生死共进退的决心，也是自己超跑的绝佳性能。

普通的赛车未必有这么好的抓地力，惯性之下，谁死还不一定呢。

林厌微勾起嘴角，宋余杭握着她的手，和她一起变挡，马力到了最大，白色的车犹如离弦之箭般飞向了悬崖。

黑车被她遮挡了视线，想踩刹车已经来不及了。

仪表盘上的数字乱飙着，指针忽上忽下，男人一脚踩下刹车，居然毫无反应。他又猛地蹬了几脚，刹车彻底失灵了。

黑衣人额头冷汗直流，厉喝一声："跳！"

路已到尽头，两侧的车门同时被打开了，两道人影分别滚了出来。

"砰！"两辆车狠狠地撞在了一起，黑车副驾驶座上的人还没来得及跳出来，就被瞬间腾起的火舌吞没了。

轮胎互相挤压着，在地上擦出白线，车子一齐翻下了海平面，再无踪迹。

只有地上到处散落的零件，以及腾着的火舌和冒着的黑烟，昭示着这是一场多么惨烈的较量。

高速惯性下的抛物线直接把人拍向了地面，林厌滚了几下，后脑勺着地，眼前一黑，彻底失去了知觉。

她再次醒来的时候被人拎在了手里，雪亮的刀锋抵在她的脖子上。

黑衣人："把你的包给我。"

他嗓音嘶哑，又凶又狠，也受了伤，一条腿上鲜血直流。

宋余杭从地上爬起来，衣服被擦破了大半，头破血流，举起了双手："你别动她！"

黑衣人举着林厌，嘶吼道："把你的包给我，我就放了她！"

林厌艰难地喘息着："别……别管我，走！"

宋余杭一只手抓着背包，看看她，再看看黑衣人穷凶极恶的眼神，以及架在林厌的脖子上随时有可能割断其喉咙的刀，动了动唇："林厌……"

黑衣人再次嘶吼："别过来，退后！把你手上的东西给我，否则，否则……"

他停顿了一下，整个人陷入了有些癫狂的状态，那刀锋进了林厌的脖子两寸，血渗了出来，沿着衣领往下淌："我杀了她！"

宋余杭失声惊叫："不要！"

"宋余杭！"林厌挣扎着，红了眼眶，看着宋余杭默默低下头，伸出右手，示意他拿走背包放人。

黑衣人面罩下的嘴角露出了一丝微笑："很好，把包扔过来。"

"你先放人，不然我怎么知道你会不会撕票？"

"我数到三，一起放。"

"一。"

"二。"

"宋余杭，我们好不容易才找到的证据你又要交给别人，交给那些凶手吗？！你怎么舍得？！怎么忍心？！我死不足惜，帮我报仇，报仇！"

不等黑衣人数到三，林厌声嘶力竭地说完，闭上眼睛朝着雪亮的刀锋撞了过去。

"不要！"宋余杭飞身扑了过去。

千钧一发之际，黑衣人撤了刀，一记手刀砸在了林厌的后颈上，把人推了出去，同时抢过宋余杭手里的背包，一瘸一拐地爬起来就跑。

远处隐约传来摩托车的轰鸣声，车子"轰"的一声停在了他身前，车手戴着头盔让人看不清面目。

"快上车。"

黑衣人咬牙往后看了看，抓着背包跳上了车。不等他坐稳，车手拧下油门，车子绝尘而去。

宋余杭捂着林厌脖子上的伤口，原本闭着眼睛的人突然睁开眼，嘴角露出了一丝笑意，坐起来拿手揩了一把脖子，轻"啐"了一声。

血是真血，疼她也倒是真疼。

宋余杭从自己外套手臂上的兜里扒拉出绷带替她缠上。

"别动，我们得去医院了，看见刀架在你的脖子上，我是真怕呀，这样的戏以后再也不想演了。"

林厌仰着头，任她动作。

宋余杭一边缠绷带一边问："对了，你把U盘藏哪儿了？"

既然没让那个黑衣人搜出来，她又死死地护着那个背包，生死存亡之际都没忘记随身带着，自然成了目标。

林厌嘴角浮起一丝痞笑，从自己的内衣里将U盘扒拉了出来："这儿呢。"

宋余杭低头看去，嘴角抽了抽："……"

果然，这就是胸大的好处吗？

摩托车开出不远，拐到了一条僻静的小道上，穿梭在山林间。

黑衣人看着身后郁郁葱葱的树林，心道：安全了。

没等他长出一口气，车手踩下刹车，将车子停在了落叶堆里。

黑衣人揉了前面的人一把："停下来干吗？继续开！"

车手回过身来，头盔下的脸上毫无表情。

黑衣人心里一惊。

嘹亮的枪声震飞了林间停歇着的麻雀，落叶上洒下了斑斑点点的血迹。

黑衣人的脑门上是一个血红的窟窿。

车手从他的怀里扯走了背包。

山顶。

跑车引擎盖上放着红酒，男人端着高脚杯慢慢品着，尽情享受着冬日的阳光。

"少爷，东西拿到了。"

车手说着，把 U 盘插进电脑里，弹出了音频，他有些兴奋地点开来。

"小么小二郎，背着那书包进学堂，不怕太阳晒，也不怕那风雨狂……"

车手瞬间脸色苍白，去翻他捡回来的背包，扯出一张纸也是空白的，翻过背面一看，上面是偌大的几个字：哈哈，你是猪吗？

他"扑通"一声跪了下来："少爷，对不起，少爷……"

而那歌还在唱："只怕那先生骂我懒呀，没有学问哦，无颜见爹娘——"

男人逐渐捏紧了高脚杯，脸色阴鸷，一把把电脑拂到了地上，电脑瞬间摔得粉碎。

"妈的，又被耍了。"

"少爷，少爷，再给我一次机会，少爷——"车手哀号着，很快被几个随从托了起来。

一个金属箱子被打开，戴着手套、西装革履的工作人员取出了注射器，从安瓿瓶里抽取了大量蓝色液体，一步步走近了车手。

老人拄着拐杖，从痉挛、浑身抽搐、口吐白沫的车手旁边经过："看，我说的吧，她没那么好对付，狡猾得很哪。"

男人一口饮尽杯中酒，把杯子重重掷在了引擎盖上。

"你还对她留情面，就是绝了自己的后路，咱们的货也快上市了，到时候源源不断的钱财取之不尽，用之不竭，你又何愁找不到个好女人呢？"

老人和他并肩而立，沐浴在余晖里，看着潮起潮落，拍了拍他的肩膀，那犹如刀劈斧刻的面容和他竟然有一丝相像。

"你还年轻，等你到了我这个年纪就会明白，这个世界上，什么手足情深，情啊爱啊的，在金钱面前都是粪土。"

闻到医院浓郁的消毒水气味，林厌就生理性不适，拽住了宋余杭的衣角："我不要住院，我要回家。"

宋余杭把人摁了下来："不成，住几天再回，刚好你有一阵子没检查身体了，你躺一会儿，我去给你缴费。"

"我不要在医院睡，难受又睡不着，我想回家，宋余杭，好不好？"

宋余杭叹了口气："行吧，但是得先让医生看过，开好药，说你可以回家休息了，再回家。"

林厌嫣然一笑："好。"

等回到家，两个人一整天都没吃多少东西，都是饥肠辘辘的。

宋余杭去做饭，林厌洗好手磨磨蹭蹭地挪到了她身边，拿起一根青菜："我帮你择菜。"

宋余杭："那是我刚择好的菜心。"

"那这个呢？我帮你削皮！"林厌气势汹汹地拿起了洗干净的黄瓜，准备开削。

宋余杭抽了抽嘴角，一把将黄瓜拿了过来："那是我准备拿来凉拌的，削什么皮？！"

被她"鬼斧神工"的刀工一削下去，今晚她们就别想吃了。

宋余杭一边做饭，一边有一搭没一搭地和她聊着天。

电话突然响起，宋余杭忙接听："妈？"

因为两手不空，她只能按了免提将手机放在台子上。

宋妈妈苍老的声音从听筒里传了出来："余杭啊，下周除夕，你带着厌厌一起回家吃饭吧。"

宋余杭嘴角浮起一丝笑意："好嘞，妈，我去跟她说。"

挂了电话，老人起身走向了厨房。

既然除夕都要回来吃饭，那么她就得从现在开始准备起来了。

该买的菜得提前买好囤着，该腌的肉得提前腌好，到时候下锅煮了就可以吃了。

第 88 章 除夕

等挂了电话，林厌才从那种喜悦的心情里跳脱出来："我需要准备些什么吗？"

"带着你的胃去吃就好了。"

往年家里就她、季景行、小唯三个人加上妈妈过年，妈妈都会做一大桌子饭菜，吃到大年初二还有剩的，今年添了一个林厌，还不知道年夜饭会丰盛成什么样呢。

一想到又要连续吃好几天的剩菜剩饭，宋余杭就一阵头皮发麻。

次日，林厌醒来发现宋余杭给她留了字条：粥在锅里，趁热吃。

林厌洗漱好，把粥从锅里盛出来拿勺子搅着往座位走的时候，手机响了。

林厌接起来。

"小姐，你让我找的那个人找到了。"

林厌心里一紧，把碗放在了桌上："怎么样了？"

"那名狱医早几年就瘫痪在床了，如今老年痴呆得越发严重，别说认人，话都说不清楚了。"

如果是旁人这么跟她说的话，她一定会再亲自去求证一下的，可既然是他这么说，此人办事她一向是放心的。

"好，知道了，郭晓光的下落查到了吗？"

"没有，音信全无。"

林厌眼神微黯，嗓音冷了几分："继续查，活要见人，死要见尸。"

"是，小姐。"

对方很快挂了电话。

林厌吃完粥，把碗放进水槽里，匆匆跑去衣帽间换好衣服，准备下午去一趟局里，晚上约好了和宋余杭一起去逛商场，买点东西给宋妈妈。

技侦办公室。

"林厌说让我问问你们年假都有事没？没事的话我就订票了啊。"中午休息的间隙，宋余杭拿着手机跑了过来。

几个人齐刷刷地从电脑屏幕前转过头来，方辛本以为林厌只是说说而已，谁知道真的准备请他们海岛游，登时变成了"星星眼"。

"没没没，林姐也去吧？！"段城头一个拿着身份证"刺溜"一下凑到了宋余杭身边递给她，兴奋地搓着手。

宋余杭转而冲着方辛道："这小子太闹腾，不去了吧。来，方辛、老郑，身份证号。"

"我同意。"

"我也同意。"

段城哭丧着脸说道："宋队，不带这样的啊，林姐欺负我就算了，你也欺负我。"

"老郑，你的。"宋余杭输好了方辛的身份证号，把目光转向了郑成睿。

郑成睿摘下头上的耳机，念了一串数字。段城扑过来搂住他的脖子，眉飞色舞地说："你怎么不把你的身份证拿出来给我们看看啊？我那天不经意地瞥了一眼，跟你们说，老郑之前可瘦了，和现在简直是判若两人！"

郑成睿笑着把人扒拉下去："别闹了，搁家里呢，还不是工作之后作息不规律就胖了。"

宋余杭笑，把他念的数字输进去："那倒是，干我们这一行的人肥胖是职业病，还是得多锻炼锻炼身体。"

她说着收了手机，打算往外走："那就这样，各位，收拾好东西，备好泳衣，大年初一机场见。"

段城追上去："宋队，宋队，还有我呢！"

等宋余杭下班，换好衣服出来，林厌已经在门口等着了。

第88章 除夕

依旧是一辆拉风的红色跑车，女人手插兜靠在车门上百无聊赖地抽着烟，惹来过往行人侧目。

宋余杭走了过去。

林厌替她拉开车门："吃什么？"

"随便。"宋余杭关上车门，无所谓地回道。

在她们吃饭逛街的时候，季景行也刚刚拉着小唯从爱齿口腔医院出来，林舸送她们到了门口。

季景行回身看着台阶上的他："今天还是麻烦你给我们加号了，我平时下班回家都太晚了，大部分口腔医院都关门了。"

林舸笑，穿着白大褂，周身沐浴在余晖里，衬得那张脸越发俊朗。

"没关系，反正我平时也是等到没有病人了才离开。"他挤了挤眼，又有几分男孩子的可爱俏皮，"季小姐要是觉得服务还可以的话，以后补牙可以常来喔，我给你打八折。"

季景行笑："这次终于不是打骨折了吗？"

话音刚落，两个人一齐哈哈笑起来。小唯挣脱了妈妈的手，跑到他膝边，摊开掌心，上面是一枚纸折的爱心。

"林叔叔，送给你，谢谢你，现在我的牙不疼了。"

林舸俯身，摸了摸她的脑袋，把那枚爱心拿起来放进自己的白大褂口袋里。

"也谢谢小唯这么乖，这么听话，配合叔叔的治疗，才能好得这么快呀，以后要听妈妈的话，少吃糖喔。"

季唯一捏着小拳头用力点了点头，三步一回头地看着他："叔叔再见。"

林舸冲她们挥手："再见。"

回程的路上，小唯晃着妈妈的手一蹦一跳地说："妈妈，我觉得林叔叔人好好喔。"

"嗯？怎么说？"季景行含笑看着她。

"嗯……"小唯啜嚅着，掰着手指头数，"他爱笑，笑起来暖暖的，对小唯很好，对妈妈也很好，揉我的脑袋的时候手掌很宽厚，有种像爸爸一样的感觉。"

季景行心里一酸。小唯出生时宋亦琛已经去世了，摆在家里的只有冷冰冰的照片。

她该是有多想念爸爸，才能说出这样的话来啊！

季景行蹲下身来，看着自己女儿的眼睛，替她系好围巾："小唯，林叔叔好虽好，可他不是你爸爸，外人面前不可以这么说，会让叔叔尴尬的，知道吗？"

季唯一不无失落地点头："我知道了，妈妈，我以后不会乱说了。"

季景行这才又揉了揉她的脑袋，展颜一笑："乖孩子。"

两个人继续往前走，季唯一拉着季景行的手，睁大了眼睛好奇地望着她，童言无忌地说："那妈妈，妈妈，我还有最后一个问题，林叔叔为什么不可以当我的爸爸呢？我想有个爸爸，像别的小朋友一样。"

季景行又是心酸又是无奈，扶额："小唯……"

小唯嘻嘻笑起来，拿手套捂住了嘴："妈妈脸红了，我还有最最最后一个问题——"

季景行故意板起脸道："不许说。"

"我要说，要说。"小唯高高举起了手，也只有在妈妈面前才会露出这么活泼可爱的一面，"那，什么样的人才可以当我的爸爸呢？"

季景行怔了怔，摸了摸她的脑袋："是妈妈对不起你，让小唯一直没有感受到父爱，其实妈妈对小唯爸爸的人选并没有什么要求，只是希望如果真的有那么一个人的话，会是值得信任、值得托付的，并且要永远对小唯好。"

季唯一还小，不太明白她唇边挂着的苦笑是什么意思，只是看出来了，妈妈有点难过，于是也捧上了她的脸，奶声奶气地说道："妈妈我错了，我以后再也不提爸爸了，其实没有也没关系呀，现在这样就很好，我会一直陪着妈妈的。"

两个人继续往前走，路灯将她们的影子拉得很长很长。

"可是妈妈很忙，不能准时去接你放学……"

"没关系，我会乖乖在学校等妈妈，或者等奶奶来接，不会乱跑的。"

"可是小唯寒暑假都还要上兴趣班……"季景行越说越自责。

"可是同学们都很羡慕我呢，我会书法，会弹钢琴，会跳舞，会唱歌……"

季唯一说着，松开了妈妈的手，又蹦又跳地跑到她身前，给她表演着今天刚学的儿歌，在路灯下像个真正的小天使一样。

接近年底，大街小巷上都挂起了红灯笼，年味渐浓。

宋余杭和林厌也难得过了几天安生日子。

这一日宋余杭剪了窗花，第一次弄这玩意儿，歪歪扭扭地贴了上去。

林厌看得寒碜："这是啥啊？"

宋余杭兴奋地回过头来："鱼啊，看不出来吗？"

第88章 除夕

"……"

林厌嘴角一抽。她还真的没看出来，鱼不像鱼，龙不像龙的，反倒像蜈蚣。

"好看吗？"

"好看。"

除夕前一天，下了班大家照惯例是要聚餐的。

一帮子人坐在火锅店包间里推杯换盏，欢声笑语不绝于耳。

零点钟声响起的时候，玻璃杯撞在了一起，大家一起大喊。

"新年快乐！"

"砰——啪——"窗外焰火升上了天空，把每个人的眼角眉梢都沾上了喜意。

对段城来说，这是他到江城市局实习的第一年，也是多灾多难的一年。

所幸，他走出来了。

对方辛来说，这一年结识了冷面热心的上司和一个可爱的弟弟，虽然尚不知道未来如何，但此时此刻，身边的人都在，就是最好的结果。

郑成睿看着绕着自己打闹的兄弟，主动和段城碰了一下杯："来，我先干为敬。"

清脆的玻璃碰撞声响起，段城怔了怔，分明看见他的眼镜后面闪烁着水光，再想细瞧的时候，已经消失不见了。

段城只好也端起酒杯一饮而尽："干。"

散场时，林厌和宋余杭叫了代驾径直回家，上车之前不忘嘱咐他们三个。

"初一别忘了，中午12点机场见啊。"

"好。"

次日两人到了宋家，宋妈妈早已备好两双崭新的拖鞋放在门口等着她们，不是客用的，而是那种冬日里毛茸茸、暖烘烘的棉拖。

宋余杭从鞋架上取下拖鞋给林厌："妈，我们回来了。"

宋妈妈听见门口有动静，在围裙上擦了擦手，转出了厨房。

林厌脸上溢出得体的微笑："阿姨好。"

今天她穿得也很讨喜，白色高领毛衣配驼色半身裙，长腿细腰，亭亭玉立，耳朵上还坠着长长的流苏耳坠，只戴了一边，精致时尚又不烦琐。白毛衣衬得本就白皙的面色更是如玉般皎洁，整个人明艳动人。

除了太瘦，这孩子看着就是让人欢喜。

宋母笑道："快坐，快坐，瞧瞧我这，都还没弄好。桌上有瓜子花生，还有糖和水果，你们先吃点垫一垫。"

屋里热，宋余杭放下东西，脱了外套，摘了围巾去洗手，一进厨房门，一股卤肉的香味扑面而来。

她简直要馋死了："妈，今天做什么好吃的啊？"

宋妈妈白了她一眼，却还是从翻涌的腊汁锅里捞出一块煮好的牛肉，放在案板上切成小块夹进碗里。

"去，给厌厌尝尝，你说你回来怎么也不提前说？东西都还没做好，妈妈也没换衣服，穿成这样……"

为了做饭方便，宋妈妈满头银发裹着帕子，穿了一件旧衣服，还系了围裙。

宋余杭偷笑，自己先吃了一块肉，被烫得直摸耳朵："妈，不怕，她不会嫌弃您的。再说了，厌厌还给您也买了新衣服呢。"

"不是说了什么都别买吗？又不听话……"

在宋妈妈数落她之前，宋余杭已端着碗脚底抹油溜了出去："来——尝尝，我妈做的卤牛肉。"

"嗯，好吃。"

牛肉炖得软烂，又入味，有一丝恰到好处的辣和香料的余味。

林厌惬意地眯起了眸子。

宋余杭把碗递给了她："那你先吃着，我去厨房帮帮忙，咱们快点开饭。"

"好。"林厌应了一声，也准备起身，"要不我也去吧。"

"不用不用，我们家没有让客人动手的规矩。"

说完宋余杭已经跑开了，为了防止油烟飘进客厅，厨房门又被关上了。

林厌坐下来，刚夹起一块肉送进嘴里，门铃响了。

她拿纸巾按按嘴角，跑去开门："来了，来了。"

大门被打开，门里门外的人四目相对。

季景行搂着孩子："林小姐，请问我们可以进去了吗？"

林厌抿紧了唇，让开一条路。

第89章 过招

她们进来后，宋余杭也从厨房里出来了，叫了一声"嫂子"。

季景行点头，小唯松开妈妈的手，热情地扑向了宋余杭怀里。

宋余杭揉着她的脑袋和她玩了一会儿："小唯乖，去看电视吧，一会儿就可以吃饭了。"

等小唯跑走，她又转过身来看着林厌："你去我的房间休息一会儿吧，开饭叫你。"

季景行把剥好的橘子递给宋余杭："余杭，吃橘子。"

宋余杭摆手拒绝了："不了，我去陪妈做饭，给小唯吃吧。"

季景行也站了起来："我也去吧。"

宋余杭回转身看着她："来者是客，哪有让客人动手的道理？"

"可是——"季景行想反驳，又被人截住了话头。

"嫂子安心坐吧，厨房小，塞不下三个人，饿了你就先吃点零食垫一垫。"

宋余杭说罢，喊小唯过来，弹了一下她的脑门："去看看姑姑给你买的礼物，在门口放着呢。"

小唯欢呼一声就扑了过去，宋余杭则径直推门进了厨房。

"哇！Hello Kitty的水晶发卡！"小唯打开礼物盒，顿时惊呆了，各式各样的发卡、头花整整齐齐地嵌在黑色海绵上，在灯光下晶莹剔透，好看极了。

"还有儿童相机！好好看，妈妈！"小唯又扒拉出一个粉色相机欢呼着，甚至有童话公主系列的满满一手提箱水彩笔，以及一个巨大的芭比娃娃和旋转木马八音盒。

这一看就不是宋余杭的手笔，她往常送礼只会送些变形金刚、玩具枪、乐高之类的，让季景行无力吐槽甚至怀疑她是不是把小唯当男孩子养了。

只有林厌才会有这么精致又讨巧的女孩子心思，甚至想到了小唯练书法，还送了一套昂贵的文房四宝，尺寸是符合小孩子使用的定制款，又送了一套时下最新的英语朗读机，是季景行一直想给小唯买却没狠下心来买的。

这份礼物不可谓不贵重，季景行心里一时滋味难明，看向了卧室门，门还是关得死死的，没有丝毫要打开的迹象。

林厌在里屋掏出随身的小镜子补着妆，手机突然响了。

她拿起来，看到是林舸的消息："今天回家吃饭吗？"

林厌刚打了一行字，敲门声响起，她走过去开门。

小唯捧了一大把糖果递给她："林阿姨，谢谢你，可是妈妈说了，礼物太多了，小唯不能收。"

季景行坐在沙发上盯着电视，实则悄悄竖起了耳朵。

林厌从小唯的手心里拿了一颗大白兔奶糖收下："没关系，小唯，那些礼物是姑姑送给小唯的，就是属于小唯的东西，谁也没权处置。"

宋妈妈在这时端着菜从厨房出来了："都饿了吧，洗手吃饭了。"

四四方方的八仙桌，宋母坐在上首，小唯闹着要一个人坐，季景行也一个人坐着，宋余杭解了围裙坐在了林厌旁边："尝尝我们家的年夜饭，看看合不合胃口。"

"好。阿姨做的饭菜，一向很好吃。"林厌拖长声音答了一句，嘴巴又甜又乖巧。

宋母笑得合不拢嘴："好好好，快吃。"

饭桌上几个人有说有笑，宋余杭不时拿公筷替几人夹菜。

因着林厌第一次来吃年夜饭，宋母对她自然热情些，也不时给她夹菜，很快林厌碗里的菜就堆成了小山。

林厌没推辞，一口口吃着，还对各种食材、味道说得头头是道："阿姨，真的很好吃，我妈去得早，我已经很多年没有和一家人在一起吃过年夜饭了，谢谢您。"

她说这话的时候，笑容又真诚又柔软。

宋妈妈的心一下子就酸了："欸，好，那快吃，快吃。"

第89章 过招

宋余杭拍着自己妈妈的背，给她盛了碗汤："妈，你也吃，吃完试试厌厌给你买的新衣服，不合适的话好去换。"

"哪用这么麻烦，不是说了来吃饭不买东西的吗？以后再这样我可不欢迎了啊。"

宋余杭笑，又给小唯盛了碗汤放到手边，然后是林厌："我说了不算，得林厌同意才行。我买的衣服您每次都不喜欢，我看下次让厌厌陪您逛街得了。"

林厌抿了一口汤："嗯，好啊，正好年后市中心不是要新开一家商场吗？我陪阿姨去看看。"

宋余杭又盛了最后一碗汤，递给了季景行："嫂子一个人带孩子辛苦了，妈今天特意早起去菜市场买的新鲜蹄花，回来又放了芸豆，熬了一下午呢，最是滋补美容养颜。"

一顿饭大家吃得开开心心。

宋母把季景行母女俩送到门口，摸了摸小唯的脑袋，从袖管里摸出一个红包塞进季景行手里："拿着。"

季景行推辞着，又将红包塞回她手里："妈，这——"

老太太将脸一板，直接把人推到了门外，硬是将红包塞进了她的兜里，语气变得柔和了些，满头银发，颤颤巍巍地拉着季景行的手："拿着吧，景行，这点钱给小唯买吃的。我老了，没什么太大的愿望，就想看见咱们一家人和和美美的，你和余杭都能幸福，小唯平安地长大，我就心满意足了。"

季景行眼眶一热："妈——"

宋母挥手："去吧，带着孩子早点回，明天别忘了过来吃饺子。"

林宅。

"咯咯咯……不吃了。"老人剧烈咳嗽着，偌大的别墅餐厅里竟然只坐了他一个人。

一室冷冷清清，桌上精致又丰盛的菜品竟然只动了几口。

女人轻轻替他拍着背，拿手帕揩去了他嘴角淌出来的涎液。

"好好好，不吃了，我扶老爷回去休息。"

说着，她和管家一起把人扶进了轮椅里坐稳。

林又元抬眼看着她，嗓音嘶哑地说："别忙活了，老林送我上去就可以了，你也去休息吧。"

女人眼珠一转，还想再说些什么，管家向来是林又元的心腹，已经推着人远去了。

女人只得在原地暗恨跺脚。

用人来问："夫人，这些菜还要吗？"

"要什么要，倒了喂狗！"女人扯着帕子，那一瞬间面目狰狞得让用人生生后退了几步，不敢再抬头看她。

"是，夫人。"

幽静的走廊里铺了花纹繁复的地毯，轮椅推在上面悄无声息。

林又元又咳了两声，脸色憔悴，眼窝深陷，穿着宽松的睡衣，露出的皮肤也是松弛且布满老年斑的。

他以肉眼可见的速度在迅速苍老。

管家有些不忍心："老爷……"

林又元摆手止住了他的话："舸儿今天过来了吗？"

林管家摇头："没有，少爷的母亲病得重，所以他没过来，不过派人送来了贺礼，说是明天一早再过来拜年。"

林又元嘴角浮起了一丝笑意："哦，是什么？"

"是一只古朴的鼻烟壶，说是清朝皇帝的遗物，特意搜寻了大半年来给您的。"

"这孩子，有心了。"林又元靠在轮椅上长叹了一口气，话音刚落，咳嗽不断。

"老爷……"管家抬手欲给他拍背。

林又元止住了他的动作："你觉得金夏这个女人可信吗？"

"不敢妄自揣测夫人。"老管家低下了头。

林又元拿手帕捂着唇，喉咙里发出了"嗬嗬嗬"的声音，一时分不清究竟是在咳嗽还是在笑。

他没说什么，林又元也没再问。

"小姐回来了吗？"

林管家又推着他往前走，闻言摇头。

林又元闭上了眼睛，任由林管家把自己推进了卧室里。

"不回来好啊，不回来好。"

偌大的别墅又恢复了寂静，远处树林子里隐约传来几声狗叫。

金夏溜出了大门，拐进了旁边的建筑。

第89章 过招

"不是说了，让你别过来吗？"林舸打开书房门，四下看了看，走廊里黑灯瞎火的，没人。

他一把把人拽了进去。

金夏娇娇柔柔地依偎进他怀里，指尖撩拨着他的胸膛："那个老东西又给我气受了。"

她不无委屈，林舸却一把把人搡开来。

"回去，这不是你该来的地方。"

"可是……"金夏气极跺脚，"他究竟什么时候才能死啊？每天伺候着他，看着他粗糙下垂的皮肤，还得给他洗澡，我都想吐。"

林舸冷哼了一声，走到办公桌前忙自己的事。

"百足之虫死而不僵，没那么快。"

"可是那药都投大半年了也不见有什么起色——"金夏娇嗔着，绕到他身前，想要坐在他的大腿上，又瞥见了桌上放着的水晶球，顿时眼睛一亮，"哇，这个好好看！"

她一把将水晶球拿了起来。

还没等她坐下去，就被人劈手夺下了水晶球，掐着脖子将她推到了墙上。

林舸双目赤红，掐着她的手逐渐用力。

"别、碰、我、的、东、西。"

金夏翻起了白眼，两只脚在墙上乱蹬着。她万万没想到，看起来瘦弱的林舸居然有这么大的力气。

她再看他的面目，分明失了往日的和善，那眼神又凶狠又冰冷，仿佛只是在捏死一只蚂蚁。

金夏怕了，逐渐喘不过气来，眼角渗出了泪花，拼命拍打着他的手腕。

"咯咯……对不起……我……我错了。"

有无数个瞬间，林舸是想杀了她的，让她成为自己的标本之一。

然而他一想到她还有利用价值，那双眸子里的血丝便淡了很多。

林舸撒手，金夏一下子跌坐在了地上，浑身颤抖着，又惊又惧地看着他。

林舸俯身，温柔地把人扶了起来，甚至替她拍了拍裙子上的灰尘："不好意思，吓到你了吧，实在是很珍贵的东西，所以我不想让别人碰呢。"

女人红着眼眶，脖子上还留有一圈掐痕。林舸轻轻替她揉着，缓解疼痛："对不起呀，刚刚冲动了，夏夏，以后不会了，你要相信我，我一定可以救你脱离苦海的。"

一会儿阴狠暴戾,一会儿柔情似水,他这变脸如同翻书的样子让金夏头皮发麻。

她仿佛从来没有认识过这个人似的,看着这张脸心里无端生出了寒意。

林舸从桌上端了一杯水递给她:"对不起夏夏,喝口水缓一缓。来,今晚是我的情绪不好,你照顾林又元很辛苦,我应该体谅你的。"

金夏不敢再多待,推开他的手自己站了起来:"没事,没事,我先回去了。"

说罢,她逃命一般离开了房间。

她走后不久,一个黑色的人影从书架后转了出来:"你不杀她,不怕她告诉林又元吗?"

林舸冷哼了一声,抚摸着那颗水晶球,像在抚摸女人最柔软的地方:"林又元不是省油的灯,她告诉他,更活不了。"

"那你就不担心,她和你老死不相往来,不再帮你做事了?"

林舸嗤笑一声,事到如今已不必再装了:"喝了那玩意儿,很少有人不上瘾的,等着看吧,她明天还会来找我的。"

黑衣人转身欲走,又被人叫住了。

"这次你做得不错,钱打到你的账上了。"

那人嘴角扯出一个不屑的笑容:"你知道的,我不图钱。"

"我知道的,你放心吧。"林舸起身,把一根金条塞进了他的手里,"我会帮你的,就像你帮我一样。"

第 90 章 游戏

那个晚上在宋家度过的除夕夜,成了林厌后来最美好的回忆之一。

她靠在宋余杭的肩上,有一搭没一搭地嗑着瓜子,听宋妈妈讲些宋余杭小时候的趣事,看着宋余杭越发害臊的面容,哈哈大笑。

宋母又陆陆续续问了她一些工作和生活上的事,林厌都老老实实地答了,包括自己的病情也没隐瞒。

宋妈妈听不懂这病到底是什么,只是在宋余杭述说她会经常性失眠、呕吐等并发症时,有些心疼这个苦命的孩子。

电视机里唱起了《难忘今宵》,窗外零点的钟声响了起来。

宋母开始赶人了。

"赶快去洗澡睡觉吧,明天不是还要赶飞机吗?"

"好。"宋余杭把瓜子放进了盘子里,"妈,明天不用给我们做早餐,想多睡会儿。"

"好,知道了,知道了。"客厅里传来了宋母拖长声音的回答。

宋余杭洗完澡出来,看见宋母还在客厅忙碌着,又过去帮忙收拾了:"妈,我来,你先睡吧。"

她扶着人在沙发上坐下,自己拿起了扫帚打扫着房间。

宋妈妈看着她高挑的背影躬下身去，从沙发底下扫出了瓜子壳，叫了她的名字："余杭啊。"

"怎么了，妈？"宋余杭抬眼看她，手上动作没停。

"没什么，就是看着现在的你，想起了你刚出生的时候，巴掌大一点，医生说早产，估计活不过三个月，如今也长这么大了。"宋妈妈看着亡夫的遗像，伸手比了一下，眼里渗出了泪花，"比你爸爸还高了。"

宋余杭放下扫帚，半蹲在她身边，握着她的手，有些动容："妈——"

宋妈妈把她贴在鬓边的黑发顺到耳后去："以往看着你倒不觉得，今天才觉得我的女儿是真的长大了。"

宋余杭把脸贴上了她的膝盖："妈，无论我多少岁，我永远爱您。"

次日清早，阳光透过窗纱洒在了木质地板上。

季景行是被工作电话吵醒的，三言两语说完后，人已经清醒了，回头看着躺在床上熟睡的小唯，虽然于心不忍，但还是叫醒了她。

"小唯，小唯，醒醒，起床了，妈妈一会儿有工作，得去公司见委托人，先送你去奶奶家吃饺子好不好？"

小唯咕哝着，揉了揉眼睛，从被窝里爬了起来："好，知道了，妈妈。"

季景行有些心疼，揉了揉她的脑袋，把人抱进了怀里。等小唯再大一点，有独立自主能力了，也许就不用这么辛苦了。

"乖，穿衣服吧，妈妈先去洗漱了。"

季景行把人送到奶奶家的时候，正巧宋余杭也和林厌刚下楼。

宋余杭打着招呼："嫂子、小唯。"

小唯扑上来亲了亲她："姑姑！"

"欸！让我看看，过了个年沉了没有？"宋余杭说着，一把把人抱了起来。

季景行问道："你们这是要去哪儿啊？"

宋余杭把人放了下来："快上去吧，小唯，奶奶做了饺子正等着你们呢。我和林厌出去旅游度个假。"

季景行笑道："真好，还能有个假期，我一会儿送小唯上去，又得去公司，刚接了个案子。"

季景行不知道这难得的假期也是两个人好不容易才挤出来的。

市局有排班轮休制度，等开了年，休多少天，他们照样是要还回去的。

第90章 游戏

宋余杭拉着林厌转身准备离开："嫂子辛苦了。"

"姑姑，你们出去玩，小唯也想去，不想留在家里写作业。"

季唯一扑上去又抱住了宋余杭的大腿。

宋余杭失笑，摸了摸她的脑袋，柔声道："小唯还没吃早饭吧，先去吃饭，乖，等姑姑回来带你好好玩，好不好？"

小唯不无失落地"喔"了一声，松开她，委屈巴巴地点了点头："知道了，再见，姑姑，再见，林阿姨。"

两个人冲她挥手远去，季景行带着人上了楼，把人交给宋母后安慰了几句便离去。

季唯一虽然只有七岁大，但自小丧父，比寻常孩子心思敏感细腻得多，知道奶奶年纪大了，不能烦着她，吃完饭后便乖乖掏出了作业本，趴在餐桌上写作业。

还是宋妈妈洗完碗出来见她还在写，顿时有些心软了："小唯，想不想出去玩？"

季唯一抬起头来，眼睛一亮。

老人慈祥地笑道："那快去换衣服吧，穿厚点，咱们去庙会逛逛。"

又是一桩婚姻纠纷案，男主人抽烟酗酒还家暴，委托人坐在这里鼻青脸肿，抽抽噎噎的。

女人向律师诉苦期间，男人打来了无数个"慰问"她全家的电话。

女人当着律师的面接了电话，对方的骂人字眼粗鄙到不堪入耳。

这样的官司打得太多了，季景行就有些麻木了，在女人诉苦的间隙里，难免想到了亡夫宋亦琛，脸上的表情就多了些苦涩。

是不是这世间的人想要获得幸福就这样难？

她至今仍觉得宋亦琛的突然辞世对她来说就像是一场梦一样。

"季律师，季律师……"

委托人走了，约好改日再谈。

同事喊着她的名字："你怎么了？"

季景行回过神来："没事，没事，那我也先回去了。"

"我送送你吧，婚姻纠纷的案子季律师最拿手了，一定能胜诉的。"

季景行笑，拿着包起身，婉拒了男同事的好意："不用了，梁律师太客气了，我去接女儿回家，就不麻烦您了。"

男人叹了一口气，看着她离去的背影，情绪有些失落。

同事拍了拍他的肩："算了吧，你都暗恋人家几年了，季律师啊，清心寡欲的，难搞。"

男人笑笑，继续埋头工作，不置一词。

不知道怎么的，这一路上宋余杭都有些心惊肉跳的。

她以为是自己太紧张了，暗自调整着呼吸。

林厌偏头看了她一眼："怎么了？"

"没，没事，到了，我们下去吧。"机场转瞬就到，宋余杭推开车门下车，把人迎了出来。

用人已经拿着行李在国际出发门口等着了，林厌戴上墨镜走过去。

远远地，段城就看见了林厌穿着皮裙的妖娆身形，举着机票跑过来："林姐，林姐，宋队！"

林厌往旁边退了一步，宋余杭默默伸出了脚，段城"哎呀"一声跌进林厌旁边膀大腰圆的非洲黑人壮汉保镖怀里。

壮汉猝不及防之间被人抱了个满怀。

段城："……"

"林姐。"

"宋队。"

林厌回头一看，方辛和郑成睿也拖着行李箱气喘吁吁地跑了过来。

她大手一挥说道："走吧，海岛游，出发！"

宋余杭取了机票，看登机时间还早，便说道："林厌，我去买杯咖啡，还有谁要喝？"

林厌正在跟方辛讲她的那些美容心得："你这眼镜片太厚了，戴美瞳吧，或者直接做近视手术得了……"

话说到一半被人打断，林厌不耐烦地挥了挥手，打发人走："我要美式，你快去快回。"

"好。"

宋余杭把行李箱放林厌旁边，跑去了附近的咖啡店。等她拎着袋子出来的时候，手机响了。

她七手八脚地翻出手机，是个陌生来电，接通的那一瞬间，终于知道自己的不安源于哪里了。

第90章 游戏

小孩子尖锐的哭声被逐渐拉远，她再熟悉不过了。

宋余杭如坠冰窟，浑身的血都凉了。

这咖啡买得也太久了，林厌一开始还和其他人有说有笑的，到最后登机广播响起，她开始频频看表，开始有些烦躁了。

这种情绪也蔓延到了其他人身上，段城也缩着脖子不说话了。

林厌终于掏出手机，给宋余杭打了第一个电话。

"对不起，您所拨打的电话正在通话中。"

听筒里传来了冰冷的机械音。

林厌暗骂，不信邪地又打了一遍，还是系统提示音。

机场人潮汹涌，来来往往的人中依旧没有宋余杭的身影。

段城放下包："我去看看吧。"

片刻后他跑了回来，摇头道："没人，我问过店员了，说早就走了。"

林厌捏紧了手机，既焦急又有些不安。

方辛安慰着她："没事的，说不定是去上洗手间了，没听见手机响。"

催促旅客登机的广播响了起来，林厌勉强笑了一下："没事，我在这里等她，你们先上去吧。"

"没事没事，再等等，等等。"几个人异口同声地说道。

林厌又开始给宋余杭打电话，这次换成了无人接听。

她恨不得直接把手机摔出去。

"哗啦啦——"洗手间的水龙头开得很大，宋余杭将手撑在盥洗台上，看着手机上对方发来的视频，镜子里的人眼眶通红，咬牙切齿。

小唯被人绑在了电击椅上，电击椅不时通电，小唯从一开始号啕大哭到最后悄无声息，偏着头，脸色惨白，一动不动。

宋余杭咬着牙，嘴里尝出了血腥味，紧紧攥着拳头才勉强克制住了自己的颤抖。

她想给绑匪回拨电话过去，电话又响了起来，是季景行打来的。

"喂，余杭，你知道妈带着小唯去哪儿了吗？电话打不通，家里也没人，我问遍了街坊邻居都没人看见……"

季景行一边说，一边跑下楼，语气又急又快，气喘吁吁的。

宋余杭还没来得及开口，突然听见那边传来一声惊呼，接着是重物坠地的闷响声。

她的心瞬间提到了嗓子眼。

"姐,姐?!"

她在洗手间里大吼,吓了对面隔间里刚出来的人一跳。

"神经病吧?!"

几个黑衣人把瘫软在地的季景行抬上了车。

男人捡起掉在地上的手机:"宋警官,游戏开始了。"

第91章 背叛

男人原本温润清朗的声音透过变声器传出来的时候，却是那么低沉沙哑，让人起了一身鸡皮疙瘩。

"第一个任务，拿到那个装着音频文件的U盘。哦，对了，记得不要告诉任何人哟。"

"我知道您是神通广大的刑警，但是……"他顿了顿，压低了声音，尾音上扬起来，"报警的话，您就再也见不到您可爱的家人了呢。"

宋余杭站在洗手间外的走廊上，喘着粗气，目眦欲裂："你究竟想怎么样？"

"不怎么样。"男人幽幽地叹了口气，"想和宋队玩个游戏罢了。

"为了不让人打扰我们，你现在往前走十步，走廊上有一个绿色的垃圾桶，把你的手机扔进去，等取了U盘，我会再联系你的。"

"哦，对了。"男人看了一眼腕表，"你还有不到半个小时了，半个小时之后我会再次开始电击。

"我也很好奇这么小的孩子能承受多少次电击呢。我还没告诉你吧？电压会逐渐增强哟。

"或者，你不想玩这个游戏也可以，只是这么可爱的孩子就要被销户了，啧啧啧，真可惜。"

宋余杭暴怒："你住手！！！"

听着那边的咆哮声和她剧烈的喘息，男人快意地挂掉了电话，抬手示意人开车。

机场空荡荡的冷风吹过来，视线所及的不远处，静静立着一个绿色的垃圾桶，宋余杭感觉似置身透明玻璃罩里无处遁形，头顶的监控、走廊上的闭路电视，都好似一双双漆黑又恶毒的眼睛，时时刻刻注视着她的一举一动。

她又惊又惧又怕，站在原地捏着手机发抖，向来冷静的眸子里满是慌张的神色。

她有无数个瞬间想打电话回市局求援，让大家伙一起帮她找人，人多力量大；也有无数个瞬间想掉头回去找林厌，告诉她被威胁的事实。

可是绑匪说了："不要告诉任何人。"

任何人。

她喉结上下滚动着，只能独自咽下这苦果。

她不能拿小唯、季景行的性命来做赌注。

还有妈妈，宋余杭一想到这里，悬着的心揪得更紧了。

和小唯一起消失的妈妈，多半也是凶多吉少了。

这时也不知道是机场里谁家的孩子哭闹起来，尖锐的哭声刺破了宋余杭的耳膜，狠狠扎进了她心里。

宋余杭不再犹豫，拿袖子揩了揩眼角，大踏步离去，飞快地打一行字，按下发送键，然后把手机扔进了垃圾桶里。

跑过机场中央大厅的时候，她偏头往刚刚他们坐的地方看了一眼，那里已经空无一人了。

登机广播已经响过，他们应该走了吧，宋余杭心里"咯噔"了一下，又好似松了一口气，只是眼眶却微微湿润了。

林厌，对不起。

她默念着，径直跑向了停车场。

登机前最后三分钟，宋余杭还是没来，林厌知道，这是出什么事了。

"你们去吧，到了那边会有人接你们，我已经安排好了地陪。"

段城频频回头："林姐……"

林厌厉喝一声："滚，这是命令！"

说罢，自己头也不回地没入了汹涌的人潮里。

另外三个排队过安检。

第91章 背叛

"先生，麻烦出示一下证件。"

"先生？先生？"工作人员接连叫了几声，段城才木讷地从钱包里抽出了身份证。

安检员刚要接过证件，段城好似如梦初醒，又一把将证件抽了回来，回头对视，另外两个人也都点了点头，眼中闪烁着同样的光彩。

段城把背包往安检员手里一塞，拔腿就跑："对不住了，东西在你们这儿寄存一会儿。"

林厌找过了咖啡店，女洗手间也都一一敲了门，可是依旧一无所获。

她打开手机，屏幕上只亮着一句话："对不起。"

落款是宋余杭。

林厌咬紧下唇，转了个身，狠狠一拳砸在墙上，过往行人纷纷惊了一跳。

方辛远远地跑过来，话都说不利索了："林……林姐，老郑……老郑说他可以查查监控。"

林厌嘴角勾起一丝冷笑："不必费那个工夫，带上你们的警官证，直接去机场中控室。"

"警察。"林厌嘴上说着"警察"，动作却十足的土匪范儿，直接把门踹开，将警官证扔到了机场工作人员的脸上，见对方还不让路，一把把人搡了开来。

身后几个人也纷纷亮出了警官证给林厌充门面，脸上正气凛然，内心却慌得不行。

"江城市公安局刑侦支队，奉命查案，让开，我们要调监控。"

还是刚刚那个被林厌搡开的小领导又爬了起来，想要扒拉下他们的证件仔细看看，那上面都有警号和职务。

段城重重咳嗽了一声，几个人又齐刷刷地将证件收了回去。

为首的林厌径直走到大屏幕前，见操作的人员还不起身，揪着人的后领把人拽了起来。

一个一米七的大男人被拎小鸡似的搡到了一边。

"老郑，来。"

郑成睿点了点头，走过去坐下，开始往回倒监控。

中控室的工作人员面面相觑，噤若寒蝉。

谁也摸不清他们究竟是什么身份，毕竟顶着"市公安局"的名头，为首的女人身手又极好，相貌也十分出奇，身上确实有一股肃杀之气，一时没人敢上去阻拦。

段城扶着他的椅子，小声道："老郑，快一点啊，你们都有证，我的是假的啊，一会儿安保来了咱们就插翅也难飞了。"

郑成睿额头上渗出了薄汗，他飞快地敲打着键盘，一帧一帧看着监控。

一个穿黑色夹克的女人跑出了洗手间的走廊。

林厌喊了"停"，画面定格在了她扔手机的那一瞬间。

监控视频画质不甚清晰，林厌看不清楚她的面部表情，但光从这个动作，林厌就察觉出了一丝不妙的地方。

她脑中警铃大作："看停车场的监控。"

果不其然，画面切到停车场后，一辆白色奥迪缓缓滑了出去。

林厌狠狠啐了一口，转身就走，边走边给自己的人打电话："喂，宋余杭回别墅了吗？"

宋余杭从保险柜里取完东西，一溜小跑下了楼，正好撞上门口的林厌的保镖。

双方目光相遇的那一瞬间，林厌咬牙道："给我拦住她！"

拳脚扑面而来，宋余杭侧身躲过，抓着他的衣领把人甩进了花坛里。

其余留守的保镖见动手了也纷纷扑了上来。

这些人平时不少和她打过照面，所以刚刚她进来的时候他们并未阻拦。

宋余杭红了眼，低声说了句："对不住了。"

她一脚把拦路的人踹开，奔到车边，拉开车门坐了进去。

保镖扑上来扒车窗，她双目赤红，一脚踩下油门飙了出去。

车在山路上急促地拐了个弯，保镖滚落到了路边。

宋余杭回头看了一眼，青山别墅离她越来越远了。

听着那边的打斗声以及急刹车的声音，林厌几乎快咬碎一口银牙："追！"

机场这边，他们几个刚跑出去，提着电警棍的巡逻人员远远地就围了过来。

若是平时被盘问也就算了，凭林厌的身份背景她还真没有什么事是搞不定的。

可是偏偏现在，他们一分钟都耽搁不起。

几个人对视了一眼。

林厌厉喝："跑！"

四个人分散开来奔向了不同的方向，没入人群里。

"站住！别跑！"身后的安保穷追不舍。

其中一个穿制服的人跑得上气不接下气，撑着膝盖，抹了抹额上的汗，眼尖地觉得那女人怎么那么眼熟呢？

那不是江城市公安局的法医林厌吗？

他掏出手机，一个电话打到了市局。

冯建国接到报告的时候，正在喝茶看报纸，茶水喷了满桌子："什么？！"

全乱套了。

"老爷，不好了。"林管家匆匆走进卧室，附在林又元耳边耳语了几句，"上次咱们派出去的人也死了，尸体已经被找到了。"

林又元瞳孔一缩，放下药碗又剧烈咳了起来："拦……拦住她，别……别让她去！"

作为一个局外人，或者说是布局的人，他保持着足够的清醒和理智，不似林厌一般容易被激怒，热血冲动一上头就不管不顾。

在听到这个消息的时候，他几乎是下意识地就意识到这个局是针对谁的。

"好，知道了，我这就去安排。"管家匆匆跑了出去。

林又元揉着眉心，心思百转千回：难道说，还有一股势力也牵扯了进来？

是谁呢？

还是说，他……真的回来了？

老人滑动着轮椅，摸索到床边，从枕头下面摸出手机，按下了那个熟悉的号码。

"小姐。"司机刚打开车门，林厌就一把把人拽了下来，自己坐进去，在前面路口接到了飞奔而来的三个人，然后一打方向盘开出了机场匝道。

林厌回头看了一眼，警车鸣笛穷追不舍。她咬了咬牙："你们没露脸吧？"

身后几个人都很听话地戴着口罩和帽子。

段城摇了摇头："林姐，我们现在去哪儿找宋队啊？"

林厌几乎快把跑车开成赛车，在拥挤的车流里左突右闪，硬生生和警车拉开了一大段距离。

她没回头，面色冷峻地说："下了高速我找个地方把你们放下，你们各回各家，各找各妈。"

宋余杭驱车下了山，旁边副驾驶座位上放着一个文件夹，是她从林厌家拿出来的东西，也是她们这段日子查案的全部心血。

她看了一眼，强迫自己挪开视线，又看了看腕表，离约定好的时间已经过去一分钟了。她不禁一拳砸在了方向盘上，喘着粗气。

前面的斑马线上有一对母女在过马路，宋余杭靠边停了车，打开的车窗挨着人行道上的公用电话亭。

急促的铃声响了起来，犹如催命符一般，可是偏偏这里属于郊区，地广人稀。

马路上除了她的车和刚刚过去的那对母女，空无一人。

宋余杭死死盯着那个公用电话亭，眼里全是血丝。片刻后，她猛地推开车门，跑过去一把接起了电话。

"喂？"她急促喘息着，恨不得把绑匪碎尸万段。

"首先恭喜您，完成了第一阶段的任务，不过呢，还是晚了一分钟，所以我还是要惩罚人的。

"不如您猜猜，这次让谁上呢？是大的，还是小的？还是……"

他顿了片刻，语气意味深长。

宋余杭捏着听筒咆哮："别碰我妈，别碰她们，你有什么冲我来！冲我来！"

男人笑起来："别急嘛，宋队，很快就轮到你了。

"好了，现在去下一个地点吧，我只说一次，去晚了她们可就没命了。"

下了机场高速，林厌抢在绿灯变红之前将车子开进了岔道里，在高架桥上七拐八拐地绕着弯，成功摆脱了身后的追兵。

"嘎吱"一声，轮胎在沥青路面上摩擦，发出了尖锐的声响。

她打开了车门："走啊！"

几个人却纹丝不动。

段城看着她，动了动唇："林姐……"

林厌捏紧了方向盘，回头看着他们说道："这事跟你们没关系，你们什么也别问，知道的东西越少越好。"

"可是——"几个人抗议。

林厌又转过脸去，直视着前方："你们也看见了，追我的人不只有警方，还有别的一些未知势力。下车吧，这是为你们好。"

郑成睿推了推眼镜，还算冷静，追兵还没追上来，因此他们可以说一会儿话。

"可是我们走了，你一个人怎么找宋队啊？人多力量大。"

"我自有办法。"林厌深吸了一口气，催促着他们，"快点，再不走警察追上来，你们和我搅和在一起，前程不要了吗？"

段城的神色似有些迷惑："虽然我也不知道林姐现在做的事是对还是错，但觉得我应该站在你这边。"

"你不光是我的上级，也是我的朋友。"

"朋友"这两个字何其奢侈。

林厌过往的人生里可以称得上是她的"朋友"的人寥寥无几。

她弯唇笑了一下，又很快恢复了冷漠的样子。

她本以为这是段城一个人的想法，往后看去还想再劝，却见一双双眼睛齐刷刷地看着她。

那一瞬间，林厌内心焦躁不安的情绪被抚平了很多，仿佛有一股无形的力量注入了她的身体里。

她整个人为之一振："既然是朋友，那就下车。"

她冷冷地说完，还扔过去了一个通信器。

段城怔了怔，看见砸进怀里的通信器时，又笑了笑，推开车门下了车。

一行人站在路边看她的白车开远，随便挑了一家没人的饭店走了进去。

他们刚进去坐下不久，警车就呼啸而过了，后面还不远不近地跟着几辆型号各异的本地牌照车。段城拿起盘中的馒头咬了一口。

看来林姐说得没错，她确实被多方势力盯上了。

"这……人已经晕过去了，不电了吧？"见小小的孩子耷拉着脑袋歪在电击椅上，蒙着面的男人问道。

旁边负手而立、穿着黑西装的男人面无表情，仿佛只是一个传话工具："老板说了，只要她没来，就一直电下去。"

另一个胖点的匪徒咽了咽口水："这么下去，会出人命的。"

黑西装男人这才懒懒地抬眼，语气依旧是平铺直叙的："你们现在可是通缉犯，就算什么都不做，警察也不会放过你们的。等事成之后，老板送你们出国，还会给你们五万美金做酬劳，从此天高海阔，你们再也不用怕警察了。"

边境某丛林里，库巴匆匆从木屋上下来，告诉了庭院里正在晒太阳的老人这个消息。

老人好茶，旁边站着个低眉顺目的亚裔女孩正在替他沏茶，女孩年纪不过十来岁。

他一挥手，示意人下去了。

那女孩赤着脚，弯腰鞠躬的时候，后颈上露出了触目惊心的被毒打过的痕迹。

库巴走近老人："要不要派人去阻止他？太打草惊蛇了。"

和老人在一起待得久了，库巴也会用成语了。

老人笑了一下，摇着蒲扇，面容祥和："不必，让他去吧，这点能耐都没有，也就不配……"

他端起沏好的茶水抿了一口，留白足够耐人寻味。

老人肩上落着一只色彩斑斓的鹦鹉，跟着学舌："不配，不配，不配……"

库巴退下了。

老人摊开手心里的口粮，温柔地爱抚着鹦鹉柔软的羽毛。

"好孩子，吃吧。"

进了市区之后路况变差，林厌迫不得已地和追兵展开了一场城市拉力赛。

白色的跑车穿梭在小巷里，后视镜被挤歪了，车轮碾过路边老百姓洗衣服的搓板，水盆翻覆，惹来破口大骂。

"会不会开车？！"

她话音刚落，又是几辆黑车挤了进来，撞翻了对面宠物店门口的笼子，引得一阵鸡飞狗跳。

林厌在这么紧张的时刻竟然也没忘记思考。

宋余杭为什么拿U盘？

她了解宋余杭的为人，一定是迫不得已。

只是……

她想起了省城的神秘人曾跟她说过的话。

"宋余杭此人，可信，但不可尽信。你别忘了她是谁的徒弟。你三番五次遇险，交给省厅的检材杳无音信，又怎么能确保不是身边之人做的呢？"

"你黑，她白，难保有一天，她不会为了所谓的公理正义而放弃你。"

林厌把下嘴唇咬出了血来，只觉得胸腔里熊熊燃烧着一团烈火，差点将理智焚烧殆尽。

一恍神的工夫迎面遇上一堵围墙，踩刹车已经来不及了，林厌迎头撞了上去，脑袋里顿时"嗡"地响了一下，安全气囊弹了出来。

"哗啦——"风挡玻璃裂了开来，破碎的玻璃擦过她的眼角，划出了一道血痕。

第91章 背叛

劈头盖脸而来的碎砖头和瓦块把半个车顶砸凹陷了进去。

林厌一咬牙，往右打了一下方向盘，轮胎在地上摩擦出了火花，车子从废墟里狂飙了出去。

眼看着侧面开出一辆警车拦路，她加大马力，一脚踩下油门，一个完美的漂移，车子拐到了主路上。

身后的黑车就没那么幸运了，追着她出来迎头就撞上了警车。

两辆车速度都不低，"砰"的一声惊天巨响后，黑车打了个转儿撞上了人行道，瞬间翻覆过去，冒出了黑烟。

人群惊慌失措，失声尖叫起来。

警车被撞到了一旁的景观树上，碗口粗的树干应声而断，警车彻底熄火。

驾驶员趴在方向盘上，从油箱里渗出了透明的汽油，刺鼻的气味弥漫开来。

闹市里救护车的声音响了起来。

林厌回头看了一眼，额上冷汗都下来了，耳麦里传来了郑成睿的声音。

"林姐，查到了，宋队开着车往城北的野岭山方向去了。"

几个人躲过追兵后就藏进了郑成睿家，拉着窗帘，段城在门口望风。

郑成睿敲着键盘，方辛和他一起看着监控。

林厌驶上了出城的高速："好，我知道了。"

她闭了一下眼眸，微微抿了下唇："再去帮我求证一件事，别人做我不放心。"

她报出了宋余杭家的地址。

郑成睿抱起电脑塞进包里和他们一起出了门。

车开到了宋家楼下，几个人抬脚欲上去的时候，方辛一把把人拉住了，看着地上残雪上的脚印皱起了眉头。

"怎么了？"

"这里发生过搏斗。"她轻轻踩着冰碴子，绕着雪地走了一圈，"一个人的脚印，两个、三个、四个……"

痕检辨认足迹是基本功了。

方辛蹲下身来，伸手摸了摸，拿出手机拍了一张照："这是个女人的脚印，有大量拖擦状痕迹，从这里一直到那里。"

几人顺着她手指的方向看过去，两道显著的车轮印清晰可见。

得亏昨晚下了一场雪。

照片发到林厌这里的时候，她一眼就认出这个脚印是谁的了。

早上在楼道里擦肩而过的时候，她留意到了季景行穿了一双厚底的皮靴。

那个品牌的鞋子今年大热，林厌当然也是有的。

林厌手指覆上了眉心，烦躁地把白皙的肌肤掐出了红印子。

果然不出她所料。

"嘎吱"一声，她在高速上靠边停了车，沉沉吐出一口浊气来。

"别追宋余杭了，我就不信了，这么大的江城，活生生掳走三个人居然没被人看见？！

"老郑，换侦查方向，查那伙人的去向。"

段城点头："我挨家挨户问。"

方辛："我也去。"

郑成睿一头扎进了自己的车里。他工作时间久，是这几个人里面唯一有车的。

甫一坐进去他就立马开了电脑，飞快敲着键盘："林姐，我不能用我的内网账号，不知道还能黑进去多久，我尽快。还有，有她们的照片吗？发给我让段城他们去找人。"

林厌拿起手机，翻看着宋余杭的动态看看有没有照片。

"没有，我这边没有。"

"姓名？我试试能不能扒出来。"郑成睿问。

林厌给了他，伸手从驾驶台上的烟盒里摸出一根烟点燃。

她的车受损严重，冬日凛冽的风通过破碎的车玻璃灌了进来，很快把她的手吹得苍白，就连烟都灭了几次。

她狠抽了一口，星星点点的火光在暮色里闪烁。

她在强迫自己冷静。

这是技侦头一次脱离宋余杭独自办案。

她再乱了分寸，跟着她的孩子们只会自乱阵脚。

那个U盘里的东西，是郭晓光和郭母的命，甚至是初南的命，她无论如何也是想保住的。

宋余杭身上背着的是宋家的三条人命，宋余杭无论如何也是想保住的。

可若真的只能两害相权取其轻呢？宋余杭会如何选？

宋余杭应该知道，拿走U盘等于要了她的命，夺走了她全部活下去的希望，也将"分阳码头碎尸案"永远埋葬了下去，从此这案子将不见天日。

林厌攥着拳头，指甲深深陷进了肉里，嘴皮被咬出了血腥味。

宋余杭，你究竟会如何选？

"不错，宋警官果然很守时呢。"

宋余杭按照约定，在高速公路口上的加油站洗手间的抽水马桶盖里找到了他早就放在防水袋里的手机，打开见里面只存了一个电话，给对方拨了过去。

男人含着笑，嗓音却是嘶哑的："好了，开始下一个游戏吧，野岭山隧道见。"

"你究竟想干吗？！"宋余杭红了眼眶，短短几个小时工夫就憔悴得没人形了，因为剧烈奔跑，头发都乱糟糟地堆在额上。

"我不是说了吗？要你身上的东西。"

"那我们当面交易，让我见她们。"宋余杭哑着嗓音回答。

"哟，答应得这么爽快？"

宋余杭勉强定了定神，往外走去："什么东西都没有我家人的性命重要。"

对方笑了一下，似早就了解了她的意图："别想着拖延时间，或者拿你手上的手机求救，那手机上连着的信号接收器终端在我这边，无论你是打电话还是发短信，都有提示的哦。你往外打一个电话、发一条短信，我就杀一个人，哈哈哈……"

听筒里传出了他丧心病狂的笑声。

宋余杭气急攻心，五脏六腑都在绞痛，咬牙切齿，一个字一个字地往外蹦着："你敢动她们一根手指看看，东西我是绝对不会给你的！"

男人回了自己家，坐在椅子上倒了杯红酒，清了清嗓子："没关系，你大可以毁掉，那样对我来说更好，只是……"

他看着画面上那粉雕玉琢的小孩子的脸，舔了舔唇："这么小的孩子，却要吃这么多苦，我都心疼了。"

第 92 章 惊蛰

庙会在离宋家不远的市场里。

段城拿着手机亮出照片挨个摊位跑着问:"你好,见过这个孩子吗?"

摊主摇了摇头,他又迅速跑向了下一家。

方辛也拿着照片和他分头行动,扯住了一个卖糖葫芦的人:"你好,大叔,见过这个孩子吗?"

大叔凑近手机看了两眼,脑海里一闪而过一个中年男人抱着孩子脚步匆匆地从他身边走过的情景,而那孩子手中的糖葫芦正是从他的摊位上买的,因此他多看了一眼。

"见过,孩子在我这儿买的糖葫芦,好像和她爸爸一起,往那个方向走了吧。"

爸爸?

季唯一的父亲早在多年前就去世了。

方辛心里"咯噔"了一下,果然是绑架,跟人道过谢后立马打电话给林厌:"林姐,查到了,是个男的带走了小唯。"

"往哪个方向去了?"

方辛四下环顾了一圈,庙会上人多眼杂,这里又地处闹市中央,四通八达,刚刚那个大叔指的方向也有好几条岔路。

她摇了摇头："具体位置不知，但可以确定的是，人是从庙会上被带走的，并且宋队的妈妈不在孩子身边。"

宋母。

林厌的心像是被一根尖锐的针扎了一下，刺得她说不出话来，好半天才缓过劲来。

"老郑？"她在通信器里喊了一声。

"我在查。"郑成睿飞快地敲打着键盘，镜片上反射出了电脑屏幕幽蓝的光和一行行代码。

江城市局，技侦科，网安大队。

"警报，警报，服务器正在被入侵——"偌大的电子显示屏上闪烁着红色的感叹号。

技术员额头上渗出了一丝薄汗，回头道："快去报告冯局，防火墙正在被不明黑客攻击。"

冯建国狠狠一巴掌拍在桌子上，茶杯跳了跳，冯建国在办公室里来回转着圈。

"这个宋余杭，搞什么鬼？电话电话不接，人，人找不到！还有这个林厌——"

提到林厌他更是气不打一处来，又是一巴掌拍在桌子上，喘着粗气："搞什么名堂？！"

"冯局，技侦那边传来消息，咱们的服务器被攻击了。"

冯建国到底是老刑警了，总算琢磨出了一点不同寻常之处。

两人同时休假，同时消失，林厌带人闯进了机场的中控室查监控。

她在找谁？

紧接着就是街头的那场车祸，跟着她的黑车被撞，伤员已经被警方控制起来了。

再然后就是他们的内部服务器被攻击。

冯建国突然打了个激灵："追踪对方的IP（网络之间互连的协议），锁定他们的位置，跟着林厌。"

"报告，在通元高速上发现了林法医的车。"

没办法，她的车实在是太好认了，安插在高速公路上的眼线几乎是一眼就看出来了。

"拦住她，把人带回来。"

负责传达命令的警员愣了愣，却见冯建国神色严峻，抬手敬了个礼，匆匆离去了。

"是，冯局。"

远远地，警笛又响了起来。

林厌踩下油门，受损严重的车身发出了不堪重负的声音，勉强滑了出去。

"林姐，查到了，两辆面包车分别开往了不同的方向，一辆在城北的野岭山隧道，另一辆在通元高速附近。"

果然不出她所料，为了逼宋余杭就范，对方分别绑了她的家人，还把人关押在了不同的地方，为的就是迷惑他们的视线，同时争取时间。

野岭山方向，宋余杭已经去了。

而另一个地方离她不远。

林厌打开手机导航，看着地图。

能藏人的地方肯定不是闹市，通元高速附近也没有住宅区，而车子上高速的话一定会经过收费站，孩子还好扯谎打掩护，两个被绑起来的成年人的话一定逃不过工作人员的眼睛，所以绑匪肯定没上高速。

那么人会在哪儿呢？

高速公路附近，有哪些隐秘而又没有监控的地方呢？

林厌双指放大地图，目光落到了高速公路入口附近的一处伐木场上。

她按下了耳朵上的微型麦："出了庙会那条街，路边有家火锅店，就是我们之前吃饭那家，进去点个包间，大锅，然后服务员会带你们从后门出来，记得换身衣服。出来后你们前往坐标北纬25°、东经104°10″的地方等我。"

段城知道，林厌这是在为他们制造不在场证明，有些着急："林姐，那你呢？"

林厌往左打了一下方向盘，车子逆行倒了回去，鸣笛声四起。她穿梭在车流里，径直撞断收费站的栏杆飙下了高速。

"我？我去救人。"

"我到了，放人吧。"宋余杭把车停在了野岭山隧道旁边的匝道里。

对面的人轻轻笑了一下："别急啊，宋队，我让你拿的东西拿了吗？"

宋余杭捏紧了手里的文件夹，嗓音晦涩地说："拿了。"

"很好，把有郭晓光母子签字和指纹那一页的笔录撕碎扔下山崖。"

夜幕降临下来，匝道上只亮着车灯，旁边是伸手不见五指的悬崖峭壁。

宋余杭咬着牙说道："你先让我见我妈。"

那边的人停顿了片刻，然后宋母的哭声传了出来："余杭，余杭啊……"

宋余杭还未细听，通话又被掐断了。

男人接过话头："怎么样？还活着呢，不过……"他稍微顿了顿，又说道，"就看在宋队心中是这份证词重要，还是你的家人重要了。"

也就是在他说出这句话的时候，宋余杭突然察觉到了一丝不对劲的地方。

没有和妈妈通话之前她还不觉得，现在仔细想来，和这个人的说话声音比起来，妈妈的声音似乎有一些失真，不像是面对面聊天，而像是透过电子产品发出来的声音。

她还敏感地觉察到了宋母说话时有些嘈杂的背景音，像极了大型机器运作发出的"轰轰"声。

这个人说话时周围却是分外安静的。

得亏了多年来刑侦工作养成的敏锐观察力，让她在极端情况下也能保持住冷静，分析出了这些细节。

宋余杭不动声色地说道："好，我撕，不过这个游戏我玩得确实有点累了，一盘定胜负吧，怎么样？你挑个地方，我直接把U盘给你，你把我的家人放了，我跟你走也行。"

那边的人朗声大笑了起来："好，不愧是宋队，爽快！那你进山吧，我会在野岭山里等你。"

电话挂掉之后，画面上的宋余杭把撕碎的纸片狠狠一扬，纸片飘得漫山遍野都是。

"林厌已经赶往伐木场了。"通信器里的另一个声音说道。

"我知道。"男人抿了一口红酒，眼中神色难辨。

"不怕她把人救出来？宋余杭自然就不会把东西给你了。"

男人把酒杯放在桌上，往后仰去靠在舒适的办公椅上："她要是不去救，那还真的就不是林厌了。"

他设局，算计人心，自然连每个人会走到哪一步都猜测到了。

那人稍顿片刻，说道："你还真是……"真是蛇蝎心肠，分外歹毒呢。

男人似明白他想说什么，轻轻笑了起来："无毒不丈夫，说实话，我还真的挺期待，等她出来的时候，听到宋余杭的死讯会是什么表情。"

伐木场。

"妈，妈……"季景行小声叫着，被人捆住了手脚往前爬着，脸上都是血污，显然也是受了一番折磨的。

宋妈妈被人五花大绑在暖气片上,耷拉着脑袋,头顶上的换气扇"嗡嗡"叫着,车间里飘浮着细小的尘埃。

季景行红了眼眶,吸了吸鼻子,拱到她脚边,用肩膀撞了撞她的腿:"妈,妈,醒醒啊,您没事吧?"

见她一动不动,也不说话,季景行哽咽着,泪水簌簌落下。

老人家满头银发蓬乱,瘦脱了人形,衣服上还有血,脸也没干净到哪里去。

本来没找到孩子之前,季景行对她还有一丝埋怨,她要是不带小唯出去,小唯也就不会走丢了,可是现在看见她这样,那一丝怨气消失得无影无踪。

天底下又有哪一个奶奶,不疼自己的孙女呢?

季景行跪了起来,俯身去咬宋妈妈手腕上的绳子,想用牙磨断它。

暖气片上有一股浓重的铁锈味,金属冰得她浑身都在打战。

粗糙的绳子磨得牙齿生疼,季景行舌尖尝到了一丝血腥味,也没把绳子咬开。

"嘎吱——"一声,大门被打开,几个黑衣人冲了进来。

季景行又惊又惧,还没来得及说话就被人提起衣领狠狠地摔在了地上。

"妈的,还想逃,给我打!"拇指粗的皮鞭劈头盖脸地抽了下来。

季景行滚在地上,失声尖叫,头顶的排气扇投下了纷乱的光影。

她哭着求饶,奄奄一息地说道:"对不起,对不起,你们要多少钱我都给你们,都给你们,放了我、放了我……"

那伙人住了手,为首的蒙面男人俯下身,抬起她的脸细细端详着:"不是钱的事,是你惹上了不该惹的人,知道吗?"

男人撒了手,按着她的头发把人掼在了地上:"自己好好想想吧,关门。"

说罢,他带着几个打手又纷纷离去,大门又落了锁。

其中一个手下附耳过来:"人到了。"

"按照少爷的吩咐,把人放进来,别做得太明显。"

手下点头,快步离去。

林厌徒手翻过围墙,轻轻落了地,未等她躲进黑暗里,探照灯把四周照得透亮。

几个黑衣人抄着砍刀扑了过来。

林厌从腰后摸出机械棍,"咔嚓"一声甩直,仗着距离优势迎面砸向了离她最近的黑衣人的脑袋。

机械棍上的震动传回了掌心里,黑衣人踉跄着后退两步,摸了一把额头,已血流如注。

侧面伸过来一把雪亮的刀，林厌拿机械棍挡了一下，金属碰撞发出了尖锐的刺响。

她抬脚，使出一记迅疾如风的鞭腿，皮靴狠狠地砸在了对方的脑袋上，把人踹飞了出去。

黑衣人口吐鲜血撞在了围墙上。

余光瞥见身后一抹刀光袭来，林厌汗毛竖立，侧过身，左手抓住他的手臂，右手持棍狠狠砸在了他的手腕上。

黑衣人吃痛，砍刀掉落，不等他回过神来防御，棍尖转了个方向死死点在了他的腹部要害上。黑衣人"哇"的一声吐出了些秽物来，林厌接着一手肘把人砸得头晕眼花，摁着他的脑袋把人往墙上撞去。

宋余杭出手留情面、留活口，林厌不一样，不动手就算了，一旦动手就是杀招。

墙根下的薄雪上落下了星星点点的血迹。

林厌撒手后，黑衣人瘫软在地。

她冷冷的目光扫过去，棍尖上还在往下滴血。

来的时候为了方便行事她特意换了身衣服，黑衣劲装短打，踩着作战靴，棕色鬓发扎成了一个马尾垂在脑后，眉眼上沾着血渍，凝着肃杀之气。

几个人对视一眼，又不畏死地扑了上来。

"她坚持不了多久，上！"

林厌嘴角微勾起一丝冷笑，几乎把机械棍舞得密不透风，如游龙般游走在几个人中间。但双拳难敌四手，她未免还是有些疏忽，一个不留神身上又多了道口子。

她捂着肩膀往后退，被人一脚踹在了后心上，顺势往前跌去，刚落地，迎面就袭来一刀！

林厌瞳孔一缩，侧身躲过，雪亮的刀锋削掉了她的一缕鬓发，脸颊隐隐作痛。

有人当胸踢来一脚，林厌滚在泥地里，双手举起机械棍格挡，被逐渐踩弯了胳膊。

她咬紧了后槽牙，手臂酸痛，肩膀上的伤口汩汩流出的血液染红了一大片地方。

又是一个黑衣人从地上爬了起来，抄着砍刀扎向了她的胸口。

林厌瞳孔里的那一点锋芒越放越大，她咬着牙，几乎快支撑不住了。

踩着她的黑衣人踹上了她的手腕，机械棍从她的掌心里飞了出去。

他一脚跺下去，踩实了。

第92章 惊蛰

林厌痛苦地皱紧眉头,咳了两声,嘴角溢出了血沫,五脏六腑都在绞痛,却死死攥着他的脚,想要把人挪开,脸色苍白至极。

最要命的是那把刀要来了,她已经感受到了扎在皮肤上的刺痛。

林厌剧烈喘息着,绷紧了身子,却见那把刀只是划破她的衣服就静止不动了。

她错愕地抬起头,黑衣人被人扯住衣领甩飞了出去。

那踩着她的人被迫回身防御,救她的人赤手空拳,砍刀还是从对方手里夺来的。

救她的人看了她一眼:"愣着干吗?走啊!"

林厌捂着肚子爬起来,捡起了自己的机械棍,一瘸一拐地往车间里跑去。

她回头看了一眼,神秘人已经和人缠斗在一起,以一己之力牢牢牵制住了两个高手,那一头酒红色的头发在黑夜中尤为醒目。

"惊蛰。"她叫了他的名字,略一点头,"小心。"

说罢,她头也不回地扎进了车间里。

"有人吗?有人吗?"她挨个拍着房门大喊,空旷的地方把声音传出去了很远。

季景行躺在冰冷的地板上,眼泪已经流干了,一双向来美丽的眼睛失了神采,盯着天花板上纷乱的光影发着呆。

猝不及防之间听到脚步声,她几乎下意识地就开始发抖,把自己缩成了一团:"不要,不要杀我……"

伐木场的车间里木屑乱飞,林厌咳了两声,扶着墙走着,手掌擦过的地方都留下了血痕:"有……有人吗?"

她靠着门喘着粗气,仰头看着天花板,鲜血顺着棍尖往下淌着。

这里静极了,除了排气扇工作的声音以及她粗重的喘息声,她几乎听不见别的动静。

林厌闭上眼睛,做了几个深呼吸平复着纷乱的心跳。就在她停住呼吸的那一刻,世界恢复了寂静,她忽然听见了小小的呼救声。

林厌听清了。

"别……别杀我……"

林厌弹了起来:"谁?谁在里面?!"

那求救的声音越发清晰了。

"求求你,别……别杀我,别杀我的孩子……"

季景行被绑着手脚,看着那门剧烈晃动着,泪流满面,以头抢地地求饶着。

门上挂了锁,林厌撞了几下,灰尘木屑纷纷掉落。

她抬脚去踹门，门却纹丝不动。最后她抄起自己的机械棍，用力朝着锁头砸了下去。

金属撞击在一起发出了尖锐的声响，瞬间迸出了火花，机械棍上涂着的漆逐渐被剐花了，露出了内里雪白的材质。

她每抬一下手，尚未愈合的肩伤就涌出大量血液。

她站在这里太久了，以至脚下汇了一摊血泊。

"给我断！"林厌高高扬起手，发出一声怒吼，狠狠将机械棍砸了下去，不堪重负的锁头终于断裂开来，掉在她的脚边。

林厌推门而入，一束光线射进了尘埃里。

季景行微眯起眼，看见一个高挑消瘦的身影往这边跑来，心里一喜，以为是宋余杭。等人走到面前，"余杭"两个字她还没叫出口，林厌就扔了机械棍蹲在地上，伸手扒拉着缠在她身上的麻绳。

"怎么是你？"季景行难以置信地看着林厌。

林厌没回答这个问题，七手八脚地把她身上的绳子剥下来扔在一边："出去直走，右拐，走侧门，我的朋友在那儿接应你们。宋阿姨呢？"

顺着季景行的目光，林厌偏头一看，顿时抿紧了唇，三步并作两步地跑了过去，把人扶起来，三下五除二地解了宋妈妈身上的绳子。

"阿姨，宋阿姨，醒醒。"林厌轻轻晃着她的肩膀，又把手放在她的鼻前，心里松了一口气。

季景行也跑了过来："我妈……没事吧？"

"没事，晕过去了而已。"林厌说着，轻轻把人扶起来，用手拍着她的后背，让她把呛住的那一口气咳出来就好了。

"咳咳……"宋阿姨剧烈咳了两声，睁开了眼睛，见是她们，顿时老泪纵横，"景行，妈对不住你……"宋妈妈颤颤巍巍地伸出手握住了季景行的手。

季景行摇头，泪水直往下掉："妈……"

林厌托着宋妈妈的腰把人抱了起来："行了，别在这儿伤春悲秋了，赶紧出去吧。"

她和季景行一左一右地搀着宋妈妈往外跑，未等跑到大门边上，厚重的防弹钢门落了下来。

林厌瞳孔一缩，松了宋妈妈往外跑，想要凭一己之力把门抬起来，但已经来不及了。

钢门落地，溅起了灰尘，宋妈妈心惊肉跳地看着林厌差点被压住了手指。

林厌起身环视着四周，这个不大不小的车间里还有一扇侧门，应该是员工间，可以通到外面。

她带头往那边跑去："这边。"

季景行吃力地扶着宋妈妈，高跟鞋踩在地上崴了脚："哎呀。"

林厌把自己的棍子扔给了她："拿着。"

季景行看着这血迹斑斑的机械棍心惊肉跳地又"啊"了一声，用一根指头拈着，结果太沉拿不住，机械棍险些掉下去砸着自己的脚，她赶忙双手接住。

林厌转身背起了宋妈妈。

"厌厌，这……"

"没事，咱们得快点出去。"

她们出去晚了，宋余杭把U盘交给对方可就什么都来不及了。

数十年心血功亏一篑，林厌光是想想就气血翻涌，恨得牙痒。

守在外面的人听见这边有动静，按下了墙上的开关，又是一道防弹钢门缓缓落了下来，目的就是困死她们。

林厌恨得咬牙切齿，把人往季景行怀里一塞，目光落到一旁碗口粗的圆木上，使出了吃奶的力气将其抱起来推过去，狠狠撞在了门上。圆木跌落，钢门却纹丝不动。

林厌肩膀一阵剧痛，手指脱力，跪在地上喘着粗气，呼吸比扯风箱还沉重。

季景行和宋妈妈看着她，她也看着她们，她们眼里有凄苦，有绝望，有悲伤，也有一丝丝恳求。

她们在求她带她们出去重见天日。

季景行想活着见到小唯，宋妈妈想活着见到宋余杭。

林厌知道，此时此刻，她是她们唯一的希望了。

林厌看看她们，又看看天花板上的光影以及空气里飘浮着的粉尘，咽了咽口水。

好吧，那她就只有最后一个办法了。

她的右手已经开始发抖，不太能握住东西了，林厌摸着地上的木屑，抓起一把狠狠扬了起来。

季景行被眯了眼睛，剧烈咳嗽着："喀喀……你这是在干吗？"

林厌冷冷道："想活命就跟着做。"

她们说话间，车间里的温度迅速降了下来，排气扇开始倒转，喷出的全是冷气。

季景行打了个哆嗦,手指僵得几乎伸展不开。

林厌红了眼眶,疯了一样扬着地上的木屑,还把墙角堆着的麻袋也打开了,狠狠一扬手抖了出去,漫天飞舞的都是粉尘。

车间空旷,没有任何能藏身的地方。

她从兜里掏出打火机,回头看了一眼:"跑!"

季景行一看她手里的打火机,再一看这让人眼睛都睁不开的粉尘,顿时如梦初醒,拖着宋妈妈没命般往后缩。

一道光亮划破了漆黑的车间。

林厌扬手,把打火机狠狠甩了出去。打火机砸在钢门上,塑料壳裂开,液态丁烷和大量粉尘碰撞,粉尘云升了起来,顿时火星四溅。

林厌转身往回跑着,气流把人掀翻了过去。

季景行和宋母也跌倒在地上。

林厌一把把两个人扯回来,扑在了她们身上。

"轰!"爆炸引发的气浪将地面上的粉尘全部扬了起来,火舌迅速吞没了木头,向四周扩散。

守在外面的人只听见了一声巨响,还没明白是怎么一回事,钢门硬生生被炸出了个大窟窿,火舌喷射了出来,接触到外面的新鲜空气,瞬间形成了"返回风",与扬起的粉尘混合,产生了二次爆炸。

到处都是火光,季景行被压得死死的,耳膜"嗡嗡"响,满鼻子都是灰尘,很快就呛晕了过去。

守在厂区外准备接应的段城一行人看着里面的滚滚浓烟,顿时都生出了不妙的感觉。

第93章 黎明

"少爷，不好了！"下人匆匆忙忙地跑进来，对他耳语一番后，男人瞬间变了脸色。

"什么？！"那人将画面切到伐木场一看，一片滚滚浓烟，车间被炸了，整个厂区都变成了火海。

他跌坐在椅子上，一副咬牙切齿的样子。林厌，你连自己的命都不要了吗？

这太不像他所认识的林厌了。

"老郑，怎么样了？"段城焦急地在郑成睿身边踱着步。

郑成睿操纵着无人机飞到了火场上方，画面上全是烟，能见度为零。

他摇了摇头，额上都是汗："不行，什么都看不见。"

段城咬牙就要往里冲，被方辛一把拽了回来："你疯了？！林姐让我们在这里等她，万一她出来了需要救援找谁去？！"

"可是……"段城还想争辩，看见对方眼里渗出的泪花时，心尖一颤，余下的话再也说不出口了，埋头蹲下来扒拉着地上的泥土。

"你可以看痕迹追踪，老郑会用无人机，还会破解防火墙，只有我，什么都不会，什么忙也帮不上。"

方辛知道他心里难受，也担心里面那三个人的安危，蹲在他身边，轻轻拍着他的后背："会好的，林姐一定会出来的。"

爆炸的余波过去，季景行是被浓烟呛醒的。

林厌还压在她身上，她吃力地把人翻了过去。她一推林厌便仰面躺在了地上，一张脸被烟熏得脏兮兮的，露在外面的皮肤全是伤。

季景行看她一眼，不敢再看，匆匆扶起了旁边的宋母。

"妈，妈，醒醒。"

爆炸来临时，林厌用身体替她们挡去了大部分冲击波，是以宋母毫发无伤，很快就清醒过来，剧烈咳嗽着，被烟呛得眼泪直流。

季景行扶着人站起来，环顾着火海，刚刚炸出来的通道还在。

"妈，走，我们快走。"

宋母被拖得跟跄，回头颤颤巍巍地叫道："厌厌……"

林厌脸色惨白地躺在地上，毫无知觉，肆虐的火舌已经舔上了她的发尾。

季景行回头看一眼火海里的林厌，身处这样炙热的环境中，每一根汗毛都因为高温而卷翘了起来，再不走她们都会死在这里。

她看一眼宋母，做了个重大决定一般，推着宋妈妈到了钢门旁边，那里是二次爆炸的区域，冲击波把周围一切都荡空了，是以相对安全些。

"妈，你待在这里，如果一会儿我没有出来，你就出去直走，右拐，有一道侧门，林厌的朋友会在那里接你。"

她捏了捏宋妈妈的手，眼含热泪地说："妈，照顾好小唯。"

说罢，她脱了高跟鞋，任凭宋母怎么呼喊，头也不回地又钻进了火海里。

赤脚踩在灼热的地板上，钻心的刺痛传来，每走一步，季景行额头上就渗出豆大的汗珠。她咬着牙，含着泪，跑到林厌身边，脱了大衣扑着林厌身上的火，把人从地上拽了起来，晃着林厌的肩膀："林厌，醒醒，醒醒！"

林厌耷拉着脑袋，季景行扶着她的肩膀，摸得一手黏腻，借着火光一看，全是血。

林厌穿着黑衣，流血也看不出来，又身手利落，季景行以为她没事，结果此刻扒开衣服一看，伤口深可见骨。

季景行咬了咬牙，看林厌还是昏迷不醒，抬手狠狠甩了她一巴掌。

"林厌，醒过来，别以为你救了我有什么了不起的，我告诉你，这件事因你而起，小唯要是有什么三长两短，我跟你没完！"

这一巴掌可谓是又快又狠，打得林厌猝不及防，生生偏过头去，吐出了一口淤血，活生生被晃醒了。

林厌轻"咝"了一声，拿手背抹掉嘴角的血渍，这女人够狠的。

季景行见她醒了，虽然是为了救人，但不由分说地扇人一耳光这种事在她前三十几年的淑女生涯里也是没做过的，她顿时有些赧然："醒了就好，赶紧出去吧。"

林厌跪在地上摸索着："你先走。"

季景行急得跺脚："你找什么呢？！"

"我的棍子……"林厌嘴里念念有词，被熏得眼都睁不开，手指在滚烫的地板上摸索着。

"你疯了吧？！人都要死了还管什么棍子？！"季景行气急败坏地来拉她，被人一把又揉开来。

林厌跪在地上，也顾不上烫，双手捧起了一根已经被熏得乌漆墨黑的棍子，弯起嘴角笑了。

她将棍子攥紧，那种踏实心安的感觉又回来了。

林厌一把将棍子插进了后腰的束带里，扯起季景行就往外跑："走！"

两人在门口接到了宋妈妈，三个人相互扶持着一起跌跌撞撞地往外冲去。

火光冲天，到处都是木材燃烧的噼里啪啦声，三人所过之处地上都是蔓延的火苗，房梁上的柱子掉了下来。

林厌仰头看了一眼，瞳孔一缩，把两个人往前一推："走！"

背后一股大力传来，她踉跄着滑了出去，回头一看，惊蛰用背替她挡住了倒塌下来的柱子。

"惊蛰！"

"小姐，走！"惊蛰大喊，拼命想要拱起身子来，奈何梁柱太沉，他猛地一抬头，就见她又跑了回来。

林厌使出了吃奶的力气，和他一起使劲，把他从房梁底下拽了出来："要走一起走！"

"老郑，还能不能再低点？"段城在旁边催促着，郑成睿本来就胖，被他一催心里着急，更是气喘吁吁，汗流得比他们谁都多。

他尽力又把无人机放低了一点，突然眼睛一亮，拿着遥控器站了起来："有了，有了，她们出来了！"

段城一个箭步冲过去，把人从侧门里一个个背了出来。

最后一个是林厌，惊蛰扶着她的肩膀，那张脸烟熏火燎的，早就失了漂亮模样。可是她看见外面亮起的微弱天光时，目光却是那么炽热。

她做到了。

宋余杭，千万不要把U盘交给他们，千万不要。

林厌这么想着，抿紧了唇，微微湿了眼眶。

"给，喝口水，洗洗脸，然后送你们去医院。"方辛从车上拿了几瓶矿泉水下来递给季景行和宋母，又让段城拿了医药箱过来，"阿姨，有没有哪里受伤？"

宋母摇头，方辛替她检查了一下，虽然老人家身上只有几块瘀青和轻微的鞭痕，但经此大劫，明显萎靡不振，精神头大不如从前了。

季景行倒还好，除了脚底烫伤外，没什么大问题。

方辛替她涂了烫伤膏，季景行伸手拿了过来："没事没事，我自己来，谢谢你们，原来林厌说的朋友是你们啊。"

她以为又是林厌的那些手下呢，这倒让人蛮意外的。

这边正说着话，靠着车身坐着的人因为痛苦发出了一声闷哼。

惊蛰撕开了她的衣服，往伤口上倒着碘酒："小姐，忍着点。"

惊蛰看了她一眼，林厌嘴里咬着白毛巾，额上渗出了豆大的汗珠，身子绷成了一条直线，手撑在地上无助地抠着泥土。

因为痛苦，她被迫仰起头喘息着，脖颈上的青筋都暴了出来。

季景行看了一眼，顿时觉得心惊肉跳。

惊蛰从林厌腋下缠过纱布绑紧勒了个死结，林厌闷哼一声，额头上豆大的汗滑了下来。她"呸"的一声把嘴里的毛巾吐了出来，对着惊蛰当胸一脚踹了过去。

"轻点会死吗？"

惊蛰退了几步，捂着胸口站了起来，那一头红发在黑夜中尤为醒目，略一点头算致歉，转身就走。

林厌撑着车身爬起来，手指往季景行那个方向一指："等一下，带她们一起走。"

说着，她就要爬上车。

季景行追了几步："小唯还没找到，我不能走。"

林厌回头看她，再看看宋母，颔首："惊蛰，带阿姨去医院。"

"景行、厌厌……"宋母被扶着从她们身边走过，方辛也跟了上去。

她深知自己再跟着也是帮不上什么忙的，只会是碍手碍脚的存在，因此道："林姐，我跟这个……"她看了一眼红头发的男人，"这个红毛一起送阿姨去医院。"

第93章 黎明

137

有熟人在，宋母应该会安心一些。

林厌点头："好，去吧。"

她看段城一眼，段城爬上了驾驶座："林姐手受伤了，我来开车。"

季景行走上前去，握住了宋妈妈的手："妈，别怕，咱们都出来了，等我接了小唯，一起去看您。"

宋母眼里闪烁着泪花，看看她，再看看林厌，林厌轻轻对她点了点头。

宋妈妈拉过她，三个女人的手紧紧握在了一起。

宋妈妈重重地握了她们一下，哽咽着道："厌厌，这次阿姨欠你一条命，以后你就是我的亲女儿了。"末了，她又叮嘱着，"你们……一定要小心。"

说完，她这才由方辛扶着离去。

等人一走，林厌拉开车门坐了进去，吩咐段城开车。

季景行跟了进去，郑成睿坐在后排，一直用电脑追踪着宋余杭的车。

"进野岭山隧道了。"画面上传来了她的奥迪一闪而过的车影。

郑成睿按下了暂停键。

段城偏头看向林厌："林姐，还来得及吗？"

季景行也紧张地扒着前排的椅背。

这一夜终会过去，月亮即将西沉，东方已经透出了雾霭，车辆行驶在山间，犹如奔腾在云海里。两岸青山古柏，幢幢如鬼影。

天终究会亮，可是林厌不知道，如果救不下小唯，每个人心中的火光是否还会燃起？

她沉沉吐出一口浊气来："我不知道。"

"少爷，豺狼已就位。"

过了野岭山隧道，就是连通野岭山和长岛的望海大桥，现已建成，下个月才正式开始通车，过了桥就跨省出大陆了，再想追凶就难上加难。

借着夜色掩护，狙击手爬上了野岭山附近的灯塔，漆黑的枪口对准了望海大桥。

听筒里男人声音淡淡地"嗯"了一声："务必赶尽杀绝，一个不留。"

"那两个绑匪……？"

男人笑了一下："五万冥币，留到阴间去花吧。"

听话被切断，狙击手打开瞄准镜，视线里一辆白色奥迪开了过来，径直撞飞了桥上的三角警示牌，在下过雪的湿滑路面上滑行了许久才缓缓停在道路中央。

宋余杭拉开车门下车，举起了手中的文件夹："你要的东西在这里，放人。"

男人听见她喊，从集装箱背后推着小孩子走了出来："你先让我验验货。"

"一没电脑，二没音箱，我怎么给你验货？"宋余杭咬牙，看着他掐着小唯的脖子，而小唯耷拉着脑袋，脸色苍白，毫无意识。

男人一只手掐着小唯，一只手从集装箱上扒拉出一个音箱，摔在了她脚边："放给我听。"

蓝色的音箱滚过她的脚背，宋余杭没去捡："你他妈在诓我，说好的三个人一起放呢？"

男人怔了怔，夜色里宋余杭看见他动了动唇，却没说话。

紧接着，男人道："你先放，我确认东西是真的后自然会让我的兄弟放人。"

宋余杭偏过头，打量着他的脸，络腮胡，贼眉鼠眼的，好似在哪里见过。

这不就是前阵子火车站拐卖儿童被警方通缉的那个人贩子吗？

宋余杭不动声色，见到小唯，就好似吃了一颗定心丸。

现在她可以确认的是，季景行和宋母被关押在别的地方，不和小唯在一起，否则他就不会还要停顿片刻思考一下怎么说了。

现在唯一的变数是林厌，凭她的聪明才智，她一看到那条短信应该立马能猜到自己是出事了，只是林厌会怎么做呢？

她会直接上飞机吗？

她会去救季景行和宋母吗？

这样的疑惑只是在宋余杭心中停留了片刻，便被她否定了。

林厌会去的。

只是宋余杭的心情有些复杂，救人只会是闯刀山火海。宋余杭既希望林厌独善其身，又不想看到家人出事，这样矛盾的心情让她紧紧攥着拳头，指甲深陷进了掌心里。

她知道自己的机会不多，只能放手一搏，拖延时间让敌人放松警惕，趁机一举制服敌人，救下小唯。

"我家人的命都在你手上，我怎么可能拿假的东西来糊弄你呢？我既然来到这里，就已经表明诚意了，希望你也能拿出点诚意来。"

她举起了手："先把孩子放了，我一个手无寸铁的女人好商量，跟你们走就是了。"

男人咽着口水，似是不知道该怎么回答了。

耳机里传出怒吼声："蠢货，她在拖延时间。她可不是什么手无寸铁的女人，别让她靠近你！"

男人从腰后摸出枪，对准了宋余杭大吼："别过来！否则我开枪了！"

宋余杭顿住脚步："好，好，我不过去。"

这个距离她并没有把握一举拿下他。

那漆黑的枪口无论是对她还是对小唯，都是严重的威胁，她必须得想办法拿下它才行。

"把你U盘里的东西放给我听！"

机会来了。

宋余杭俯身捡起那个蓝色的音箱，拆开文件夹，取出了一个黑色的U盘，然后把纸袋子随手一扔，袋子在天上打了个旋儿，飘进了大海里。

男人看着她打开音箱，把U盘插上去，然后按了播放键。

"我，郭晓光，朱勇之子，身份证号……"

宋余杭按了暂停键："现在可以放人了吗？"

男人点头："可以，把音箱放在地上，踢过来。"

不知道为什么，宋余杭总觉得他无论是说话还是做事都十分僵硬，像个提线木偶似的，老是要缓一会儿，尤其是说话，一顿一顿的。

她皱了皱眉，只觉得这事不太对劲，慢慢俯下身去，打算把音箱放在地上。

男人眼睛眨也不眨地看着她的动作，咽了咽口水，拿着枪的掌心全是汗。

远处海平面上隐约传来了汽笛声，宋余杭眼睛一亮："我的朋友们来找我了！"

男人仓促地回头，宋余杭狠狠一扬手，把音箱砸了过去，正中他的脑门，鼻血飞溅，手里的枪掉在了地上，人跟跄着后退了几步。

她一个箭步扑过去，还未来得及把小唯拉到身后，从集装箱后扑出了一个矮胖的身影，兜头就是一铁棒砸来。

宋余杭躲闪不及，被人狠狠捶了一下后脑勺，扑在地上，伸手一摸，全是血。

她一个鲤鱼打挺跳了起来，迎面就是一记刁钻狠辣的鞭腿。矮胖男人被踹飞出去撞在集装箱上，钢材"哗啦啦"散了一地。

瘦高个劫匪见势不妙，扑上去想抢地上的枪，宋余杭一个侧滑把人放倒，顺便把枪也踢出了老远。

瘦高个劫匪又去抓躺在地上的小唯，宋余杭抱着人翻身躲过。矮胖男人从建材堆里爬了起来，朝着宋余杭的后心就是一棒。

第93章 黎明

宋余杭当场呕出一口淤血，一手撑在地上翻过来，单脚钩住他的腿弯使劲一绊，男人重心往前倾，她屈身一记重肘狠狠砸在了对方的面部上，同时拽住他的胳膊，肘关节又狠狠地砸在了他的下颌上。用力之大她都能听见对方骨骼断裂的声音。

她和林厌不同，林厌为了弥补力量上的不足会使用武器，而她的拳头、她的脚、她的膝盖、浑身的关节就是最好的武器。

男人当场被打碎了牙齿，鲜血直流，宋余杭抓着他的胳膊把人揉到一边，男人撞在护栏上跌坐了下来。

宋余杭转身抱起小唯就跑："小唯，小唯，醒醒啊！"

任凭她怎么呼唤，孩子仍是紧紧闭着双眼，悄无声息。

泪水在眼眶里打转，宋余杭咬紧了牙关，哽咽着："小唯……"

瘦高个劫匪扑上来抱住了她的腿，冲着胖子大喊："抓住她，五万美金！"

这话让宋余杭猛地一怔，她回过头，看见了他耳边挂着的影影绰绰的线，心里一惊，抬脚把人踹飞了出去。

她正欲回身，胖子又抄着铁棍扑了上来。她抱着小唯动作不便只能闪躲，在两个人的夹击之下吃了不少亏。

海面上升起了雾霭，崇山峻岭里依旧没有灯光，静悄悄的望海大桥上只有棍棒打在皮肉上的闷响声。

宋余杭被砸得头晕眼花，耳膜"嗡嗡"响。她死死抱着小唯，依旧没松手，目光落到不远处的枪上，咬着牙爬了过去。

胖子一脚踩在她的手上，气喘吁吁地说："这女人真能打。"

做亡命徒的人都有几下子，宋余杭护着孩子手不能动，光凭腿脚功夫也让他们受够了罪，两个人身上都挂了彩。

瘦高个劫匪一抹嘴角的血迹，走了过来，从她怀里扯着孩子。

"你别说，这小孩还挺漂亮的，卖到东南亚应该能卖个好价钱。"

看着他的脏手搭上孩子的脸，宋余杭一股血气直往上涌，红着眼睛吼："别碰她！！！"

说罢，也不知道是哪里来的力气，被踩着的手紧握成拳，她硬生生撑了起来，另一只手抓着他的膝盖，把人抱摔在地，从喉咙里发出了类似野兽的嘶吼声，跳起来就扑向了瘦高个劫匪。

"疯子，疯子……"瘦高个劫匪被吓得连连后退，也顾不上抓孩子了，跌坐在地，被人拎着衣领提了起来，一记右勾拳径直砸上了他的下巴。

宋余杭把人打得口吐鲜血,妈都不认识。

她根本不给人喘口气的机会,摁着脑袋把人往下压,手肘砸在了对方的后颈上。男人跪倒在地,一口淤血吐在了地上。

她一个提膝砸上了他的下颌,男人被迫仰起头来,鼻血飞溅,拿手胡乱挡着,哭爹喊娘起来。

宋余杭杀红了眼,揪着他的衣领就往桥墩上撞,沿途洒下了斑斑血迹。

胖子咽了咽口水,一把从地上捡起手枪,漆黑的枪口对准了她,嗓音因为惧怕而失了真,略显尖厉:"住手,不然我开枪了!"

宋余杭置若罔闻,男人疯狂吞咽着口水,闭了闭眼睛,微微扣下了扳机。

远处车灯大亮,段城狂按着喇叭,如雷霆般冲了过去。

胖子瞳孔一缩,那一枪终究偏了地方,幸亏他闪得快,不然车轮就从他腿上碾过去了。

车还未停稳,林厌拉开车门跳了下去,一眼就看见躺在桥面上的小唯,一个箭步冲过去,把人抱起来交给了段城:"带她走。"

季景行和郑成睿留在了大桥入口接应没跟过来。

段城略一点头,把人抱上车,立马掉转了车头。

胖子去拦,林厌从后腰抽出机械棍,"啪"的一声甩直,拦在了他身前。

"你的对手是我。"

宋余杭生锈了的脑袋总算恢复过来,见她出现,冲她笑了笑:"你怎么来了?"

"我不来,你就死了。"

"我妈呢?"

"送医院了,没什么大问题。"

"我嫂子呢?"

"在后面等着小唯。"

她的问题林厌一一答了,林厌举着机械棍警惕地看着那个矮胖的男人,寸步不让。

男人摸不准她的实力,也不敢贸然开枪。

宋余杭看着她的身影,是那么瘦弱,却又是那么坚不可摧。

她们两个一个比一个狼狈。

第 94 章 海鸥

"啧,真是太感人了。"男人坐在电脑前鼓起了掌。

想不到宋余杭的身手这么好,在两个训练有素、身高体重倍于她的成年男性面前也丝毫不落下风。

想不到林厌能一次又一次地绝处逢生,他还真的是有些小瞧这个妹妹了呢。

男人按下耳朵上的微型麦:"豺狼,开始行动。"

"是,少爷。"

狙击手把瞄准镜对准了宋余杭手里的男人的脑袋。

"投降吧,你打不过我们,即使拿着枪也没用。你的朋友受了很重的伤,得赶快送他去医院。我不知道是谁承诺给你们五万美金,但是你们也得有命花不是?"

"放下枪,跟我去自首,把你们知道的事老老实实地交代出来,我会如实写在案卷里,上了法庭,或许法官会看在你们有自首情节的分上网开一面轻判些。"

"你们说呢?为了说不准的五万美金,丢了命不值得,那五万可有一块钱到了你们的账上?"

胖子看了看她诚恳的脸,再看了看表情肃杀的林厌,缓缓把枪口放了下来。

"真的会被轻判吗?"

宋余杭点头:"总比你现在和我们硬磕死在这里好,一会儿警方大部队来了,持械斗殴，像你们这样的凶徒一般是直接击毙。"

林厌都能将白眼翻上天了。死人都能让她说活了，这人吹得天花乱坠的。

涉嫌多起拐卖儿童案、袭警、绑架等数罪并罚，上了法庭这两个人也是死路一条。

"我……我投降……别……别杀我……"宋余杭手里的瘦子劫匪喘着粗气，奄奄一息，每分每秒都能感觉到自己的血液在流失。

他怕极了。

"我……我自首……自首，我……我说……我全都说……"

狙击手默念：来不及了。

他松开扳机，子弹悄无声息地穿梭在黎明来临之前的黑暗里。

宋余杭眼中映出了血花夹杂着脑浆的画面。

瘦高个劫匪脑门上的窟窿渗出猩红的血来，身体仰面倒了下去。

"宋余杭，卧倒！"林厌失声惊叫。

宋余杭回头看去，远处的灯塔上有亮光一闪而逝。

那是子弹擦出枪口冒出的火花。

她抱头一滚，旁边的栏杆上火星四溅。

亲眼见好友的死状，他眼睛还未闭上，胖子跌坐在地，两腿打战，裤子湿了，散发出难闻的气味。

他看看那两个人，谁也不信了，扔了枪，咬咬牙爬起来，七手八脚地从集装箱盖着的篷布里扒拉出了早就藏在这里的摩托车，骑上就跑。

这是他和瘦子劫匪商量好的，拿到U盘和钱就撤。

骑着摩托车路过那个蓝色音箱的时候，他一把将其抄起来藏进怀里。

豺狼将漆黑的枪口又对准了他，默念：跑得了吗？宝贝。

他扣下了扳机，可是枪没响。

他的枪再也不会响了。

豺狼被人用弹簧刀一刀封喉，血流如注。

黑衣人一撒手，他就软绵绵地掉下了灯塔。

"01，目标已被击杀。"

黑衣人按下了耳朵上的微型麦。

那枪一响，宋余杭就知道身后有狙击手了。

她看看林厌，一把把人拖进集装箱背后，急促喘息着说："你在这儿待着，我去追！"

林厌扯她："你回来，现在出去就是活靶子！U盘不要也——"

宋余杭捏了捏她的手，抽身离去："对方为什么要杀人灭口？一定是知道了幕后黑手不为人知的秘密，我现在去追不光是为了U盘，犯罪嫌疑人只有在我们警方手里才是安全的！"

林厌当然明白，抓住了那个胖子，幕后黑手才有可能浮出水面，可是现在望海大桥上除了这个集装箱没有什么遮挡物，天一亮能见度更好，宋余杭出去就是送死！

"你回来！"林厌扑过去扯她的衣角已来不及了。

宋余杭以百米冲刺的速度倒回去开上自己的车。

林厌从地上爬起来，不管不顾地冲了出来，站在桥中央闭着眼睛张开双臂，拦下了她的车："要死一起死！"

狂风扬起她颊边的发，车头就停在离她不到五厘米的地方。

宋余杭拉开车门，把人拽了上来："走！"

看着前面拦路的集装箱，宋余杭目光一凛，加重了语气道："坐稳，扶好了。"

她迅速变挡，把油门踩到底。白色的车子如离弦之箭般飞了出去。林厌眼前一黑，被撞开的集装箱"砰"的一声砸上护栏，溅出了火星，栏杆摇摇欲坠。

骑着摩托车的胖子在视线里化成了一个黑点。

也许是不方便再语音了，男人开始跟他打字。

"你的人好像并没有拦下她们。"

"不急。"坐在电脑前的人微倾着身子。

"她马上就要死了。"

对方顿了顿，发来一行字："林厌还在车上。"

男人瞳孔一缩，猛地站了起来，但已来不及了。

撞开集装箱之后，宋余杭想减速，踩下了刹车，却毫无反应。

她心里一惊，车辆仍旧以每小时三百公里的速度飙着，望海大桥还有段距离，她仍保持着方向盘稳定，去拉手刹。

她这一拉不要紧，轮胎猛地制动，也不知道哪个螺丝出了问题，车身狠狠一歪，往栏杆上拍了过去。

旁边就是汪洋大海。

宋余杭瞳孔一缩，手疾眼快地又把方向盘打了回来，在路面上一百八十度漂移地堪堪擦过护栏继续高速往前行驶着，而仪表盘上的数值还在飙升。

林厌被狠狠地甩在座椅上，这下连她也察觉到不对劲了："怎么了？"

宋余杭偏头看了她一眼，不动声色道："解安全带。"

桥面上散落着的砂石、钢材让本就不稳的车辆在高速行驶下更是难以控制，宋余杭感觉到方向盘也要失控了。

林厌红了眼眶，怒吼："你浑蛋，我就是不解，要死一起死！！！"

宋余杭两只手操控着方向盘，死死踩着刹车，还存有最后一丝希冀。

可是刹车已经彻底弹不回来了。

她只是说："林厌，追凶十四载，初南尚未入土为安，你要放弃了吗？"

她太懂得拿捏林厌的软肋了。

"初南"这两个字脱口而出的时候，林厌眼角瞬间涌出了泪花。

她咬着牙，死死盯着宋余杭，目光落到了方向盘上，扑过去要抢控制权："我不会放弃，可是也不会放弃你！"

车辆在桥面上打了个旋儿，宋余杭被晃得晕头转向，死死掰着她的手，把人控制住了，俯身过去把人推到了车门那边："我要你活着，去追寻自己的理想，为所有含冤而死的亡魂寻求真相。"

此刻明明该是颠簸的，该是头晕眼花的，可是林厌什么声音都听不见了，余光已经看见失控的车辆即将撞上栏杆。宋余杭残忍地把她拽着自己衣服的手指一根根掰开，解了她的安全带，用尽全身力气，把人从打开的车门里搡了出去。

林厌如断了线的风筝般滚到了路边。

桥面上腾起了火光，巨响连守在入口处的段城他们都被惊动了。

几个人匆匆往桥上一瞥，顿时都目眦欲裂。

段城发了疯一般往桥上跑："宋队、林姐！"

看着宋余杭的车坠海，怀里抱着昏迷不醒的孩子，季景行一屁股跌坐在了地上，泣不成声："余杭……"

远远地，警笛响了起来。

郑成睿扔了遥控器拦腰抱住了段城，把人往后拖："走啊，快走！方辛，帮忙！"

"我不走，不走，我要去救她们！"段城掰开他的手，泪流满面地咆哮着。

方辛揩干眼角的泪水，走上前去狠狠甩了他一巴掌，把人打得偏过头去。

段城死死地盯着她。

"那边还有一个昏迷不醒随时有生命危险的孩子！你忘了林姐说的要把她安全地送到医院了吗？！你现在去救人，她为我们所做的一切都白费了你明白吗？！"

段城哽咽着道："我明白，明白，可是……"

桥那么高，海水那么冷，又那么深。

看他哭，方辛也受不了了，一把把人搂进自己怀里，抱着他的脑袋安慰他。

段城号啕着，方辛含着泪和郑成睿对视了一眼，郑成睿点了点头，把季景行和小唯扶上了车，捡起自己的遥控器，收了无人机，顺便把他们停留在这里的足迹抹得凌乱，拿枯枝残叶掩盖了。

一辆小车赶在警方来临之前，消失在山间。

"扑通"一声水响，浪花掩去了涟漪。

冯建国拉开车门跳下车："拦住她！"

已来不及了。

众人连林厌的衣角都没摸到，眼睁睁看着她跳入了深海里，似一尾游鱼般消失了踪迹。

冬天不是适合潜水的季节，林厌也从没有在陌生的海域里潜过水，更是没有从这么高的地方跳下来过。

她心急如焚，入水姿势也乱了套，险些被重力拍晕过去，灌了好几口咸腥的海水后才回过神来，浮上水面猛吸了一口新鲜空气，又一头扎了下去。

越往下潜，温度越低，她浑身的血液都似凝结了，伤口泡在海水里更是钻心地刺痛。

林厌仿佛丧失了知觉，游过的地方淡红色的血迹和海水混合在了一起。

她从没有在深海里待过这么长时间，各式各样的海鱼游过她的身边，毫无保护设备的深潜让她耳膜"嗡嗡"响，头痛欲裂，随着氧气流失，肺部仿佛有无数根钢针在扎一样。

最致命的是寒冷，低体温症随时有可能让她失去意识，长眠于海底。

林厌不得不咬住舌头，用疼痛来刺激自己保持神志清醒。

脚踩住了礁石，林厌奋力向前，破开水波，目之所及，一大群游鱼围在一起。

她咬牙往那个方向游了过去，海鱼受惊游走。

看见受损严重的那辆车时，林厌喜极而泣，水泡从唇齿间冒了出来。

她忙游过去，使劲扒拉着车门，又踢又踹，车门却纹丝不动。

林厌换了个方向,从破碎的风挡玻璃处钻了进去,玻璃碴又在身上添了几道口子。

她使劲拍着宋余杭的脸,宋余杭静静地靠在座椅上,犹如睡着了一样。

林厌四下看了看,用脚将风挡玻璃破碎的缝隙踹得更大了一些,碎玻璃碴和鲜血顺着水流一起飘散了出去。

她回转身,用自己瘦弱的肩膀托起宋余杭,抱着宋余杭的腰一起奋力游了出去。

她从海平面钻出来时,托着宋余杭没命地往岸边游去,然后踉跄着把人甩在了沙滩上。

浪花拍打着她们的身体,警察也围了过来。

林厌置若罔闻,俯身听着宋余杭的心跳,静悄悄的,只有海浪的声音。

海鸥掠过天空,发出了悲鸣。

冯建国拨开人群跑过来,看见躺在地下的人苍白的面色时,浑身一震,眼眶微湿。

有人想上前来抬走宋余杭。

"都别动!!!"林厌撕开了宋余杭的衣服,不信邪地开始做心肺复苏。

旁边的人看着她狼狈的样子,泪水从颊边簌簌滚落。

海鸥在头顶盘旋,哀鸣声久久不散。

冯建国再也看不下去了,背过身去,拿手背抹掉眼泪,沉声道:"抬走。"

第 95 章 苏醒

"快，通知血库备血，四个单位红细胞！"

"除颤仪准备好了吗？"

抢救室里仪器充电的声音响了起来，医生冲着年轻女人的胸膛按了下去。

"充电200J，充电完成，闪开！"

女人的身体弹了一下，脸色已经是缺血过多的青白了，除颤仪一取脑袋就偏向了另一边，从嘴角渗出了血液混合物。

"肾上腺素，再来一支！"地上的医疗废弃物箱里扔了满满十来支用空的肾上腺素针剂，可是心电监测仪上的数值并没有回升。

"血来了，血来了！"护士提着恒温箱跑了进来，把血液递给医生，还没等将血挂上去，心电监测仪上已经出现一条直线。

另一间抢救室里同样兵荒马乱。

林又元由管家推着从走廊上匆匆赶来，面上似覆了一层寒霜，不住咳嗽着。

冯建国一眼看见他，就有些不忍地偏过头去。

老人拿帕子捂着嘴咳嗽，把沾有血迹的那一面攥进了掌心里，沉声道："怎么样了？"

冯建国皱眉不语。

林厌倒得太突然了，失血过多、心力交瘁、低体温症、缺氧、伤口感染、格林巴利综合征……

众人七手八脚地把宋余杭送上救护车回头一看林厌的时候，林厌已经躺在了地上。

现场急救没能抢救回她的自主呼吸和心跳，人被送到医院的时候已经没气了。

也许是因为冷，林又元剧烈咳嗽着，管家替他拍着背："老爷保重身体，小姐吉人天相……"

他的话音刚落，抢救室的灯灭了。

医生摘了口罩跑出来："谁是林厌的家属？进来见她最后一面吧。"

林又元身子猛地往前一倾，咳嗽声不绝于耳。

"老爷！"林管家手疾眼快地扶住了他，眼里渗出了泪花。

林又元摆手，透过他的肩膀和冯建国对视了一眼，缓缓直起身子："我进去，你也来，其他人不要跟进来，这事你们江城市局必须给我一个交代。"

以为他这是要兴师问罪了，走廊上其他人纷纷噤若寒蝉，被这压抑的氛围弄得大气都不敢喘一下。

一个刑侦队长脑损伤，深度昏迷，尚在抢救。

一个技侦负责人，还是大家族企业的继承人，已经被下了死亡通知书。

冯建国戴上宽檐帽，跟着医生大踏步走了进去："她是为救人而死，应该的。"

等林舸赶到医院的时候，白布已经盖上了她的脸。

抢救室的仪器都撤了，她就静静地躺在那里。

林又元没坐轮椅，被搀扶着一瘸一拐地走了出来，混浊的眼睛里满是血丝。

他路过林舸身边，被管家扶进了轮椅里："去看看你妹妹吧。"

林舸往前走了两步，猛地怔住，动作慢了下来，似是难以置信，伸出去的手又缩了回来，紧紧握成了拳头。

他在这样令人窒息的寂静气氛里不知道站了多久，谁也不知道他在想些什么。

沉默良久之后，他终是咬着牙一步步走向了轮床，每走一步仿佛都踩在了刀尖上，那紧握成拳的手终是散开来抓上了白布。

林舸闭着眼睛，颤抖着手，一把将白布掀了起来。

许久之后，他捂着脸跪在床边，肩膀剧烈抖动起来。

那之后的日子，对季景行来说是个噩梦。

第95章 苏醒

宋母重病卧床，宋余杭脑损伤昏迷不醒，小唯因为被电击留下了严重的PTSD（创伤后应激障碍）。

她辞掉了工作，每天在家、儿童医院、市中心医院之间疲于奔命，还得应付警察时不时上门盘问。

"你认识他吗？"桌上摆出的是两个男人的照片，一胖一瘦。

季景行沉默不语。

办案人员追问："是否有什么过节？"

"孩子呢？可不可以接受我们的询问，指认一下犯罪嫌疑人——"

季景行猛地抬头，眼眶红了，提高了嗓音质问："我老公是已故公安烈士，我妹妹是刑警，现在还躺在医院的病床上人事不省，我是律师，我女儿才七岁，还是在校三好学生，我们一家人都是遵纪守法的公民，上哪儿去认识穷凶极恶的歹徒？你告诉我啊！"

亡夫的遗像静静地挂在客厅中央。

小唯仿佛没有听见妈妈的声音一样，抱膝坐在落地窗前，怀里抱着一只布娃娃看着夕阳。

她从那天在医院醒来就是这样了，不愿意说话，不愿意见陌生人，尤其是陌生男人。

季景行心痛到无以复加，眼泪早就流干了。

办案人员致歉起身："打扰了。"

季景行没送，等人走到门口，却又问了一句："林厌——"

"林法医的追悼会将于一月后在江城市殡仪馆举行。"

季景行捂住脸，吸了吸鼻子："知道了，谢谢。"

"冯局，人抓到了。"

"关审讯室，我亲自问。"

冯建国没让任何人陪同，独自走进了审讯室，将铁门落锁，坐在对面的人颤了颤。

几天的亡命生涯，让他没有照片上那么胖了。

冯建国如鹰隼一般的目光牢牢锁住了他，他虽然老了，但老当益壮，鬓角的白发更替他添了威严，那肩章上的橄榄枝并四角星花在惨白的灯光下折射出了冰冷的光芒。

胖子知道这是个大官，瑟缩在椅子上，垂着头一言不发。

他几天没洗澡了，一身臭汗，散发出了难闻的味道，身上有血迹，鼻青脸肿的。

警方发现他的时候，他正蹲在桥墩底下喝河里的污水。

冯建国不动声色地道："你的同伴死了，被人一枪毙命。"

提起同伴，胖子更是抖了一下，抱着脑袋，想起了同伴脑浆迸裂的那一幕："别杀我，别杀我，我什么都不知道……"

"与虎谋皮者，必死无疑。"冯建国替他倒了一杯热水推到他手边。

"你想活的吧？"

他看着老人刚毅的脸，再看看桌上的一次性纸杯，颤颤巍巍地端起来喝了一口，"嗷"的一嗓子哭出声来。

天知道他已经有几天没喝过热水了。

"我想活，想活。"男人哭得鼻涕眼泪糊了满脸，"我好饿，想吃东西，他们一直追着我，有人想要我的命——"

冯建国冲着监控打了个手势，有人进来，他嘱咐了几句，不一会儿对方提着肯德基的袋子走了进来。

冯建国将袋子放在了他面前："吃吧，吃完把你知道的事通通交代出来，我保你在法院判决下来之前舒舒服服有吃有喝地待在看守所里。"

胖子看了看他，一把将袋子扯过来，从袋子里掏出一只鸡腿狼吞虎咽地吃起来，完了连指头上的油都舔了个干干净净。

冯建国等他吃完，自己撇着茶杯里的浮沫。

胖子风卷残云般把全家桶吃了个一干二净，完了打了个饱嗝，摸了摸肚子。

"还有吗？"

"有，你先交代，晚上食堂吃烤鸡，我让人给你送过来。"

"早知道你们警察对待犯人也这么人道，我早就自首了……"胖子想到同伴的死，想到自己那几天的逃亡生涯，还是心有余悸。

"废话少说。"冯建国端起茶杯抿了一口，径直发问，"为什么绑架孩子？"

胖子搓了搓手，觍着脸笑道："缺钱，欠了赌债。"

"谁承诺的给你们五万美金？"

提到这个问题，胖子又唯唯诺诺起来："不知道，他从不亲自出现，都是叫手下晚上来见面。"

"有什么特征吗？"老局长用手指蘸了蘸口水，翻开笔记本做着记录。

第95章 苏醒

"每次来都是蒙着面,看不清脸,不过穿得很好,皮鞋擦得锃亮,背后的老板应该也是有钱有势的人。"

按照道上的规矩,请人做事一般要先付订金的,这两个绑匪一分钱都没拿到手就动手了,不太符合常理。

冯建国停了笔:"撒谎我现在立马就放了你。"

"别别别——"胖子激动起来,舔了舔唇,"我真没见过那人长什么样子,他是没给订金,不过给了这个……"

胖子戴着手铐,伸出两根手指头搓了搓。

大冬天的,他就穿了一件短袖,冻得直哆嗦,那胳膊上有针眼。

冯建国眉头一皱,明白了:"详细的体貌特征叙述给我。"

"男,身高一米七左右,单眼皮,每次来都是穿西装、皮鞋,戴一块叫不上名字的手表,右手腕上有一块拇指大的胎记。"

仿佛是害怕冯建国真的放了他,胖子竹筒倒豆子一样噼里啪啦地吐了个干净。

一个下午,他直说得口干舌燥,毒瘾又犯了,打着哈欠,有气无力地靠在了椅子上。

"我说领导啊,问完了没有?"

冯建国抬头瞅了他一眼:"被你们绑架的孩子都卖到哪里去了?"

胖子小心翼翼地斟酌着他的脸色:"要不,您再给我点这个?"

他又伸出两根指头搓了搓。

冯建国笑了一下,胖子的心落回了肚子里,心想:这个领导脾气真好,早知道局子里这么好待,他早就来自首了。

未等他高兴太久,就被一杯热茶兜头泼了个正着,胖子一阵鬼哭狼嚎。

冯建国捋了捋制服,站了起来。

"你绑谁不好,绑警察的亲戚?知道什么叫太岁头上动土不?我告诉你,整个江城市局老子说了算,今天我就是要你以命偿命死在这里也没人知道。"

冯建国说着,慢慢走近他,虎背熊腰的,阴影投在了地板上。

胖子坐在审讯椅上,不住往后缩着,看着他的手摸向了后腰的枪套,浑身颤抖,又哭又号:"不……不,我说,我说,别杀我,别杀我……"

冯建国鄙夷地看着椅子下面渗出的黄色液体,捏着鼻子往后退了一步:"说。"

"卖到哪儿的都有,反正都是偏远山区,不过最好卖的还是东南亚,偷渡虽有风险,不过能拿一大笔钱。"

"和你们接头的是谁？"

胖子生怕他把枪掏出来，赶紧回答："红姨，是红姨！"

冯建国挑了一下眉头，详细地记下了他口中的"红姨"的体貌特征。

"在哪儿能找到她？接头方式？"

"欢歌夜总会，没有接头暗号，她有门路，只做熟人的生意，既帮人走私，又当掮客。"

看着他一五一十全吐了个干净，冯建国在后腰上摸了摸，似不太舒服，硌得慌，掏出了一把粉红色的玩具枪："不好意思，带错了，给孙女买的。"

胖子两眼一黑，差点晕死过去，这人真是老奸巨猾。

冯建国腋下夹着本子走了出去，面色冷凝地吩咐道："送强制戒毒所，没有我的亲笔签字，不准任何人私自会面提审他，就是省长来了也不行，听明白了吗？！"

"明白！"众人纷纷把手举到了太阳穴边应声道。

刑侦副队长薛锐暂时代替了宋余杭的职务负责押送人，把枪别进了枪套里准备出发。

同事捅了捅他的胳膊："往常从来不见冯局发这么大的脾气，还关起门来一个人审讯，这要搁我们监督投诉科早就找上门了。"

另一个同事也取了枪，答："没办法，谁让出事的是宋队和……林法医暂且不提，你们听说了没？赵厅快退啦，底下几个地市的热门人选其中就有冯局，咱们江城市局今年命案侦破率全省排名第一，还不都是宋队真刀真枪地拿命拼出来的？"

"冯局若是高升，指不定……"他顿住话头，表情变得意味深长。

"可是偏偏这个节骨眼上，赵厅的爱徒，咱们市局的门面出事了，你说冯局能不气吗？"

薛锐皱眉，止住了话头："行了，别说了，执行任务要紧，出发。"

几个同事你看看我，我看看你，摸了摸鼻子，自讨没趣，快步跟了上去。

当年的最后一场冬雪落尽。

窗台上枯萎的绿植冒出第一缕嫩芽的时候，宋妈妈康复出院了。

季景行开车带她和小唯回家，路过市中心广场的大屏幕，等红绿灯的间隙，宋母盯着窗外出神。

"本报获悉，景泰集团CEO林又元之女林厌于执行任务中为挽救同事生命，

第95章 苏醒

不幸壮烈牺牲，年仅三十三岁。追悼会将于今日下午2时在江城市殡仪馆举行，届时不光有商界人士参加，警方代表亦会出席……"

接下来是景泰的高管接受采访，证实了这个消息。

也有部分不愿意透露姓名的知情人接受了媒体的访问，纷纷提到林厌是如何漂亮，如何惊才绝艳，在法医学上的造诣是如何出类拔萃……

难以想象的是，明明一年前她还是全网通告的"黑心法医""刽子手"，三心二意花心滥情的"渣女"，花圈都摆上了法庭门口，一转眼就成了人们交口称赞的"烈士"。

宋母转过脸来："景行……"

季景行明白了，往左打了一下方向盘，车子汇入了车流里。

江城市殡仪馆。

"不好意思，没有请柬，禁止入内。"

门口守着的林家保镖穿着黑西装，胸口别了白花，婉言谢绝了她们的吊唁请求。

今日整个场馆戒严，不仅有林家的人守着，也布置了不少警力。

宋母满头银发被风吹得凌乱，微微红了眼眶，张了张嘴，想说什么终是咽了回去。

季景行扶着人离去："走吧，妈。"

小唯拉着奶奶的手，没那么爱笑了，眼睛里写满了纯粹的天真和残忍。

"林阿姨怎么了？"

宋妈妈爱怜地摸了摸她的脑袋："和你姑姑一样，睡着了。"

回到家，季景行忙着为她们收拾东西："妈，你搬到我那边和我们一起住吧，小唯有个伴儿我也放心些，我也能多照顾照顾你，省得两边来回跑了。"

宋母似没听见一样，喃喃自语："你说好好的一个孩子，就这么没了，谁的人心不是肉长的？她爹妈该难过成啥样啊？……"

片刻后，宋母才回过神来："哦，你刚才说啥来着？"

她自从出院后，精神头就大不如从前了，行动迟缓，耳也开始背了。

季景行眼一热："我说让您搬过去，和我们一起住。"

宋妈妈摆手："不成，不成，我还走得动，搬过去亲家们该有意见了。"

对季景行当年执意生下遗腹子的事，她父母本就心怀不满了，这些年来更是鲜少来看望这个外孙女，连带着对季景行的关心也少了。

宋家出事后，季景行的父母也来过一两次，要她带着孩子回家，宋母当然是知道的，当下就不肯再拖累她了。

"妈，您是不把我当宋家人吗？"季景行放软了声音哀求，"您看看小唯……"

宋母顺着她的目光望去，孩子坐在沙发上玩着积木，不想说话的时候对周遭发生的一切事物不管不问，也不爱笑了，更不活泼了，也不会再轻易让她们抱了。

甚至是季景行想要抱她，接近她，都得小心翼翼的。

"小唯这个样子，怎么坐飞机？我怎么放心带着她回季家？您是从小看着她长大的啊，就算不是为了我，为了孩子，您搬过来和我们一起住吧。"

季景行当然懂她的想法，坚强了这么久，头一次有些崩溃了，哽咽着道："什么拖累不拖累的，就当也陪陪我吧，咱们互相做个伴儿。"

宋母混浊的眼睛里渗出了泪花，母女两个人抱头痛哭。

"好孩子，妈陪你。"

宋余杭做了很长的一个梦。

她梦到自己浮在深海里伸手不见五指的地方。

有人拨开黑暗向她游来，托起了她的身体。

她的手指穿过对方柔软的发，扑了个空。

宋余杭心里一紧："你是谁？"

女人回过头来："我叫林厌。"

林厌，林厌，厌厌……

她琢磨着这个名字。

林厌再度开口："我要走了，再见。"

宋余杭怔了怔："你要去哪儿？你不是来找我的吗？"

她说着，林厌的身体已经陷进了一片白光里，变得越来越透明。

"林厌？！"宋余杭失声惊叫，伸出手去捉对方，却扑到了一片虚无，摔了个趔趄。

"林厌……"宋余杭喉咙里插着管子，含混不清地叫着，额头上渗出了薄汗。

沉寂许久的脑电波终于有了波动，各项数值也都在稳步上升。

季景行看着她的眼皮颤动着，手指徒劳无功地抓着被单，喜极而泣，忙冲出去喊医生。

狭窄的单人病房里瞬间拥进一大帮子医护人员，当管子慢慢被从喉咙里拔掉的时候，宋余杭苏醒了。

在床上躺了一个多月，她的头发长了些，垂下来遮住了眼帘，嘴唇因长期缺水而干裂苍白，那双淡棕色的眸子失了神采，满是血丝，愣愣地看着天花板。

"余杭……"宋妈妈握着她的手泪流满面，连声叫着她的名字。

季景行搂着小唯，用手掩住了唇："小唯，叫姑姑。"

小唯怯生生地叫道："姑姑……"

在家人的连番呼唤下，宋余杭失焦的目光总算找到了方向。

看着宋妈妈的脸，她弯了一下唇，扯得干裂的嘴皮开始出血。

医生也大为感动："太好了，这简直是医学史上的奇迹，幸亏在海底待的时间不长，又及时做了心肺复苏，否则脑损伤的程度就很难说了。"

宋妈妈拿棉签蘸了水替她润着嘴唇。

宋余杭偏过头来，似有话想说。

宋妈妈会意，俯身下去。

宋余杭嗓音嘶哑，还说不出话来。她勉强抬起手指，在宋妈妈的掌心里一撇一捺地写着。

"林厌。"

宋妈妈红了眼眶。

季景行把人扶到一边："妈，你先回去休息吧，今晚我守夜。"

宋余杭目光恳求地看过去。

季景行把她的手塞进被窝里，不敢再看她，背过身去替她倒水，强笑道："林厌也受了伤，暂时没法下床，她说了，等她好了就来看你。"

在宋余杭的印象里，季景行从不撒谎骗人。

宋余杭嘴角顿时浮出微笑，她浑身上下都缠着纱布，包括下巴上，那笑容看起来十分僵，又憨又傻。

但她就是笑得很开心，连旁观者都能感受到那种开心。

宋妈妈再也忍受不住，转身拉着小唯出去了。

走到外面在长椅上坐下后，小唯扒着她的膝盖："奶奶，你怎么哭了？"

第96章 找寻

　　自从宋余杭苏醒后，从一开始只有手指能动，就在床单上写字，到最后慢慢能开口说话了。

　　宋余杭每天都会问一个问题：林厌呢？

　　季景行强笑，把手里温热的汤递给她："你快喝，养好身体就可以去见她了。"

　　宋余杭缠着纱布的手颤颤巍巍地端起汤，咕嘟咕嘟地吞咽着，因为喝得太急，嘴角呛出了水渍，不住咳嗽着。

　　季景行替她拍着背，拿走了她手里的汤碗："睡会儿吧，医生说你得多休息。"

　　宋余杭躺下去，下意识想从枕头底下摸手机，扑了个空，这才意识到自己的手机已经丢了。

　　"姐，我可以用一下你的手机吗？"

　　她想给林厌打电话。

　　季景行明白她想干吗，心里不忍，面上却还是要强装出镇定来："你忘了，林厌也在住院，ICU里是不准用手机的。"

　　那不就是和她现在一样吗？

　　宋余杭吃力地点头，末了，想到ICU又替她捏了一把汗，有些着急上火："她……她怎么样了？"

"很……很好。"季景行偏过头去，收拾着碗筷，"你放心吧，她要是能下地走路了，一定会来看你的。"

宋余杭点头，目光中有一丝坚定："我要比她好得更快去看她才行。姐，你不知道，她啊，最不喜欢待在医院了。"

季景行哪敢接话，眼眶已经微微湿润了："那就这样，探视时间该到了，我先回去了，下午再来看你。"

"好，辛苦嫂子了。对了，小唯——"小唯的病她也听说了，未免有些忧心。

提起孩子，季景行眼眶微热，是在安慰她，也是在宽慰自己："没事，你放心吧，医生说了，慢慢养着，耐心陪伴，会好起来的。"

宋余杭捏紧了拳头，心想：她一定要赶快好起来，去看看林厌，小唯这边，她也必须把尚在逃窜的犯罪嫌疑人抓捕归案，还小唯一个公道。

还有那个U盘。

她模模糊糊地想着，医生又进来替她换了吊瓶。她的身体尚未恢复，在药物的作用下，终是抵挡不住困倦，又睡了过去。

后来养病的日子，宋余杭认真听从医嘱，配合治疗，努力吃饭，积极复健，从ICU转到普通病房已经是一个月后了。

连医生都啧啧称奇说她恢复得快。

季景行替她铺着床铺，把人从轮椅上扶了下来："来，小心。"

宋余杭摆手，自己挪了两步坐到了床上："姐，我想去看林厌。"

"不急，等你出院了再说吧。"

"可是——"宋余杭争辩，话说到一半，宋妈妈带着小唯走了进来，手里拎了一个饭盒。

"来，余杭，吃饭了，板栗焖鸡，你最喜欢吃的。"

话题就这么被不着痕迹地转移了过去。

宋余杭吃着饭，小唯目光落到了一旁的电视机上，想要拿起遥控器开电视，被季景行一把夺了过来。

"小唯，姑姑还在吃饭，她需要多休息，不要吵着她，要看电视咱们回家看。"

她是怕新闻上播关于林厌的消息。

小孩子不懂事，只知道自己的需求没有被满足，顿时撇了一下唇，哇哇大哭起来。

季景行忙不迭地去哄她。

因为患病，小唯的情绪总是跌宕起伏，一会儿好一会儿坏的，她也不说话，就是一个劲儿哭闹，摔打着自己手里的布娃娃。

宋余杭放了碗想去抱她："小唯——"

话音未落，她就被小唯猛地一把推倒在了床上，那一掌直打在她的伤口上。虽然是无心之失，但宋余杭的额头上还是冒出了豆大的汗珠。

见她受伤，这些日子以来的压力齐齐涌上心头，季景行又急又气，头一次甩了小唯一巴掌，红着眼眶吼："季唯一你给我安分一点，你怎么可以打姑姑？你知不知道你的命是谁救回来的？为了救你林——"

一室落针可闻。

宋余杭也在看着季景行。

季景行喘着粗气，再也说不下去了。

小唯泪水在眼眶里打转，把布娃娃扔在了她身上，转身就跑。

看见孩子哭，季景行心里又何尝好受，千刀万剐一样。

"小唯！"她抬脚就追了出去。

宋妈妈也长吁短叹，老泪纵横。

宋余杭握着妈妈的手，心里难受极了："妈，小唯回来一直这样吗？"

宋妈妈抹了一把眼泪："这还算好，刚回来那几天不吃不喝一碰她就哭，这孩子就好像……变了一个人似的。"

宋余杭心疼到无以复加，把妈妈搂进了怀里："妈，这些日子辛苦你和嫂子了，别担心，小唯一定会好起来的。"

"余杭啊，现在妈妈最大的希望就是你能好好活下去，不管遇到什么事。"

这话说得宋余杭心里"咯噔"了一下，但看着妈妈泪流满面的脸，宋余杭贴心地扯了纸巾递过去："我会的，妈。"

"好了，不打扰你休息了，我去看看景行和小唯。"

宋余杭点头，看着她收拾了碗筷，步履蹒跚地往外走去。

到了下午护士进来换药的时候，宋余杭还惦念着早上季景行从小唯手里抢遥控器的那一幕，以及妈妈模棱两可的话。

季景行不是会打孩子的人，是什么让她失控了呢？

还有妈妈，为什么要那么说？还有每每她提到林厌，总会被她们用别的话题遮掩过去。

宋余杭不是不敏锐的人，只是本能地信任她们，再加上在ICU时成日昏睡着，并没有机会思考太多问题。

现在想起来她是越想越后怕，几乎瞬间就从脚底板生出了一股寒意。

她看向一旁替她换药的护士："不好意思，我可以借用一下你的手机，给我家人打个电话拿点东西吗？"

她在医院住了两个多月，都是熟面孔了，护士很爽快地就把自己的手机借给了她。

"谢谢。"宋余杭点头致谢，飞快地按下了一长串号码，漫长的嘟音过去之后，响起的是冰冷的系统提示音。

"对不起，您所拨打的号码为空号。"

空号，这是什么意思？销户了吗？

宋余杭的一颗心直往下沉去。

"小姐，小姐……"她还在发愣，护士轻声催促着她。

宋余杭回过神来，把手机递了回去。

"您没事吧？"护士看她失魂落魄的样子有些担心，"哪里不舒服吗？我去叫大夫……"

宋余杭抬头，苦笑了一下："没有，我想看看电视。"

护士走过去在床头柜上摸着遥控器："咦，遥控器呢？昨天收拾病房的时候都还在呢。"

"没有就算了吧。"宋余杭又躺了下来，翻了个身，把脑袋埋进枕头里。

林厌，以前每次养伤的时候我们都会暂时失去联系，这一次也和以前一样，你一定会重新出现在我面前的，对吧？

又过了几天，在宋余杭的连连追问下，季景行快招架不住的时候，段城他们提着东西来看宋余杭了。

"宋队，听说你好多了，我们代表江城市局来看看你。"

从不会客套的年轻人也会说场面话了。

宋余杭刚能下地走路，步履蹒跚地一步步挪了过去，扒住他的胳膊，好似找到了救星："你告诉我，林厌呢？"

方辛上前一步，想要扶她坐下："宋队……"

宋余杭一把把人拂开了，加重了语气："林厌呢？！"

"宋队，林姐她……"方辛话音未落，就被人激烈地打断了。

"段城，我要你说！"宋余杭始终拽着他的袖子，眼神殷切，眼里慢慢地渗出泪花来，"林厌呢，告诉我啊，她去哪儿了？……"话到最后，嗓子已然哑了。

段城看着她的脸，嘴唇上下翕动着，紧紧攥着拳头，说不出话来。

季景行过来拉她："余杭，你该吃药了。"

"我不吃！段城你说话啊！"宋余杭晃着他的胳膊，"啊？林厌对你那么好，每次都让你扛机器不让别人扛，就是为了让你有观摩的机会。她面上特别嫌弃你，可是私下里不止一次跟我说过，你一定会成为一个好法医的。你告诉我，告诉我，她去哪儿了？"

她哑着嗓子，眼眶通红，身子摇摇欲坠，随时都有可能倒下去。

这样的宋队，他怎么忍心对她说出残酷的真相呢？

段城一个大男人，在这样殷切的目光里，终于忍不住用手捂住脸，无声地哭了起来。

宋余杭踉跄两步，撒了手，又去扒方辛。

"方辛，方辛，他不说，你告诉我，那天林厌不是还在教你美容的法子吗？我们不是说好了一起海岛游的吗？你告诉我，告诉我，我找到她，我们一起去好不好，好不好？"

她像个孩子一样，执着地追求着答案。

方辛不答，默默背过身去，吸着鼻子。

宋余杭把目光投向了郑成睿："老郑，老郑，我求求你，求求你，他们不说你告诉我好不好？我知道林厌之前有对不住你的地方，代她给你道歉，道歉……"

镜片下闪烁着泪花，郑成睿哽咽着道："不是我们不告诉你，是……是……"

是他们至今也无法消化林厌已经逝世这个噩耗，否则就不会拖到今天才来看她了。

宋余杭怔住了，回身看着这屋里的每一个人，这才发现大家都在哭。

他们哭什么呢？

她不过是想知道林厌去了哪里罢了。

她把最后求助的目光投向了季景行，哑着嗓子叫她："姐，看在她救了你和妈的分上，告诉我，她去哪儿了好不好？"

季景行背过身去，用手背揩着眼泪。

宋余杭明白了，这里的每个人都不会告诉她答案。

她从他们的眼睛里看到了深切的悲伤以及怜悯和同情。

她踉跄着退后两步，身子一晃，撞倒了输液架。

季景行前来扶她，被一把拨开了手。

宋余杭也不知道哪里来的力气，推开他们站了起来，跌跌撞撞地冲出了门。

"余杭！"

她在床上躺了那么久，膝盖还没有适应剧烈运动，刚跑出门就摔倒在了地上。

疼啊，她感觉五脏六腑都在绞痛。

宋余杭摔出了眼泪，咬着牙，红着眼眶，抖着手腕撑在地上，一点点爬了起来。

她拨开人群冲了出去，开始去敲每一间病房的门："你看见林厌了吗？"

"我找不到她了，她个子高高的，长得很漂亮。"

季景行追着她，段城他们把人团团围了起来。

宋余杭挣扎着，又踢又打，声嘶力竭地咆哮着。

一个医护人员手里拿着针筒想要给她注射镇静剂，她突然暴起，牢牢一口咬在了对方的手腕上。

医生吃痛，针筒掉了下来，宋余杭趁机推开他，从包围圈里连滚带爬地跑了出来。

她狼狈得不成样子，眼里都是血丝，穿着病号服，跑两步就因为体力不支摔倒在地上，又咬牙爬起来继续朝前跑。

她要找到林厌，这样的念头从未如此强烈过。

那个下午宋余杭问遍了楼层里所有的医护人员，敲遍了外科的所有病房，可是依旧没有找到想找的人。

季景行看着她站在太平间的门口，夕阳将她的影子拖得很长很长。

她终是没有勇气推开那扇门。

"余杭，回家吧。"

走廊已到尽头，宋余杭转过身来，麻木地一步步往回挪，嘴里振振有词："她答应过我，会好好活，一定不在这里，一定不是……"

季景行害怕再刺激她，不敢再追："余杭，你想去哪儿？"

"去……去她家。"

第97章 破碎

别墅外熟悉的苗圃因为无人打理而变得荒草丛生，宋余杭验过指纹，铁门"嘀嗒"一声滑了开来。

她扶着门，步履蹒跚地往里走，以为一进去就能看见林厌坐在庭院里，谁知道却空无一人。

宋余杭红了眼眶，如游魂一般在庭院里游荡，嘴里念念有词："林厌，快出来，别躲着我了……"她哑着嗓子，推开了大厅的玻璃门。

插在花瓶里的鲜花已经枯萎了，颓败下来，散发出了一股死亡的气息。

光鲜亮丽的家具都蒙着一层灰尘。

偌大的衣帽间静悄悄的，林厌的衣服都整整齐齐地挂在上面，仿佛并没有人光顾过。

宋余杭跑到了厨房、卫生间、浴室、健身房，甚至是林厌的实验室都找了。

空气里还残存着她的气息，人却不见了。

宋余杭草草看过一眼，微风吹得门响，她跌跌撞撞地奔了出去。

"林厌！"

走廊上空无一人。

她又跑去了林厌的书房，林厌最喜欢待的地方，兴奋地推开门，又扑了个空。

第97章 破碎

办公桌上静静放着一只没有落款还未折好的千纸鹤。

宋余杭看看这只蓝色的千纸鹤，一拍脑袋，冲出门去："对了，阁楼，她一定在那里。"

这里是林厌的秘密基地，常年锁着。

宋余杭没有钥匙，就用肩膀拼命撞着木门，从顶上落下些灰尘来，把她漆黑的发染成了灰白色。

她的肩膀很快就被磨破了皮，薄薄的布料沁出了血迹来。

宋余杭泄力地跌坐在地。

"好，你不出来是吧？那我……我就……"她四下看了看，从地上爬起来，"我就把你最心爱的衣服都扔掉，还有你的化妆品，把你柜子里的酒都倒掉，还有你的千纸鹤……"

久久等不到回答的宋余杭开始撒泼耍赖，蛮横无理地在林厌家搞着破坏。

她翻乱了林厌的房间，把衣帽间里的衣服扔到了地上，从酒柜里取出昂贵的红酒打开来一边喝一边倒，被呛得连声咳嗽。

那个夜晚，她数不清楼上楼下地跑了多少趟，数不清开了多少瓶红酒。

直到最后，她拿铁锤砸开了阁楼的门，里面依旧空无一人。她精疲力竭，就这样抱着一个酒瓶，躺在冰冷的地板上睡了过去。

次日清早，宋余杭头痛地转醒，看着这满地狼藉，又后悔不迭："对不起，林厌，得赶快收拾好，不然她回来看见一定会不开心的……"

她嘴里念念有词，去捡散落在门口的衣物，猝不及防间衣服被一双皮鞋踩住了，拿不起来。

她顺着笔直的裤腿看上去，笑容凝固在了脸上。

对方西装革履，制服整洁，胸口佩戴了检徽，冲她亮出了证件："江城市人民检察院，依法查封已故江城市公安局技侦科法医林厌名下财产，请不要妨碍我们执行公务。"

宋余杭蒙了，看着他的嘴一开一合，听不清楚对方说的什么，只听见了"已故"两个字。

她就这么眼睁睁地看着他们清点了林厌的财物，从家里往外搬着东西。

一辆车停下，惊蛰穿着一袭黑衣出现，戴着鸭舌帽，遮去了那一头夸张的红发。

他从身后摸出了熟悉的物件，递给宋余杭："小姐的遗物，物归原主。"

修复好的机械棍经过一番苦战已斑驳得不成样子，棍尖弯了，喷好的漆又掉了，上面暗红色的是血迹。

宋余杭没伸手去接机械棍，咬着牙，红着眼睛，森森地问道："遗物是什么意思？你说清楚。"

惊蛰有一张混血儿的脸，不过不爱笑，也不大喜欢说话，那张脸上惯常没什么表情，此刻却稍稍敛下眸子，眉头蹙了起来。

宋余杭从他的表情里读到了一丝难过。

"你说啊！遗物……是什么意思？"她把"遗物"两个字咬得很重。

惊蛰又把棍子往前递了一点："我按照她的吩咐把人送到医院再折返回去的时候，一切都已经结束了，桥面上只剩下这个。

"后来我赶到医院的时候，抢救已经结束了……"

宋余杭活了下来，林厌却因伤势过重抢救无效而去世了。

惊蛰略顿了一下，宋余杭已经扑上来，死死抓着他肩膀，眼睛里全是血丝："你骗人！你胡说！她答应过我会好好活，会好好活！"

惊蛰拨开她的手，退后一步："我见过她，在太平间里。"

一句话令宋余杭如遭雷击，她踉跄着退后两步，眼前一黑，刚想开口说些什么，急火攻心之下连声咳嗽着，泪水簌簌而落。

她捂着唇，星星点点的血迹溅上了病号服。

惊蛰似有不忍，虚扶了她一把："你得去医院。"

宋余杭摆手把人拨开，摇着头："我不信，你们都是在骗我……"

惊蛰看着她的眼睛道："小姐于我有救命之恩，我只听命于她一人，不会骗你。"

宋余杭抹掉嘴角的血渍，摇头笑了："呵呵……我不信……我谁也不信……除非她亲自来跟我说她不想活了……"

惊蛰见她这样，知道多说无益，把机械棍轻轻放在了她身边，点头离去。

惊蛰走后，宋余杭一个人也不知道坐了多久，直到路边有好心人递来纸巾。

"小姐，没事吧？"

她这才意识到自己一直在哭。

"没……没事。"宋余杭勉强笑了一下，跌跌撞撞地起身，就这么一瘸一拐、失魂落魄地往家里走去。

她没有手机，身上也没带钱，打不到车，就从白天走到了黑夜，从郊区走到了市中心，还穿着从医院出来时穿的那件单薄的病号服，在早春的天气里被冷风吹得瑟瑟发抖，脸色惨白，嘴唇青紫。

她走回家的时候，脚上已经被磨出了血泡。

宋妈妈心疼地把人迎进了温暖的房间里，都快哭出来了："你跑哪儿去了？再找不到你妈妈都要报警了。"

宋余杭扯起嘴角笑："妈，我去洗澡。"

说着，她浑浑噩噩地往浴室走去。

宋余杭打开花洒，把浴霸开到最大，污水从头上往下滚，她脚边的地砖上漫出了淡红色的血迹。

她颤抖着紧紧抱住了自己，在安静密闭的环境里终于能放任自己号啕大哭了。

宋妈妈在外面听得心如刀绞。

宋余杭把自己关在黑暗的房间里三天三夜后，用妈妈的手机给惊蛰打了电话，哑着嗓子说："活要见人，死要见尸，她埋在哪里？我要去找她。"

第98章 知己

陵园。

两个人打晕了守夜的巡逻员，趁着夜色溜了进来。

宋余杭手里拿着铁锹一铲一铲地把地下的泥土翻松，露出了钢筋混凝土浇筑的内棺。

她喘着粗气，看着墓碑上的照片开始出神。

惊蛰："要不……还是算了吧。"

毕竟这是扰人清净的事，死者为大。

宋余杭咬牙，红着眼从他手里夺过一个瓶子就开始往上倒液体："林厌要怪就怪我。"

此时的她还残存着最后一丝希冀，希望这棺椁里的不是她。

林厌只是假死藏起来了，或者有各种各样迫不得已的理由不能出来见她。

强酸迅速腐蚀了混凝土，发出了"嗞嗞嗞"的轻响，一阵刺鼻的挥发性气味过后，结实的混凝土表层裂开了数道口子。

宋余杭一铁锹下去，石块纷纷崩落。惊蛰见她这样，只得摇头叹息，和她一起动作。

很快，漆黑的棺椁就出现在眼前。

第98章 知己

惊蛰拿扳手撬开封棺的螺栓,宋余杭手里的铁锹落了地,颤颤巍巍地抚上了棺椁。

惊蛰从烟盒里掏出一根烟,摁亮了打火机点燃:"我去那边望风。"

说着,他走到一边去,腾出了地方给她。

宋余杭手掌摸着这冰冷的棺材,还带着粗糙潮湿的泥土和石灰颗粒,空气里有一丝淡淡的腐臭味。

她咬着牙,一把推开了棺材盖。

她跪了下来,捂住了唇,即使这样拼命压抑住哭声,守在不远处的惊蛰还是听见了犹如幼兽般的呜咽声。

他掐灭了烟头,看着天上的月亮,长叹了一口气。

他将食指放到唇边,打了一个呼哨,提醒她快到巡逻员换班的时间了。

冬天气温低,尸体的腐败速度相对来说会迟缓一些,可即使是这样,那张原本让人过目不忘的脸也变得面目全非了。

惊蛰那一声呼哨,将宋余杭残存不多的理智拉了回来。宋余杭吸吸鼻子,掀开了她的衣服,肩膀上那一道碗口大的疤还在,已经发黑了,有不知名的幼虫在里面蠕动着。

那是林厌受枪伤时留下的疤痕,是属于她的独一无二的印记。

宋余杭撒了手,跌坐在地,脑子都是蒙的。

林厌真的死了。

惊蛰走过来:"我们得走了。"

宋余杭起身,让开了地方,看着他一点点地合上了棺木。

林厌,你未完的心愿我来帮你完成。

边境,一叶轻舟悄无声息地掠过了河面。

同船的还有几个彪形大汉,以及从缅北带回来的年轻女孩,这些都是送去给大人物尝鲜的。

女人鲜红的指甲掀开了她们的斗笠,满意地看着自己的货品,心里盘算着应该能卖个好价钱,笑得越发开怀了。

撑船的艄公回过头来用当地语言叽里呱啦地说了一句:"最近戒严,我们只能从丛林里偷渡过关了。"

女人不在意地挑了挑眉头,也用缅甸语回:"尽快,别让买家等得不耐烦了。"

对方点头，撑着船拐过了河流的岔道，水流逐渐变得平缓，船速慢了下来。

一行人知道这是快要到了，纷纷收拾着东西，几个女孩被绑着手，粗暴地拽了起来。

艄公把船靠岸，回过身打算扶她下来。

女人看着黑漆漆的丛林莫名有一丝不妙的预感，嘀咕着："这地方以前没来过。"

她说着伸出手去搭上了艄公的手腕，艄公低眉顺目，略点了点头。

借着月光，她看见那斗笠下的面容浓眉大眼的，是个新面孔。

女人心里一惊，目光落到他的虎口上，枪茧！

她软绵绵地倚靠了过去："哎哟，好晃，扶着我。"

艄公搂上了她的腰，女人从身后摸出一把枪，就在她拿出枪的那一刻，艄公也动了，一个标准的反擒拿想要摁住她，女人抬手就是一枪。

枪声震飞了林中的飞鸟，船晃了晃，艄公仰面倒进了界河里，淡红色的血液扩散开来，随着水流丝丝缕缕地飘走。

随着她的枪响，仿佛按下了数道开关，漆黑的丛林里喷出了火舌。

"嗒嗒嗒——"冲锋枪的声音不绝于耳，船上的人也开始回击，但到底火力不如对面密集，被压制得死死的。女孩子们失声尖叫起来。

女人随手扯过一个人替她挡子弹，回头一看，跟着她来的人都倒在了船上，或者中弹跌进了河里。

她咬了咬牙，一把把已经死去的手下推了出去，自己"扑通"一声跳进了河里。

丛林里的人收了枪，厉喝一声："追！"

女人不知道在冰冷的界河里漂了多久，直到体力殆尽，四周静悄悄的，追兵已杳无踪迹。

她咳了几声，狼狈地爬上了岸，未料刚抬起头，就被冰冷的枪口抵住了额头。

她冷眼看着这几个人高马大的青年人，问："谁派你们来的？缅甸军方还是老挝或者是——"她顿了一下，"警察？"

对方一枪托砸了过去："你不需要知道这些。"

宋余杭来到一家手机店，看着店里琳琅满目的手机出神。

店员热情地为她做着介绍："小姐想要哪一款手机呢？我们这儿有新出的——"

店员喋喋不休，口若悬河，宋余杭的目光却只盯着橱窗最里面的一款旧手机，和她从前那部一模一样。

宋余杭指了指，哑着嗓子道："就要那部吧。"

店员撇了撇嘴，暗地里翻了个白眼，还以为大清早的能来一单大生意呢，谁知道却是个穷鬼，看上的还是几年前的老机型。

宋余杭等着店员收拾好配件，对方却又问了一句："小姐，新机需要办卡吗？"

宋余杭想了想道："我的旧卡丢了，可以挂失重新补办一张吗？我想要从前的号码。"

虽然手机丢了，但是这个号码承载了太多故事，她还奢望着，万一……万一林厌某天想给她打电话呢？

她换了号，林厌就找不到她了。

工作人员脸上溢出有些不耐烦的表情，宋余杭默默地又从兜里掏出了几张红票子放在柜台上。

对方顿时喜笑颜开："好的，身份证给我一下。"

半个小时后，宋余杭拿着新手机出了门，径直打车去了市公安局。

正是上班时间，她一出现在门口，就有无数目光看了过来。

"宋队，身体没好不急着上班的。"

"宋队，你……真没事吧？"

"宋队，我们都听说了，你……唉。"

…………

面对同事们的好意，宋余杭只是弯起嘴角机械地笑，笑意却从未到达眼底。

"没事，没事，你们去忙吧，冯局呢？"

"冯局一大早出去开会了，还没回来。"

宋余杭点了一下头，直入主题："上次绑架小唯活下来的绑匪，抓到了吗？"

众人面面相觑，薛锐欲言又止："抓到了……"

宋余杭打断他的话："关在哪儿？"

一个小警员接话，讪讪道："冯局亲自审的，不让我们说。"

话音未落，也不知道触碰到了她的哪根敏感神经，小警员已被人提着衣领揪了起来。

宋余杭眼里都是血丝："怎么，我还没被撤职，现在就要防贼一样防着我了吗？"

薛锐走上前来道："宋队，冷静，冷静，你的心情我们可以理解，但冯局的命令确实是……你不要为难我们了。"

宋余杭撒了手,一把把人搡开来:"好,不为难你们,我自己查。"

说罢,她大步流星地往外走去。

薛锐一拍脑门:"完了,赶紧报告冯局。"

在从办公室到市局门口的这段路上,宋余杭回想起了和胖子接触过的细节,以及江城市可能关押犯人的地方。

她脑中一闪而过他胳膊上的针孔,拉开了出租车门:"师傅,江城市强制戒毒所。"

到了门口,被岗亭拦下,她径直把证件扔到了对方脸上:"江城市公安局刑侦支队队长宋余杭,开门,我要提审犯人。"

那证件上的钢戳倒是不假,关键是提审犯人得要书面手续啊,狱警叫苦不迭:"宋队,宋队,这……"

他还未说完,就被人搡开来。宋余杭径直往里冲去,狱警赶紧跟了上去。

这大小是个领导,他也不好得罪。

"宋队,您先说您要提审哪个犯人,我去给您叫,手续事后再办也可以……"

他本意是想缓一缓,缓到所长来解决此事,谁知道宋余杭跟没听见一样,闷头往里蹿,几乎是一路小跑着挨个扒上铁窗看。

狱警要拦路:"宋队!"

宋余杭置若罔闻,嫌他碍事,一把把人推了开来。

狱警跟跄着后退两步,撞到了栏杆上,尖着嗓子喊:"宋队,你再这样我就叫人了啊!"

宋余杭跑过一扇铁门,又倒了回来,扒上了铁窗。

狱警以为她终于消停了,谁知道她竟然倒了回来,目光瞄准了他腰间挂着的钥匙。

"钥匙给我。"

狱警死死捏着钥匙串往后退:"宋队,这不行,违……违规的。"

宋余杭抬手就是一拳,小狱警捂着脸。她却又虚晃了一招,一把扯下了他腰上的钥匙串,冲过去打开了门,赶在大部队来之前"砰"的一声关上了门,并且从里面把锁眼堵死了。

任凭外面敲门声震天,她却置若罔闻。

这是一个狭窄的单人间,四面高墙,仅有一扇铁窗用来透气。胖子正在睡觉,

第98章 知己

听见动静从床上弹了起来,哆哆嗦嗦地往后缩,看着她步步逼近,高大的身影遮蔽了阳光。

"你……你干吗?你不是……不是警……警察吗?"

因为恐惧,他的嗓音略显尖厉。

房间就这么大,他的后背已经抵上了结实的墙壁,退无可退。

宋余杭捏紧了拳头:"你还能睡觉?你居然还能心安理得地睡觉?"

"救……救命啊!"胖子戴着手铐,并没有什么反抗之力,冲着门外又哭又号,还想溜。

宋余杭一脚把人踹翻在地,伸出手掐着他的脖子,用劲之大,骨节都泛出了青白色。

"说,谁派你绑架小唯的?说,谁派你把我们引到那里去的?"

在这几天里,她又梳理了一遍时间线。

春节前后出现的拐卖儿童的惯犯、林厌被人剐花的车,有人知道她必会换车,所以在换来的那辆奥迪上动了手脚,这也就间接导致了她坠海,林厌舍命相救。

更别谈之前小唯被绑架,她被迫跟着对方的节奏被耍得团团转,再加上季景行说的,有人在伐木场车间里布下了防弹钢门,目的就是困死她们,包括林厌。

后来出现的狙击手,先一步射杀了绑匪中的瘦子,因为他即将对她说出真相。

退一万步讲,就算那个狙击手最后没能杀了她们,她开着有问题的车去追人也必死无疑,在那样险恶的路况下,又下过雪,路面湿滑无比。

那么,对方唯一的目的就是——

宋余杭不寒而栗,这是一场针对她的死局,却被林厌用聪明才智化解了——粉尘爆炸。

宋余杭恨得牙痒,这个幕后黑手为了要她的命,不惜牵累上许多无辜的人。

她的妈妈、她的嫂子、她的侄女,还有……林厌。

宋余杭眼一热,掐着他的手越发用力,声嘶力竭地咆哮道:"说?!是谁让你这么做的?!"

胖子挣扎着,肥胖的手徒劳无功地抠着地板,脸色煞白,翻着白眼:"我……我不知道……喀……喀喀……救……救命……"

他还残存着最后一丝希冀看着门外。

宋余杭是个警察,不会在监狱里杀他。

"你是不是觉得,我真的不会杀你?"她站在阴影里,勾起嘴角冷笑了一下。

胖子看着她眼里的狠辣神色，她的绝望、愤恨最后都化成了冰冷的杀意。

他还未失声惊叫出声，就被人用纸团堵住了嘴巴。她把监狱里平时犯人用来学习写字的书本撕得粉碎，一张一张贴上了他的脸，往上泼着水。

"你是不是觉得我真的不会杀你？"宋余杭又低声重复了一遍，撕了一张纸拿水濡湿，拍了上去。

"知道为什么吗？那是因为我想……慢慢折磨你。"

"知道这叫什么吗？"她麻木地又撕了一张纸盖上去，看着湿掉的纸张凸显出了他的五官。胖子大口呼吸着，已经说不出话来。

"这叫水纸盖脸窒息死，流传了三千年的酷刑，古代名叫'贴加官'，贴一层加你九品官，升官又发财，你不是想要钱吗？"

宋余杭低喃，缓缓笑开，又撕了一张纸贴上去："来，给你，给你，都给你！"

她蓦地咬牙切齿，把手里的纸张一股脑地全拍在了他的脸上，一抬手整杯水都泼了上去。

纸张质量很好，密不透风，加剧了氧气的流失。

胖子剧烈颤抖着，薄如蝉翼的纸随着他的呼吸上下颤动着。

他很快因为缺氧而上气不接下气，呼吸跟扯风箱一样沉重，惊惧交加再加上临死前的生理反应，很快裤子就湿了一大片，散发出了难闻的气味。

宋余杭又开始撕书，耳边传来"刺啦刺啦"的声音。

胖子跪倒在地，艰难地抬起了一根手指。

宋余杭一脚把人踹翻，掀开了他脸上的纸："说！"

纸一被掀开，胖子就泪流满面地求爷爷告奶奶："姑奶奶，我说我说，别杀我，别杀我！"

宋余杭拎着他的衣领把人拽起来："说，谁派你去绑架孩子的？！"

"我也不知道，不认识，就是拿钱办事……拿钱办事！"

"他长什么样？"

"男的，一米七左右，瘦高个，穿得很好，戴一块看起来就很贵重的手表，右手腕上有一块拇指大小的胎记！"

胖子喘着粗气，一口气说完，比他在冯局跟前吐得还干净利落。

"在哪儿能找到他？"

"欢歌夜总会，我们每次接头都是在那里！"

"你们绑了孩子之后卖去哪儿？！"

第98章 知己

"卖给一个叫红姨的女人！具体她把人卖去哪儿我就不知道了。"

宋余杭一把揉开他起身，还不解气，转身狠狠踢了他几脚。

胖子惨叫一声，鼻血飞溅，哭爹喊娘。

宋余杭还欲动作，就被暴力破门飞扑而来的狱警七手八脚地摁倒在了地上。

"咔嚓"一声，手铐戴上了她的手腕。

宋余杭没反抗，任由别人把她押出门，押上了警车。

铁门"咣当"一声轻响，冯建国轻咳一声，坐在了宋余杭的对面，看着垂着脑袋沉默不语的人。

"冯局，怎么问都不说，您看……"

看什么看，他总不可能跟她一样对犯罪嫌疑人用刑吧？

冯建国压着火说道："你们都出去吧。"

他这就是要单独审她的意思了。

几个办案人员互看一眼，拿起本子退了出去。

等到人都走完，冯建国才开口："说吧，为什么跑去戒毒所？"

宋余杭懒懒地抬了一下眼皮，看着墙上的摄像头，扯出一个讽刺的笑。

往常她绝不会这样笑，这是林厌惯常的表情。

冯建国心里一惊，不动声色地走过去关掉了摄像头，监控画面变得一片漆黑："现在可以说了吗？"

宋余杭倾身："我没有什么好说的。冯局今天关押我，只能得到一个阶下囚，放了我愿为马前卒，破惊天大案，创不世之功，起码是能让您得到您想要的位置的那种功劳。"

冯建国静静地看着她，那双淡棕色的瞳仁里多了他看不懂的东西。

往常的她决计说不出这样的话，甚至这些问题她都不愿意去想。

她一门心思扑在了破案上，是个简单而纯粹的人。

林厌的出现让她变得有温度了，像个活生生的"人"了，又是林厌的去世让她变得复杂了，不像"人"了。

冯建国在心底悄悄叹了一口气，也不知道这步棋走得是对还是错。

"你怎么知道我想要那些呢？万一我真的只是想维护公理正义呢？即使你是赵厅的徒弟，是我们江城市局的门面，犯了错也不得不被罚。"

宋余杭扯起嘴角笑了一下："当我坐上刑侦队长的位子，才知道权力、金钱，没有人不想要，区别就是用什么手段得到罢了。"

"我帮你晋升,你给我破案的机会,公平得很。"

他似听到了什么好笑的笑话一般,端起茶杯嗤笑一声,又放下,双手交握在一起,平静地看着她:"我可以帮你——"

宋余杭微怔。

他接着道:"但那绝不是出于我想晋升,我还没有窝囊到需要依靠别人的功劳往上爬的地步,帮你的理由只有一个。

"那就是希望犯罪分子能被绳之以法,公平正义得到伸张。"

宋余杭鼻头一酸,眼里迅速积攒起了泪花:"为什么?你不是一直很讨厌林厌吗?"

老头子吹胡子瞪眼地说:"谁说我很讨厌她了?"

第 99 章 枷锁

"那……"宋余杭还是没回过神来,愣愣地看着他。

冯建国轻咳了一声,端起茶杯抿了一口茶掩饰尴尬。

"谈不上讨厌,但也说不上喜欢吧,林厌身上那股为了破案什么都可以不管不顾的鲁莽劲儿,大概是每个年轻的刑警都曾有过的,只是到了我这个年纪,需要考虑的事情太多,这样的鲁莽就不合时宜了。"

宋余杭默然。她理解的:"既然这样,我有几个问题想问您。"

"你说。"

"为什么查封林厌的房产?"

"名下有负债,她父亲不愿意承担,本人又没有什么别的亲属,对方向法院申请了强制执行,只能拍卖房产来抵债了。"

林厌脱离了林家后自己也有一些产业,有盈有亏,不然怎么能支撑她庞大的开销?

宋余杭点头:"那你们打算怎么处理那个胖子?"

"等法院判决。"冯建国面不改色地说。

宋余杭却咬紧了牙关,冯建国知道她在想什么,把茶杯搁在桌上,发出了轻响。

"没有直接证据表明他和你们的车辆被动手脚有关,你知道的,上了法庭最多只能以绑架、拐卖儿童、故意杀人来判。"

宋余杭都快要将一口银牙咬碎了："我知道，所以必须找出这个幕后黑手。"

冯建国不疾不徐地吹了一口茶叶："你想怎么做？"

"坠海的车打捞出来了吗？"

"前天刚捞出来，停在了事故停车场里。"

宋余杭默默记了下来，端详着他，看着他叩着茶杯的动作，眼神里有一丝探寻、一丝深究以及一丝不信任："U 盘呢？"

冯建国摇头："他说逃跑的时候丢了。"

宋余杭也摇头："不可能，你们不会不去找的，我还是无法相信你。"

"事到如今，你还有人可以相信吗？"冯建国反问，两个人的视线在惨白的灯光下相撞，对方肩章上的银色橄榄枝折射出了冰冷的光芒。

林厌一个人查案的时候，只是遇到了阻挠，并没有生命危险。她们俩一起开始查的时候，对方的行动便层层升级了。

先是李斌的死，李洋的意外身亡更像是一场被安排好的闹剧，还有那个多次出现在"白鲸案"中的蓝色物质，又是什么东西？

她们去省城路上遭遇的伏击，对方使用的是橡皮弹，制式警用设备。

再加上在瘦子耳后发现的微型麦，这是否代表，有人在暗中操纵这一切？

而内鬼……就在她们身边。

如果内鬼是坐在对面这个人的话，掌控了江城市局上上下下的一切警力，她们根本无处可逃。

宋余杭越想越感觉不寒而栗。

冯建国开口了："是了，如果是我的话，你现在根本不会坐在这里。"

宋余杭使劲抠着手，指甲深深地陷进了掌心里，才勉强让自己保持冷静。

她知道这个内鬼可能是她接触过的任何人，市局的清洁工、食堂打饭的阿姨、她的下属、她的上司……

每一个人身上都有洗不清的嫌疑，包括冯建国。

林厌的死让她变得更谨慎了。

她像暗地里吐着芯子的毒蛇般试探着："您不会在市局里杀我。"

"你说得对，在你住院的时候，在你跑去找林厌的时候，在你因为悲伤神思恍惚的时候，都是下手的最佳时机。"

宋余杭愕然，仿佛有一道光劈开了混沌意识。

冯建国不愧是老刑警了，从细枝末节里一下子抓住了重点："现在，你该相信不是我了吧？"

这世事就像一个旋涡，她和林厌就是不小心被卷入其中的两片孤零零的树叶。

不知道是冷还是恨，宋余杭上下牙磕碰在一起，发出了"咯咯"的声音："究……究竟是谁？"

冯建国倾身："我也想知道。"

他坐在这个位置上，上直属省厅管辖，下有数百双眼睛盯着，牵一发而动全身。

宋余杭松开了抠手的指甲："我来查。无论是林厌的死，还是十四年前的那桩案子抑或是那个内鬼，我都必须查清楚。"

"你想清楚，不查，我放了你，你安稳度日。查，你不仅会受处分，从此还会刀山火海里闯，永无宁日。"

宋余杭从前以为自己已经够理解林厌，够感同身受了，现在才明白，原来身上背负一条人命的感觉是如此沉重，压得她时时刻刻喘不过气来，每每想起来都心如刀绞，并且这种疼痛将伴随她一生。

即便如此，她也抬起头来，坚定不移地说道："我要查。"

冯建国眼底浮出了一丝欣慰的笑意。

茶要凉了，他也该走了。

"局里会开会讨论出对你的处理结果，不出意外的话会降职调岗处理，你做好准备。"

宋余杭点头："我只有一个要求，保护好我的家人。"

"放心，我亲自安排人去。"

冯建国即将转身离去的时候，她又把人叫住了："我想知道这个'红姨'的生平。"

"裴锦红，女，三十四岁，混血，外号'锦鸡'，江湖人称'红姨'，欢歌夜总会幕后老板娘，既通过夜总会认识的人脉走私货物，又以招工的名义输送劳务去往东南亚，实际上是个不折不扣的人贩子。"

"此人阴险狡诈，警方数次抓捕都没能将她捉拿归案，暂时放着夜总会不动只是为了避免打草惊蛇。"

泛黄的照片上的女人黑色齐肩短发，颧骨略高，尖下巴，眼尾狭长，有些精明刻薄的样子，面容算不上惊艳，也称不上丑，顶多就是扔在人堆里会让人回头多看两眼的那种类型。

女人的眉毛边上还有一颗黑色的小痣。

就是这样一个平平无奇的女人居然是为犯罪团伙牵线搭桥的掮客。

这些内容这些日子以来宋余杭早就背得滚瓜烂熟了，几乎闭着眼睛都能默写出来。

对面的人又拿出一张黑白照放在桌子上，照片上是个高鼻深目的男人。

女人脸上缠着纱布，脖子上也是，因此说话声音分外沙哑。

"王强，男，四十五岁，外企老总，裴锦红的情人，也是欢歌夜总会的幕后股东之一。"

对面的人又从厚厚一沓照片里抽了一张放出来："李立，男，三十岁，欢歌夜总会员工，与裴锦红手下歌女有染。"

随着一张张照片被摆在桌上，女人一一指认了出来。

"陈芳，女，二十四岁，欢歌夜总会头牌歌女，被裴锦红捧红后一心想要爬上王强的床。

"吴菲，女，二十八岁，与李立有染的歌女。

"钱明，男，三十六岁，深得裴锦红器重的员工。

"胡杰，男，五十岁，夜总会清洁工。"

…………

对面的人放下了最后一张照片。

上面的男人只有一个背影，穿着黑色半袖T恤，露出了结实的臂膀，留寸头，站在丛林里，一看就是偷拍的照片。

"他叫库巴，至今没有人见过他的正脸，这张照片也是我们的人冒死带回来的。

"据可靠线人传报，每次和裴锦红在缅北接头的人就是他，但因为裴锦红生性谨慎多疑，接头的时候常常狡兔三窟，我们也一直没有等到她现行。

"这个可靠线人就是钱明吧？"女人缠着纱布的手在摆出来的其中一张照片上轻点了一下。

"没错，他已经死了。"

男人把那张照片翻了过去，语气不无惋惜。

"临死之前，他送出来的东西不光只有这张照片，还有这个——"

他从桌底取出了一个透明玻璃瓶，蓝色的液体晃荡着，瓶身映出了女人只露在外面的一只眼睛，漆黑的瞳仁里满是冰冷之意。

"我见过。"

第99章 枷锁

"他们叫它'醉梦'。"

醉生梦死,人事不知,倒真是极好……极好的名字呢。

她磨着牙,嚼碎了满腔恨意。

"好了,我们能提供给你的情报就是这么多了。我需要提醒你的是,'锦鸡'社会关系复杂,人员来往密切,情报可能会有一定的纰漏,到时候就看你的随机应变能力和造化了。

"你孤身一人深入险境,没有任何外援和助力,我们也没有安插新的线人进去,所以,不要相信任何人。

"必要的时候,连我给你的消息也不要信,除非我亲自跟你面谈。

"你……准备好了吗?"

女人拆下了手腕上的纱布,活动活动筋骨,一只手绕到脑后,扯松了医生打的结,层层叠叠的纱布脱落下来,露出一张有些陌生却和桌面上的某张照片上的人一模一样的脸:"我还有别的退路吗?"

她在黑暗里问。

男人沉默不语,转身离去。

"宋队,你家人来了,看在你还在养伤的分上,又事出有因情有可原,组织上决定对你网开一面,回去等通知吧。"

铁门被打开,宋余杭伸出手,办案人员替她解开了手铐。

一宿没睡,她整个人脸色灰白,眼窝深陷,头发凌乱,浑浑噩噩地往前走着。

季景行见她出来了,赶紧扶着人下台阶,宋母也在外面等着,迎了上来。

一见着宋母,宋余杭便低着头,哑着嗓子叫了一声:"妈——"

宋母没说话,还像小时候一样揉了揉她的脑袋:"行了,妈都知道,回家吧。"

回去的路上路过了那天她开车去买菜的超市,宋余杭开口道:"嫂子,停一下,我去买点东西,晚上咱们吃顿火锅吧。"

难得她有点兴致,季景行靠边停了车:"行,我们一起去吧,正好妈也有阵子没出门逛街了。"

宋余杭没阻拦,和她们一起下了车,等走进超市,季景行和宋母推着购物车走进货架里,她一转身就没了人影。

停车场,保安室。

"你好,警察,我想调一下1月25日的监控。"宋余杭把证件拿出来递给对方看，待对方翻阅后将证件收进了夹克里。

保安面有难色地说："不巧得很，那天线路检修，例行断电，监控压根没开。"

宋余杭面色一凛："早不检修，晚不检修，偏偏那个时候检修？"

"倒也不是。"怕她发火，保安面色讪讪地说，"商场规定了，每个月25号检修，您不信，我给您看看。"

保安说着，从墙上取下了一大摞通知单，手指蘸着口水数着，一直数到了三个月前："喏，这是前一天的通知。"

把单据递给她之后，保安又在电脑上敲敲打打，调出了那天的监控，屏幕上一片漆黑："您看，真的没有骗您。"

宋余杭咬紧了牙关，正欲说些什么，兜里的手机振了起来。

是季景行打来的。

宋余杭接了起来："没事，我去上厕所了，你们逛完了吗？逛完了我们停车场见。"

等她挂了电话，保安也在看她，估计是在奇怪为什么警察查案要遮遮掩掩的。

宋余杭面色如常地说："那天有什么人鬼鬼祟祟的让你有深刻印象吗？"

保安摇头："这一天人来人往的，见的人可多了。"

"好，谢谢。"宋余杭抽身离去。

看来她想找到剐车人的这一条线索又断了。

不过对方也极有可能是受幕后黑手指使，就像胖、瘦两兄弟一样，所以她也没抱太大希望。

现在最关键的她还是得抽时间去一趟欢歌夜总会，找到这个叫"红姨"的女人。

第100章 锦红

择日不如撞日。

说要吃火锅的是她，心不在焉的也是她。

宋余杭三两口扒干净碗里的饭："我吃饱了，出门一趟。"

宋母起身，哀声叫了她的名字："余杭，你不要再去，不要再去……让我们担心了。"

宋余杭转身看着她们，电磁炉上的火锅还"咕嘟咕嘟"冒着气泡，香气四溢，洗干净的菜放在碟子里还透着水意。

这一切都是那么美好而温馨。

林厌也该坐在这里享受这样的温暖才是。

宋余杭摇了摇头："妈，对不起，我做不到，我可以答应您不做伤害自己的事，可是要我无动于衷，当作什么事都没有发生过，对不起，我做不到。"

宋余杭走后，宋母看着关上的房门愣了很久，直到季景行夹起一筷子涮好的青菜放进她的碗里。

"妈，让她去吧。"

小唯咬着筷子，虽然听不懂她们在说什么，但看妈妈给奶奶夹菜，而奶奶在哭，也把碗里的肉分给了奶奶一块。

她还是不怎么爱说话，但这个可爱的举动就足以让宋母破涕为笑了。

"好孩子，快吃，菜还有这么多，景行，你也吃。"

"哎，好，妈，尝尝这个。"

欢歌夜总会是隐于闹市里的二层仿古建筑，碧瓦飞檐，富丽堂皇，墙上都装饰着彩灯，霓虹闪烁，几乎照亮整条街。

那招牌都是梨花木刻的，高高地悬着。

几个西装革履油头粉面的俊俏青年站在门口，见有车过来立马上前替人开车门，微弓着腰把人迎进去。

宋余杭站在马路对面，抽完了一根烟，踩灭烟头走了过去。

不出所料她被人拦下了。

"你好，女士，请出示会员卡。"

西装革履的青年语气略带疏离地说。

宋余杭："听歌还要会员卡吗？"

"要的，本会所采取会员制，只有先办卡的人才能进入。"

看来冯建国说得没错，这地方只招待熟客。

宋余杭抬头看了一眼金碧辉煌的招牌："多少钱才能进去？"

那青年打量着她，见她穿着普普通通，身上也没有名贵饰品，发丝凌乱，夹克敞开穿着，作战靴的鞋带也散了开来，浑身上下写着"落拓"两个字。

这一看就是穷鬼，男青年眼底浮现了一丝鄙夷之色："十万先办卡，进去还有最低消费。"

宋余杭本以为撑死了也就五千，谁知道对方抛出一个天文数字。

这是娱乐会所还是黑店啊？

她手插着兜，摸到警官证，又松了开来。

算了，她不能打草惊蛇。

"我就进去找个人应该用不着这么多钱吧？"

她本意是试探，谁知道对方听见她说要找人，顿时警惕起来。

那男青年一个眼色瞥过去，门口的另外几个保镖就不着痕迹地把她围在了中间。

"不消费的话，抱歉，请回吧。"

宋余杭悻悻地往回走，那几个男青年散了开来。她往后瞥了一眼，突然转身，搡开那个和她说话的男人，抬脚径直往里冲去。

还没等她摸到门，双拳难敌四手，就被人揍得鼻青脸肿地扔了出来。

宋余杭躺在大街上，过往车辆鸣笛，她捂着肩膀一瘸一拐地爬了起来，走到马路对面，看见有便利店，去买了一包烟和白酒。

她哆哆嗦嗦地点上烟，沿着墙根走，很快就摸到了夜总会的后门。

照样有几个人守着后门，神情不善地看着她。

她灌了一口白酒，抹抹唇，又倒回来摸着围墙，盘算着能不能翻过去。

路边巡逻车上的民警看着她，警灯闪烁着。

宋余杭嘴角扯起一个讽刺的笑容，手从墙上松开，拎着一个酒瓶跌跌撞撞地往前走去。

警车跟了她几百米，见没有什么异常举动才离开。

她就这么揣着一包烟，拎着一瓶酒，浑浑噩噩地往前走着，不知不觉间来到了她惯常打拳的体育馆门口。

早已过了下班时间，工作日的晚上没什么人，场馆里只开着一盏昏暗的壁灯。

宋余杭爬上擂台，跌跌撞撞地翻了过去，白酒洒了她一身她也不在意，三两口喝完瓶里剩下的酒，把瓶子往地上扔去。

她眼里只有那个晃荡的沙袋，爬了起来，抄起拳头就扑了上去，又打又踢，从喉咙深处发出了愤怒的嘶吼。

沙袋晃荡着，不知疲倦般在一次次重拳下弹回来。

宋余杭也不知疲倦一样一拳又一拳地发泄着自己的痛苦。

酒精让她整个人近乎癫狂。

汗水很快就打湿了衣服，黑发湿答答地贴在额上，往下滴着水。

她一拳砸过去，手臂微微颤抖着，沙袋上的水珠跟着往下淌。

宋余杭喘着粗气，埋着头，泪一颗一颗地砸在了地板上，拳头抵着沙袋没动，空荡荡的场馆里只有她粗重的喘息和抽泣声。

她想起了冯建国最后跟她说的话。

"你驾驶车辆坠海后，林厌跟着跳了下去，我们……没能拦住她。"

"她其实从海底上来的时候状况就已经很不好了，你也知道……她的病是不能受伤的，在救护车没来之前，她坚持为你做了半个小时有效的心肺复苏。"

黑暗里的人贴着墙根站着，透过门缝看见宋余杭一拳拳打着沙袋，最后整个人脱力地跪了下来，抱着沙袋号啕大哭。

在她的印象里，宋余杭一直是克制、冷静、理智的，鲜少有彻底失控的时候，更别提像现在这么狼狈不堪。

女人匆匆别开视线，靠在墙上，又哭又笑的。

未料，里面的动静停了，宋余杭的声音响起："林厌，是你吗？！"

不等宋余杭推开门，女人拔腿就跑。

等宋余杭跌跌撞撞地冲出来的时候，门外已经空无一人了。

她像困兽一样在原地转着圈："林厌，你出来啊！我刚刚……刚刚明明听见你的声音了……"

空荡荡的体育馆却并没有人回答她。

三天后，边境，一辆吉普穿梭在丛林里。

不远处的界河缓缓流淌着，发出了潺潺的水声。

昨夜刚下过雨，土质松软，吉普车飞快驶过，路边的小草溅上了泥点。

吉普车拐了个弯，从车上滚落一个女人下来，噼里啪啦地把灌木压折了一大片。

这里地势低洼，女人滚到路边，头撞上了路边的油棕树，身子一滑，她似奋力想要往上爬，却终究只是扯落几根枯藤，摔了下去。

一阵天旋地转后，她再也没能抓住什么东西，头朝下跌进了界河旁边的水洼里。

潮起潮落，几艘渔船开了过来。

有善良的村民撒网却扯不动，翻过来一看，顿时大惊失色。

"快来，这里有个人！"

几个人七手八脚地跳进浅水坑里，把人抱上了船。

"姑娘，姑娘，醒醒！"

女人皱着眉头，轻咳了几声，呛出了肺里的积水，悠悠转醒，那眼神仍是戒备的："你们……你们是……？"

"我们是附近渔村的渔民。"对方说着略带南方口音的普通话。

女人松了一口气："这里是……？"

"已经到境内了，过了前面那个河道就是小渔村了。"

看这落水女人鼻青脸肿的模样想也遭了一番苦难，又见她浑身都湿透了，身上还有血，几个渔民不忍，拿了一床毛毯出来给她披上。

女人坐起来道谢。

救她上来的男孩见她眼睛生得好看，忍不住红着脸搭话："你叫什么名字啊？

怎么会出现在这里的？"

女人捧着村民递过来的脏兮兮的电壶盖，轻轻抿了一口热水，嘴角流露出了一丝诡谲的笑意。

但她掩饰得极好，起码抬起头来说话的时候，是个十足被丈夫卖去东南亚想自己偷渡回来却不幸失足落水的苦命女人。

"我叫裴锦……"她和男孩交换了名字。

船头撑竿的中年男人不着痕迹地回头看了她一眼，对旁边人使了个眼色。

那人拿起渔网钻进了船舱里。

女人知道，现在满世界的人都在找"锦鸡"，自己甚至不需要多余的动作，只要把这个消息放出去，自然会有人送上门来。

她现在唯一要做的事，就是等。

女人把电壶盖子往边上一放，惬意地眯起了眸子尽情享受阳光。

重见天日的感觉真好。

若你尚在场。

"林厌真的死了？！"男人仓促又直白地追问。

林又元窝在轮椅里，骨瘦如柴，蓝白病号服穿在身上空空落落的。

他鼻子里插着氧气管，旁边放着呼吸机，说话的声音又闷又沉，呼吸也跟扯风箱一般沉重："死了。"

他轻飘飘地说出这两个字，就开始剧烈咳嗽，扯得输液架摇摇欲坠。

管家赶紧拍着他的背顺气，把氧气面罩给他戴上："老爷，平心静气，莫要激动。"

男人退后一步似有些难以置信。

林又元缓了一会儿，抬眸看向他："你不是早就……喀喀……早就知道了吗？"

知道是一回事，亲眼所见又是另一回事。

不等他回答，林又元嘴角又扯起一丝讽笑："送客。"

"请吧。"林又元的贴身大管家在男人面前也保持了足够的尊敬，微弓着身子，摆出了请的姿势。

男人看他一眼，大步离去。

走到走廊上，他才问："什么病？"

林又元没想瞒着他，否则就不会让人进来了，是以管家略微低着头，涩声道："肺癌晚期。"

男人身子猛地一震，好似苍老了一大截，哆嗦着嘴唇说道："不用送了，去照顾你家主人吧。"

与此同时，两封密信同时被送到了库巴和王强的手上。

"锦红找到了？！"男人"噌"的一下从女人怀里坐了起来，唇边还沾着葡萄皮。

女人想替他擦一擦，被人一把拂开了。

"具体说说，什么情况？"

库巴把字条递了上去。

老人看一眼，将其扔在一边。

"不过是个掮客，死了也无妨。"

库巴犹豫了一会儿，还是选择直言："虽然是只蚂蚁，但咱们的货都是从她那儿出的，要是她死了估计咱们的销量得折损一半，更何况还有那些美女……"

老人嗤笑一声，嗑着瓜子，也给肩上的鹦鹉喂了一颗："说到底，还是女人的事。"

库巴赶紧退后一步，双掌合十表示绝对的忠诚："不敢……"

老人嗑着瓜子，直视着前方，鹦鹉在他的肩头探头探脑。

"我听说最近界河可不太平啊，消失了这么久，也不知道……"

库巴神色一凛："我这就去安排。"

老人把瓜子放进了盘子里："林舸最近在做什么？"

库巴挠了挠脑袋，似有些费解："最近他一直没怎么出门，派去的人说他……他……"

"他什么？"

库巴一拍脑门，想起来了："不喝茶也不吃饭，悲痛欲绝！"

老人从桌上端茶杯的手顿了顿，随后他径直放了下来，茶盖倾覆："蠢货。"

"王哥，这怎么办啊？"下人小心翼翼地端详着他的脸色。

歌女还没听懂始末，就被人连拖带拽地赶了出去。

王强一身黑色西装马甲，在屋里来回踱着步。

有裴锦红的对头阴阳怪气道："最近界河可不太平啊，就是红姐回来那天，还爆发了一场武装冲突，谁知道是不是条子的人？红姐早不回来晚不回来，偏偏这个时候回来，未免太巧了。"

这话是在暗示裴锦红极有可能投靠条子了。

第100章 锦红

王强猛地顿住脚步,脸上露出一抹狠辣之色。

"我亲自去接她,她要是投靠了条子,那么……"

他抬手比了一个格杀勿论的手势。

第 101 章 交锋

为了不给季景行添麻烦，宋余杭又搬回了自己家，小唯还没恢复，宋母就留在那边照顾小唯，这样一来她自己一个人住，于她们而言也安全得多。

在等通知的这三天里，她也没闲着，收拾了一下房间，把卧室布置成了一个类似于林厌别墅楼阁里的暗室一样的屋子。

单人床被推到了最里面，空出一面墙来钉上了写字的白板，窗帘买了加厚遮光布，便于她在黑暗无光的环境里冲洗照片，也会让她觉得有安全感。

除了必要的桌椅衣柜外，卧室几乎被她腾空了。

她在这样黑暗的屋子里一坐就是一整天，饿了就叫外卖或者随便扒拉几口泡面，大部分时间是没有食欲的，餐盒放在地上一动不动。

住院的时候她好不容易养胖的几斤肉又迅速掉了回去，整个人肉眼可见地消瘦下来。

宋余杭想起什么就到白板上添一笔，梳理了三天的思路，三天后白板上的时间脉络已经清晰可见了。

这一系列案件起点都是十四年前的"分阳码头碎尸案"。

受害者：陈初南。

关系人：林厌。

凶手：未知。

这个"未知"凶手在当时就具备了一定的作案能力，林厌也说过分尸不是杀鸡，需要一定的体能和娴熟的技术。

"他"要是变态杀人狂，为什么十四年来警方却再也没有接到相似的报案？

宋余杭盯着这张没有头像的照片，陷入了沉思。

是什么阻碍了他杀人的脚步呢？

除非他有什么迫不得已的原因，成家生子？学业？工作？无暇顾及？

毕竟人活在这个世界上，吃饭才是每个人都需要解决的问题，杀人凶手也不例外。

宋余杭手里拿着笔，把头抵在了白板上。

那么这个人为什么要杀一个社会关系简单、无仇无怨的高中生呢？

一时兴起还是……

被灭口。

她后背一阵汗毛竖立。

宋余杭捏紧了笔，这是她目前能想到的最合理的解释，这也能说明她和林厌后来查案时为什么会遇到种种阻力。

有人不想让这个案子大白于天下。

再说到坠海这件事上来。

凶手明明已经得到了U盘却还要赶尽杀绝，而且"他"只是困住了林厌，知道自己会开那辆车，所以自始至终目标只有一个，那就是要她死。

宋余杭查案这么多年来，明里暗里得罪的人数不胜数，想要她死的人也不计其数，但能将人心算计到这个份上的人还是寥寥无几的。

林厌不是不谨慎的人，"他"能将林厌名下车行里的车暗中动手脚，说明"他"起码是认识林厌的。

再有凶手又能准确无误地绑走宋母、小唯、季景行，季景行在和她通话时被掳走，有暴力接触，而宋母和小唯出事当天在逛庙会，人多眼杂。她们一家人都懂法，从小就给孩子灌输"不要跟陌生人走"的思想，是以小唯不会轻易跟不认识的人走，而对方若动手，一个孩子大哭大闹难免会引起别人的注意。

据方辛说，目击者看见一个男的怀里抱着小唯，而小唯手里拿了一根糖葫芦。

所以，这个人小唯认识！

林厌也认识。

说不定……自己也认识。

宋余杭犹豫着，还是在白板上写下了几个名字，用红笔重重圈了起来。

等她写完的时候，手机铃声在屋里响了起来。她休息这段时间电话基本没人打，因此听见铃声响了总有一丝莫名的激动。

等她七手八脚地从床底下找到手机的时候，对方已经挂断了电话。

宋余杭一看是市局的号码，有一丝失落，又回拨了过去，对方通知她去局里收拾东西，调岗的通知已经下来了。

"好，我知道了。"宋余杭挂掉电话，自嘲般笑了一下，起身拿起钥匙出门。

到了局里，她先去办公室拿了红头文件，自己还没看，要降职调岗的消息就已经不胫而走了。

段城从技侦办公室追过来："宋队，人贩子该死，我觉得你做得对，是我我也想狠狠踹他几脚。你别难过啊，冯局也说了，调岗只是暂时的，说不定在基层待一段时间就又回来了。"

方辛也想开口："宋队……"

宋余杭手撑在门框上，微笑着转过身来："我没事，你们都先出去吧，让我一个人收拾会儿东西。"

几个人欲言又止，却还是老老实实地退了出去。

方辛一边走一边掐段城："都怪你，哪壶不开提哪壶。"

办公室不大，也没什么东西可收拾的，她只带走了几本关于刑侦的书、一支钢笔、两个笔记本、一台手提电脑。

宋余杭抱着纸箱子转身出了门，还得去一趟技侦办公室。

林厌的桌子倒是比她想象得干净，摆在桌面上的证件照相框被擦得锃亮。

见她来了，段城放下手里的活站了起来："宋队，林姐的桌子我们天天擦，就是想着——"

她要是能回来就好了。

宋余杭嘴角一弯，笑容有些苦涩："谢谢你们。"

"不用不用，大家好歹同事一场，我们帮你一起收拾吧。"方辛说着，也红了眼眶。

郑成睿也从电脑前抬起头来看着她。

"你们忙吧，我自己来就好了。"宋余杭婉拒了他们的好意。

段城还想说什么，方辛拉着人去了实验室。

偌大的技侦办公室顿时变得很安静，就连敲打键盘的声音都停了。

宋余杭把她桌面上杂乱的书本一一收拾好放进了纸箱里，连电脑上贴着的便笺纸都没放过。

林厌提醒自己的似乎总是一些小事。

"咖啡别忘了放糖，会苦。"

"下班去喝酒。"

"市中心新开了一家火锅店，明天去吃。"

…………

将桌面收拾干净，她又拉开了抽屉，抽屉里的东西比她想象得零碎得多，有几个药瓶，她拿起来放进了箱子里。

还有一些小发卡、头花、皮绳、咖啡袋、面膜……宋余杭将这些东西一一拿了起来。

她抱着纸箱往外走时，技侦其他人纷纷站了起来。

"宋队。"

她回头一看，段城把手举到了太阳穴边，其他人也都纷纷照做。

她回身立正站好，一只手抱着纸箱，也以同样的方式跟他们告别。

段城眼眶微热："宋队，以后不在一起工作了，也可以一起吃火锅的吧？"

方辛："就是啊，要不是宋队手把手地教我，我的射击水平不会进步那么快。"

郑成睿："宋队，以后有什么需要帮助的地方尽管说。"

其他人也都纷纷表示："宋队，反正都在江城市，以后有空多聚聚，可别忘了我们啊。"

宋余杭笑："怎么会？谢谢你们。还有，欢迎随时来找我约饭，我们……是朋友。"

无论如何，这段和技侦的人一起拼搏奋斗，和林厌一起同生共死的日子，她怎么也不会忘的。

宋余杭抱着纸箱子出门，怎么也没想到会在走廊上遇见他。

赵俊峰应该是来市局指导工作的，身后围了一大帮人，有男有女，冯建国跟在旁边。

一行人走过她身边时，赵俊峰停住了脚步。

宋余杭点了一下头算打过招呼，未料他突然开口了。

"都去吃饭休息吧，下午2点准时在大会议室开会。"赵俊峰吩咐道，其他人纷纷如鸟兽散。

冯建国看了宋余杭一眼："赵厅……"

赵俊峰拍拍他的肩膀："我知道，这事是她自己做错了，不怪你，去忙吧。"

既然他都这么说了，冯建国只能暂时先走了。

对方人多，宋余杭又不好跟领导抢路，只好等人都走完，才继续往前走。

赵俊峰把人叫住："怎么，如今见了师父也不打声招呼了？"

宋余杭回转身："手上拿着东西不方便敬礼，您穿着警服，又是在市局里，我该叫您厅长的。"

"厅长。"赵俊峰琢磨着这两个字，混浊的眼睛里有一丝惆怅神色。

"罢了，你的事我都知道了。这是你们江城市局的内务，我也不好插手。你放心，等风头过了，我再找个借口把你调回来。"

宋余杭低着头，盯着他擦得锃亮能照见人的模样的皮鞋面："不用了，我又不是没有待过基层。"

她转身欲走，赵俊峰又道："林厌的事我也知道了，你……"那天在省城他提起林厌时说了很多挑拨离间的话，大概也没想到她有一天会真的不在了。

宋余杭扯了一下嘴角："凶手一天不伏法，我寝食难安。"

赵俊峰怔了怔，她已渐渐走远。

回想起她最后那个讽刺的笑容，以及眼底那一抹冰冷的光时，老人逐渐抿紧了唇，神色莫辨。

在被好心的村民送过关之后，女人便一路风尘仆仆地北上，刚出火车站就被蹲守在附近的人打晕了。

裴锦红没反抗。她现在这副身体也反抗不了，索性听天由命了。

她醒过来时是在一间木屋里，门外有鸟叫虫鸣声，应该是在郊外。

裴锦红翻了个身，让自己躺得更舒服一点。

她刚躺好没多久，房门"嘎吱"一声轻响，有人走了进来。

她听见有几个声音在争执。

"人你们得给我带回缅甸去。"

"凭什么？这是我们王哥的女人。"

"我看还是就地杀了吧，谁知道她有没有投靠条子？"

…………

第一个说话的人背对她站着，人高马大的，穿迷彩上衣、作战靴，听口音不像是本地人。

第二个则是一个尖嘴猴腮的男人。

裴锦红微微眯起了眸子，这人的信息迅速浮现在了脑海里。

刘志，王强的头号打手，据可靠情报，对裴锦红有那么点不清不楚的意思。

此人可用。

她在心里迅速下了判断。

第三个说话的人，她微眯着眸子端详着他的脸，发现已知的情报里居然没有他的名字。

裴锦红心里"咯噔"了一下。

听这人说话的语气，他分明是认识她的，她却不认识对方，搞不好就会露馅了。

她得赶快想出个应对之策。

未等她盘算太久，房门又响了起来。

"王哥，王哥。"

几个人迎了上去。

穿迷彩服的男人也退了一步。

王强"嗯"了一声，属下递过来一支雪茄，划亮了火柴。

他接过雪茄狠抽了几口："怎么样，醒了吗？"

这话本是询问，那穿迷彩服的男人却大踏步走了过来拽起她的头发拖了几米，把人摔在了地上："王哥问你话呢。"

这下裴锦红不醒也得醒了。

她乍一转醒，眼眶就是红的，泫然欲泣地扑过去抱住了王强的腿，哆嗦着嘴唇，浑身发抖，看着那个穿迷彩服的男人："王哥，王哥救我！有人要杀我！"

她这样避如蛇蝎的态度反倒让王强这边的人起了疑心。

刘志一下子义愤填膺，"唰"的一下从腰间拔出了枪，将子弹上膛。

"谁？！谁要杀大嫂？我第一个不答应！"

见他们这边的人率先动手，穿迷彩服的男人的手下也不甘示弱，纷纷掏出了武器，互相指着对方。

空气里弥漫着一触即发的火药味。

"裴锦红"抽泣着，看着那个穿迷彩服的男人的脸青一阵白一阵的。

"王老板该不会为了个女人要和我们翻脸吧？"

王强上下把玩着打火机，轻轻抬起了她的下颌。

裴锦红的脸上还有瘀青，眼角都是红的，越发衬得眉边的那颗美人痣鲜艳了些。

她似乎又瘦了，眼睛里盈满了泪水。

不知道为什么，王强看着这张脸总有说不出的怪异感。

他用指甲轻轻划过那颗美人痣，又来回摩挲着，似在确认些什么东西。

情报显示，见过裴锦红的真容的人并不多，她每次在手下面前出现都会戴一层头纱帽，黑色的轻纱遮挡着大部分容颜。

是以她才有机会假冒，但是王强就不一样了，王强是和她有过肌肤之亲的人。

她就不信裴锦红上床还戴头纱。

这是命悬一线的时刻，也是她置之死地而后生的时刻，端看她如何让王强相信她就是"裴锦红"了。同理，只要她获得了王强的信任，面对其他人不是问题。

女人迎上他的视线，不躲不避，那眼睛又大又美丽，盛满了哀伤情绪。

她似一朵在他的掌心里逐渐盛开的花。

"裴锦红"泣不成声地道："王哥，我十七岁跟着你，当时你说以后一定会给我好的生活，让我过上好日子……我信了，不管你让我做什么我都愿意。我也不想让你夹在中间为难，我从缅北回来还没下船就被人偷袭了，也不知道想杀我的人是谁……"

她说着，目光止不住地往身后瞥。

"有可能是黑吃黑，也有可能是警察的动作，这都说不准的，但要是警察的话，又是谁走漏了风声？又是谁这么迫不及待地想要我的命呢？"

"裴锦红"轻轻柔柔的话语落地，王强身子猛地一震。

她已擦干了眼泪，猛地扑向刘志的枪口，紧紧闭上了眼睛："王哥，你的恩情锦红来世再报！"

"不要！"王强到底还是念旧情，一把把人拽了回来。

"裴锦红"跪在地上嘤嘤哭着。

王强把人扶了起来，柔声劝着："好了，动不动要死要活的。你跟了我这么久，有话好好说就是了。"

扑在他怀里哭的女人暗地里翻了个白眼。情报里只写了裴锦红十七岁时遇见他，可没写他说的那些话啊，自己还真是瞎猫碰上死耗子了。

难道……这就是渣男必备语录？

女人内心点头，看来是的。

第101章 交锋

刘志旁边那个矮个子男人，也就是最开始说要杀了她的那个，阴阳怪气道："嫂子和大哥情深义重，可是即便如此也难以洗脱投靠条子的嫌疑吧？咱们干的都是杀人放火的买卖，可不想就这么吃枪子呢，你们说是不是？"

王强这边的人互相看了看，眼神都有些犹疑。

刘志破口大骂："我放你的狗屁，不就是有一次嫂子数落了你，让你离她手底下的人远点，你就怀恨在心了吗？我告诉你，赵铁柱，你他妈的小肚鸡肠，就不是个男人！"

这句话信息量不少。

"裴锦红"默默把那个人的名字记了下来，也知道了他曾和裴锦红有过过节，这样的话，难免会影响今后的行动。

她在心里盘算着，眼底掠过了一丝狠辣之色。

笼络不了，她就只能……想个办法做掉他。

对方涨红了脸，也不甘示弱地回骂起来。

而"裴锦红"始终是一副战战兢兢、逆来顺受的模样。

也许是听得不耐烦了，穿着迷彩服的男人打了个手势，下属从外面抬进了一个箱子。

他和王强对了一个眼神，王强看了她一眼，松开了搂她的腰的手。

"裴锦红"心里"咯噔"一下。

"既然这样，听说'锦鸡'也是女中豪杰，鉴毒的一把好手，请吧。"

箱子被打开，里面是满满一排玻璃瓶装的蓝色液体。

王强看着她没出声，是默许。

所有人都沉默下来，犹疑地看着她的脸，穿迷彩服的男人带来的手下则捏紧了手中的枪，枪口对准了她。

气氛顿时紧张起来，就连刘志都不说话了。

她的嗓子有些干，咽了咽口水："这……"

穿迷彩服的男人笑了笑，把箱子上面那一排玻璃瓶拿开，露出了下面的注射针剂。

那里面的液体比起上面的，更为浓稠黏腻，一看就是高纯度的毒品。

穿迷彩服的男人拿了一支站起来，走到她身边递给她："裴小姐是自己扎，还是我们动手？"

197

第 102 章 卧底

作为犯罪团伙中有一定地位的中层人物，像电视里说的那些毒枭基本上不吸毒，百分之八十是胡扯，这玩意儿天天在眼前晃荡，沾一次就上瘾，很少有人能逃过它的诱惑。

裴锦红也不例外。

她不仅吸还会鉴。

什么叫"鉴"呢？通俗点来说就是"甄别"。

就像有奢侈品就有地摊货一样，毒品里的等级行话叫"纯度"。

毒品纯度越高，价钱越贵，抽起来越过瘾，当然也更容易成瘾和致命。

来之前她当然是做了准备的，林厌胳膊上有针眼不假，但那都是自己扎上去的。

她可没做个卧底还要把自己的一生都奉献出去的觉悟。

林厌扯着嘴角笑了笑，笑容有些冷艳："什么意思？你们想杀我直接动手就好了，你们这么多人，难道我还能反抗？何必拿'醉梦'出来消遣我？这玩意儿我又不是没有抽过。"

当她说出"醉梦"的时候，能感觉到旁边的王强不着痕迹地松了口气，但他依旧没有说话。这个男人疑心很重，不看到她亲手注射是不会彻底相信她的。

林厌替自己捏了一把汗，面上却不露分毫。

对面的男人皮笑肉不笑地道："怎么能说是消遣？这可是刚研制出来的好货，给裴小姐压压惊。"

林厌眉头一挑，施施然笑着："压惊还是送我上路啊？"

话音未落，她又靠向了王强怀里，媚眼如丝地说："王哥，你看他，95%纯度的东西，我怎么受得住？"

她本意是挑拨离间，谁知道犯了一个大忌。

话刚出口，林厌就察觉到不对，恨不得咬掉自己的舌头！

她忽略了一个吸毒者看到毒品的本能反应，应该是眼冒绿光，疯狂吞咽津液，严重的甚至会打哈欠、流眼泪，有一定的攻击和躁动倾向。尤其是像她这种逃亡了几天几夜，一口没沾的人，反应应该越发强烈才是。

这种时候她还管什么纯度不纯度的问题？吸就完了！

穿迷彩服的男人笑了，把针管塞进她手里："裴小姐，多说无益，请吧。"

林厌被迫抬起头，王强用枪指着她的脑袋。

"锦红，不要让我失望。"

林厌眼底那一丝水光倒不似作伪，任谁遇到这样的情况不尿裤子都是好的了。

然而她再紧张，面上也没露出一丝胆怯表情来。

林厌嘴角扯出一个凄美的笑容："我万万没想到，有一天王哥会拿枪指着我。"

王强喉头微动，看着她熟练地拿起针筒，掀起了自己的衣袖，那白皙如玉的胳膊上大大小小的针眼肉眼可见。

林厌把针筒里多余的空气推出去，将针对准了自己青色的静脉，微微闭了下眸子。旁人看来是陶醉，只有她自己知道内心有多挣扎。

"你考虑清楚，一旦'假死'成功，从今往后你不再是林厌，而是'裴锦红'，除了我没人知道你的真实身份。作为捐客和贩毒者，警方看到你会毫不犹豫地开枪射杀，身份一旦暴露，你也将面临毒贩们非人的折磨。

"我还需要警告你的是，即便是警方的卧底，一旦沾了毒，你也会被公安部队除名，因此家破人亡的例子数不胜数。"

走之前那人的忠告又回荡在她的脑海里。

接到绝密任务的时候，她其实没有过多犹豫就答应下来了，并不是因为什么大是大非、家国情怀。

她只是说："我死了，宋余杭就安全了吧？"

坐在床边的人沉默不语。

躺在病床上的她却笑了。

"宋家人都挺好的，她妈妈做的饭很好吃，从来没有长辈给我做过腊八粥，我很喜欢。

"小唯是个很可爱的孩子,特别亲人,会给我糖吃,就是这个。"

她的掌心里捏着一张薄薄的糖纸,糖揣在兜里已经化了。

林厌用力攥了攥糖纸,嘴角浮起了一丝笑意。

"还有季景行,我没想到她会回来救我。"

就是这么美好的一家人,却因为她而被卷入了纷争里,险些丧命。

她曾以为自己是只爱自己的,可是看见她们涉险,还是会心痛啊。

林厌在心底悄悄叹了一口气:"我去,十四年前我想保护的人死了,十四年后,我不会让这样的悲剧重演。"

林厌怀揣着这样的想法,咬了下唇,眼里闪过一丝决绝之色,把针尖压进了皮肤里。

没等她将液体推进去,门外传来几声枪响,震飞了林中的飞鸟。

所有人倏地回头看去,一个手下跌跌撞撞地闯进门来,身上还带着伤:"王哥,快走,我们被条子包围了!"

林厌受到惊吓手里的针筒坠了地。

穿迷彩服的男人看看她的脸,再看看这地上的箱子,咬了咬牙:"赶紧抬走,撤!"

话音未落,一枚催泪弹破窗而来。

林厌被呛得连声咳嗽,涕泪横流,心想:还真当老子是毒贩一起收拾了。

恍惚之间,屋里人乱作一团,她只听见子弹上膛的轻响,有人怒吼:"条子怎么来得这么快?有卧底,杀了她!"

林厌在一片迷茫烟雾里红着眼睛看见赵铁柱拔枪对准了她,而王强和她站在同一水平线上。她灵机一动,纵身扑了上去,死死掰住赵铁柱的手腕,往自己的胳膊上开了一枪:"王哥,快走,他要杀你!"

血雾在眼前迸开来,林厌下手力度、准星当然是有把握的,胳膊只是擦破了点皮,身体软软地跌进了他的怀里。

王强大恸,一把扶住了她:"锦红!"

林厌虚弱地抬起手指指着赵铁柱:"他……他是卧底……不然……不然为什么要朝你开枪?条子……还来得这样快……"

赵铁柱有口难辩,踉踉跄跄地往后退了一步:"不……不是我……王哥。"

王强眼底掠过一丝狠辣之色,刘志点了点头,一枪崩在了赵铁柱的脑门上。

林厌欣慰地闭上了眼。

想让老子死，老子先送你上路。

还有那个穿迷彩服的男人，她也得想办法做了。

她迷迷糊糊地想着，已被人扶了起来。王强揽着她的肩膀，和刘志两个人杀出了一条血路。

"走！"

三个人穿梭在丛林里，没命狂奔着。

林厌捂着胳膊，气喘吁吁地说："王哥、王哥，我不行了……你们先走吧。"

从她指间淌出的鲜血滴答滴答地溅在了地上。

王强还没说话，刘志已焦急地说道："大嫂，你说什么呢？王哥是那种人吗？要走咱们一起走，到了前面那个岔道，我放了一辆车在那里，咱们开车走，很快就安全了。"

得，被兄弟发了好人卡的王强面上有些过不去，再加上裴锦红刚刚又救了他的命，他若在手下面前恩将仇报，以后还怎么做人？

王强只得咬咬牙道："刘志说得对，别耽搁了，要走一起走！"

他自己也疲于奔命，挺着个啤酒肚跑得上气不接下气的，指了指她："刘志，你背着。"

刘志应了一声，把枪别进腰间，在她面前蹲下身来："来吧，嫂子。"

林厌利落地爬了上去，搂紧了他的脖子，在他耳边小声说了一句："刘志，谢谢你。"

她的柔软部位抵着他的后背，拂在耳边的呼吸都带着香味。

年轻气盛的男人顿时红了脸，嗫嚅着道："没……没事。"

林厌的指甲轻轻刮过他的耳垂："你是个好男人，对嫂子的这份情，我记住了。"

王强一听说前面有车，精神为之一振，早已跑出去老远。

刘志赶紧抬脚跟上，心里有那么一丝不明不白的喜悦感。

"应该的。"

生死逃亡的过程里，树枝劈头盖脸地拂面而来，林厌被颠得七荤八素，有好几次都能感觉到子弹擦着头皮飞过去，警犬在身后穷追不舍地叫着。

也不知道跑了多久，她快要晕过去的时候，总算被人放进了车里。

她此时此刻的虚弱倒不是刻意装出来的，林厌脸色惨白，头一歪靠在座椅上彻底昏睡了过去，任凭刘志在耳边喊着"嫂子"也没动静。

"宋警官好,这是您的座位,这是储物柜的钥匙,您收好。"

负责接应的同志把她带到了一张简陋的办公桌前,拉出一把没靠背的木凳子给她坐,略微赧然地笑了笑。

"基层派出所就是没市局那么气派,对了,宋队……不,宋警官,所里没食堂,中午休息时间只有一个小时,您吃饭的话,出门右拐有条小吃街有很多吃的,或者点外卖也行,别饿着。"

怪不得办公室没人,大家应该是都去吃饭了。

宋余杭环顾一圈,办公室不大,十来平方米,塞了两张桌子,面对面摆着,可以坐四个人,除了她面前这张桌子是空的,其他位置上都有人。

她把包放在自己的凳子上:"没事,有热水吗?我泡泡面就好了。"

"有,有,这是壶,得自己烧,水房在走廊尽头。"小警员说着,拿起已经生锈的烧水壶递给她。

宋余杭接过烧水壶往门外走去:"我没事了,你去忙吧,时间不多,别耽误你吃饭。"

小警员心里是想去的,但宋余杭到底是市局下来的前辈,他还是拿不准她的脾气。

宋余杭笑了笑:"你在这儿我吃得也不自在。"

小警员这才应了一声,欢天喜地地跑走了,心想:平日里哪里见得着这种大人物的面?没想到这大人物还挺平易近人的。

等人走后,宋余杭去打了水,回来一边吃泡面一边看桌上的文书,就这么开始了基层派出所的巡警工作。

"你准备这样颓废到什么时候?"老人拄着拐杖,端坐于男人对面,看着对面的男人又给自己倒了一杯红酒,扯着嘴角笑了一下。

"颓废?不,不,我只是在享受生活罢了。"

话虽如此说,他持续这样无所事事的状态已经有一段时间了。

老人冷哼了一声,拐杖在地上点了一下:"林厌死了,正是你接手林家的最好时机,上一批货也该出库了吧?"

提起林厌,男人端着酒杯微微恍了一下神,笑容里添了苦涩之意。

"急什么?那老东西现在对底下的厂子看管得很严,暂时找不到什么机会。"

"我看不是找不到,而是你不想找吧?"库巴伸手递了一根雪茄过来,替他点燃了。

老人抽了几口,烟雾缭绕里他的神情有那么几分不可捉摸。

"难道说,你还想做你的林家大少爷?"

林舸逐渐咬紧了牙关。

老人又继续道:"别忘了,罪魁祸首究竟是谁,这一切本就是你应得的。"

老人一挥手,库巴递上了一个盒子,打开来是并排码放着的蓝色试管,因为液体颜色太深而略微泛紫。

"它叫'醉梦'15号,新配方,50%的纯度易上瘾又不容易有不良反应。你拿去给他,就当是我送他的见面礼。"

老人说着,嘴角挂着淡淡的笑意,似陷进了回忆里。

林舸盯着那试管,慢慢抿干净了杯中的酒。

老人把烟按熄在烟灰缸里起身:"样品我已经给你了,半个月后我要看见你的实验室大规模地生产它,再包装一下做成功能性饮料的噱头,应该会有很多人买。"

老人拍了拍他的肩:"总不能没了女人又没钱对吧?我的人会在老地方拿货,等你的好消息。"

他说着,由库巴扶着颤颤巍巍地离去了。

第 103 章 烟疤

两个人从宅子后门出来，库巴扶着人坐进了车里。

"我不明白，早知道他会这么消沉，您当初为什么不阻止他呢？"

老人把拐杖放好，拢了拢大衣："消沉好啊，消沉好，一山不容二虎，他要是出息了，我不就危险了？"

库巴坐进驾驶座，回头看了他一眼："那您还把样品给他？"

"他帮我解决了宋余杭这个大麻烦，总得有点奖励不是？他光拿到样品，没有配方也没什么用。"

经老人一点醒，库巴恍然大悟："宋那个条子是咱们在市局的最大阻碍，没了她想必以后出货会轻松很多。"

老人睁开了眸子，眼里一闪而过一丝犀利神色。

"那倒也未必，毕竟那里也不都是咱们的人，半个月后的那批货很重要，现在就可以打点起来了。"

库巴点头："是。"

林宅。

林管家轻轻摇醒了林又元："老爷，少爷来看您了。"

林舸拎着两箱礼品站在床边，见林又元悠悠转醒，赶紧把东西放下，上前一步："林叔……"

林又元混浊的眼睛里流露出了一丝欣慰神色："你来了啊。"

他说话时，氧气面罩上腾起了一片雾气，管家上前轻轻替他摘了下来。

林又元又咳了几声，示意管家把床摇高点。

林舸主动上前做了这事，还从旁边取了一个枕头垫在他身后："林叔，您好点了吗？"

林又元一边咳一边拿帕子掩着唇，半晌咳嗽声停，才喘着气道："老毛病了，你来有什么事吗？"

"没什么事，来看看您。"林舸说着，替他拉高了被子。

"是底下工厂的人又给你脸色看了？"林又元咳了两声，接着道。

林舸唇边照常挂着谦和的笑意："没，我初来乍到，员工不服也是常有的事。"

林又元病重，公司的事务都相继交给了林舸和几个高管。这些高管都是景泰的元老，在公司里根基深厚，尤其关务部几个人分别把控了景泰旗下工厂的进出口渠道，没有林又元的签字，这药就无法大规模地生产出来，更别谈出库远销海外了。

林舸说这话的时候，低眉顺目，神色恭敬得紧。

林又元捂着唇咳了几声，示意管家拿了一份文件过来。

输液那只手颤颤巍巍地拔开了笔帽，林又元按着纸，歪歪扭扭地写下了自己的名字。

"你是帮我做事，总不能亏待你……咯咯……"他把签好的文件递到了林舸手里，"你拿去公司，从明天起，你就是集团副总了。"

林舸推辞着："这……不妥吧林叔？帮自家人做事有什么亏待不亏待的？厌厌不在了，我帮您是应该的。"

林舸眼底一闪而过的欣喜之意没能逃过林又元的眼睛，同样，提起林厌时，林又元脸上浮起的悲痛神色也没能逃过林舸的观察。

两个聪明人在悄无声息地交锋。

林又元剧烈咳喘起来，林舸起身替他拍着背，俯身的时候看见他头顶稀疏花白的发，心中还是有一丝说不清道不明的感情。

林舸和他父亲长得像，一样剑眉星目，俊朗非凡，脾气也是一样温和，如果没有后面那些事的话。

林又元忽地有些感慨:"你也说了,自家人,不必这么客气。"

林舸盯着他斑白的发:"叔,您为什么对我这么好?"

林舸自打有记忆起就没有见过父亲,陪在他身边的人只有母亲和这个名义上的叔叔。

母亲要他乖巧,要他懂事,要他听话,要他不许吵闹。只有林又元会给他买玩具枪、飞机、坦克、大炮等一系列男孩子喜欢的玩意儿,工作不忙的时候也会陪他一起玩,甚至把他驮在背上心甘情愿地被当马骑。

幼年林舸的高尔夫技术还是林又元手把手教出来的。

如果不是目睹那些肮脏龌龊的事的话,他和林又元也走不到今天这一步。

听他这样问,老人笑了笑,眼底似有些怀念的神情。

"你爸去得早,我照顾你们母子是应该的。对了,你妈呢?最近身体怎么样?"

提起妈妈,林舸心底那一丝若有若无的不忍情绪消失殆尽。

他把病床摇下去,替林又元掖好被子。

"好多了,等能下地走路,我们就一起过来看您。您别操心,养好自己的身体才是。"

探视时间要到了,他说着拿起那份文件起身告辞:"那我就先回去忙了,改天再来探望您。"

林又元点点头,管家又给他戴上了氧气面罩。

等他走出走廊,金夏手里拎了个饭盒,正带着几个人往这边走过来。

"少爷。"

几个下人路过他身边时略微鞠躬。

金夏脚步稍顿,也对他点头致意:"林少又来看老爷啊,真是有孝心呢。"

林舸嘴角含了恭谨的微笑,把袖子里的试管塞进她的手心里:"应该的,婶娘天天给叔叔做饭送饭才是真的辛苦,没有什么事的话,我就先回去工作了。"

金夏点头,两个人相继离开。

等走到拐角,金夏吩咐用人:"都下去吧,老爷喜欢清净,我自己送进去。"

"是。"下人们低眉顺目地离去。

金夏打开饭盒,站在监控摄像头死角里取出了那支蓝色试管,咬咬牙狠心拔开了塞子,一股脑将液体全洒进了粥里,拿勺子搅和均匀,深呼吸了一口气,笑靥如花地推开了病房门。

"老爷,我来给您送饭了。"

第103章 烟疤

宋余杭每天下班后都会在欢歌夜总会附近蹲守。

她抽完一包烟的工夫,要等的人出来了。

她踩灭烟头,起身迎了上去,撞了一下那人的肩膀:"对不起,对不起……"

肥头大耳的男人喝得醉醺醺的,指着她的鼻子骂:"给……给爷小心一点!"

宋余杭点头哈腰地赔笑,等那人走远,一摸兜里的会员卡,嘴角有了笑意。

她又回到路边,郑成睿他们早就在车里等着了。

她把卡递过去:"怎么样,能复制吗?"

郑成睿拿起卡来看了看材质,见上面有条形码,轻轻弹了弹,打开了电脑:"我试试吧。"

他复制磁卡内容的时候,段城趴上了前排座位椅背:"宋队,咱们来这种地方干吗?该不会也是……"

即使她不在市局工作了,段城还是习惯这么称呼她。

没等"寻欢作乐"这四个字脱口而出,方辛一把把人拽了回来:"动动你的猪脑子想想,肯定是为了查案。"

宋余杭指尖敲打着方向盘,看着他们打打闹闹,唇边的笑意有些苦涩:"没错,但具体查什么你们就不要问了,也是为你们好。"

段城嘀咕着:"你这么说,林姐也这么说……"

话音未落,他又被方辛拍了一巴掌,对方使了个眼色给他。

宋余杭闭上嘴不说话了,笑容也消失了。

一行人正在尴尬时,郑成睿把原卡片递回给了她:"宋队,这条形码我已经复制好了,但打印出来还需要时间。这样吧,我带回家今晚加急弄,明天还是在这里碰头然后给你。"

宋余杭想了想:"成,麻烦你了。"

"不麻烦,应该的。"郑成睿合上电脑,准备下车走了,段城却还瞅着窗外的霓虹闪烁。

"好热闹啊……"

欢歌夜总会门前人来人往的,确实热闹。

宋余杭看着手里的卡,再看看他们:"来都来了,不如进去瞧瞧?"

几个人眼睛一亮,纷纷点头应允。

一行三人径直来到了门前,方辛在车里候着。郑成睿戴上了帽子,装作那个

207

肥头大耳的男人，由宋余杭和段城扶着跌跌撞撞地往里走。

"您好，请出示一下会员卡。"

宋余杭把卡片递了过去，对方贴在机器上刷了一下，验证通过，但还是狐疑地看了他们一眼。

郑成睿身高、体形都和刚刚离去的那个男人极像，唯一的不同是他的脸。

对方走上前来，似想看清他的面容："李先生怎么又回来了？"

段城一把把人搡开："看什么看？看什么看？我们老板想来找乐子你们管得着吗？！还是说你们不欢迎回头客啊？行，我们走就是了，老板——"

宋余杭也架起了郑成睿的一只胳膊："老板，我们走。"

门口穿黑色西装的另一个侍者见势不妙，赶紧跑过来把人拦住："李老板是我们这儿的常客了，哪有不欢迎之理？里面请，里面请。"

"这还差不多。"

郑成睿全程装醉，由两个人扶着往里走。段城特意选了一个灯光昏暗的半包围卡座把人放在了沙发上。

宋余杭打量着欢歌夜总会内部的情况，发现别有洞天。

楼层不高，总共只有两层，但这么长的走廊仅有一条螺旋状楼梯，无论上下都要经过那里。

她抬头望了一眼，发现只要站在二楼上就能将整个大厅的情况一览无余。

大厅里铺着柔软的地毯，中央是舞池，放着悠扬的音乐，红男绿女穿梭其间。

进门不远处就是一个吧台，她刚刚经过那里的时候往里瞥了一眼，发现墙上还挂着营业许可证。

冯建国说裴锦红是这家娱乐会所的老板娘，而裴本人又是来往两国的掮客，那这营业许可证又是谁给发的呢？

宋余杭心里打了一个大大的问号。

三人一落座立马就有侍应生递上菜单："先生您好，喝点什么？"

段城一看那菜单上的金额顿时吓得腿脚发软，最便宜的一杯柠檬水都要一千八百八十八。

还是宋余杭面不改色心不跳地说："暂时不用，我们老板醉了，来杯白开水。"

侍应生眼底闪过一丝诧异之色，但还是按照吩咐去了。

宋余杭看一眼舞池中央还设了歌手的座位，又把人叫了回来："一会儿谁唱歌？"

侍者恭敬地回道："一会儿是芳芳小姐，先生喜欢的话，可以花两万八选您喜欢的曲目。"

我的个娘嘞，还真是贵得离谱。

段城暗暗咂舌。

宋余杭也抽了抽嘴角："不用了，那你们……那个……那个红姨会出来吗？"

侍者颇为古怪地看了她一眼，宋余杭坦然道："我们老板慕名而来，不管花多少钱，总是要见一见的。"

侍者这才松了一口气，摇头道："抱歉先生，红姨不见客。"

这人还挺神秘的，看来一般的渠道是无法见到此人了。

宋余杭点点头，侍者离去后不久，那个叫"芳芳"的歌女就从楼上下来了。

宋余杭盯着看了一会儿，放下玻璃杯起身："我去一下洗手间，你陪着老郑，小心一点，十五分钟后我要是还没回来，你们就撤。"

段城点点头，和她对过表，宋余杭便独自离开了。

一楼是舞池和卡座，吧台旁边有散台，服务生数量很多，差不多三五步一个，每个人都西装革履，文质彬彬，耳边都挂着耳麦，腰后别着对讲机。

宋余杭一路走去，遇到的每个人都对他热情有礼。这个地方看上去富丽堂皇，进行的也都是正常的营业活动，但她也不知道为什么，总觉得有一丝说不清道不明的古怪劲儿。

大概是太正常了吧。

她抬头望去，走廊上的闭路电视闪烁着红光，还有，这监控摄像头未免也太密集了吧，就连洗手间门口都有。

由此可以看出幕后老板一定是一个小心谨慎又多疑的人。

在宋余杭扫视着欢歌夜总会内部情况的时候，二楼里的一间房里发出了暧昧的低喘声，两个人正在床上翻滚。

林厌撑住对方的肩膀，脸色有些白，微微咬着唇："王哥，我身上还有伤……"

为了方便换药，这几天她都是穿着睡袍，王强解开了睡衣的带子，俯身下来："没关系，我小心些就是了，你现在这样虚弱的样子倒真是让我欲罢不能……"

他作势要亲下来，林厌不胜娇羞一样把头埋进了他的颈窝里，软着声音道："王哥……"

手里却捏了一根细小的钢针，轻轻送进了他的后颈里。

药物很快发挥作用，林厌一脚把人踹开，直起身子拢好睡袍："什么玩意儿，恶心死老子了。"

她说着，下了床思索着这该怎么办，不让王强近身，终究会引起怀疑，倒不如……

林厌拿起床边的电话拨了出去吩咐完之后，又从床头柜里摸出两支针剂，掀开了王强的袖子，对准他的静脉轻轻扎了进去。

看着蓝色的液体被缓缓推送进他的身体里，林厌松了一口气，拍拍手起身拔掉了他脖子上的针，自己施施然地去浴室洗澡了。

楼下唱歌的陈芳一曲未完，已被人叫了停。

"老板让你上去。"

陈芳明显有些犹豫。她虽然喜欢王强但碍着裴锦红的面子多半是避着的，这样明目张胆未免太……

侍者又小声加了一句："红姨不在。"

陈芳眼里露出一抹跃跃欲试的神色来，她放了话筒对着观众鞠了个躬便跟着侍者一起上了楼。

房间很大，行政套房级别的，林厌在那头洗澡，外面听不见水声，她却能将外面的动静听得一清二楚。

陈芳开始是欲拒还迎："王哥，不要……"

到后来便只剩下你情我愿的声音了。

过了十来分钟，林厌还没洗完澡呢，动静停了。

这也太快了。

林厌翻了个白眼，从墙上取下浴袍披上，推门而入。

陈芳心满意足地从他身上下来，还没穿好衣服呢，就被一把枪抵住了后脑勺。

林厌微微俯身，发梢还沾着水意。

"我就洗个澡的工夫，你就迫不及待了？"

她目光随意一瞥，躺在床上的男人裤链还没拉好，因为被注射了毒品又体力消耗过度，昏睡着还没醒。

陈芳也没想到林厌会突然出现，刚才带自己上来的人不是说她不在吗？

陈芳心里一紧，浑身哆嗦，眼里渗出了泪花："红姐，不是……我没有……你听我解释，是王哥他……他……"

她话音未落，林厌干脆利落地甩了她一大耳刮子。

"要脸不要？老娘是怎么提携你的，你就是这么报答我的？"她说着，眼里蓦地溢出一抹阴狠神色来。

"恩将仇报的东西留着也是祸害，不如……"

林厌微微扣动扳机，陈芳一下子扑上来抱住了她的腿，涕泪交加："不要，不要，红姐，我错了！我错了！芳芳知道错了！你放过我吧！求求你了，我给您端茶送水，给您当牛做马！只要您别杀我，哪怕是赶我走也行，我什么都不要了，求求您了……"

陈芳好歹也是混声色场的人，知道这事就算等王强醒了去求他也没用。

一来二人情意深厚，比不得她这种半路出家的露水姻缘。

二来王强只看重生意上的事，夜总会里的大小事务都是裴锦红在管，自己求他不如好好求求红姐，兴许红姐还能看在从前的情分上饶自己一命。

陈芳将算盘打得极响，哭得一把鼻涕一把泪的，梨花带雨，我见犹怜。

要不是林厌是个卧底，都心动了。

见她一直不说话，陈芳又是磕头又是赔罪，脑袋很快就抵在地上磨破了皮，身子摇摇欲坠。

林厌走到红木沙发旁坐下，把枪搁在桌上，伸手点了一根雪茄，两根手指夹着轻轻吸了一口，悠悠吐着烟圈，示意她过来。

陈芳膝行过来。

林厌把烟头摁在了她裸露的肩膀上。

陈芳想失声尖叫，接触到她冰冷的眼神又死死咽了回去。

滚烫的烟头和皮肤接触发出了"嗞嗞"的声音，一股皮毛焦臭的气味弥漫了开来。

林厌满意地看着她额上冷汗直冒，脸色惨白，死死咬着唇，浑身颤抖着，硬是一声不吭，直到烟头彻底熄灭，才撒了手。

陈芳彻底脱力，跌坐在地上，肩膀上偌大一个疤，鲜血淋漓。

林厌倾身，又点了一根雪茄给她噙上："来，尝尝，你王哥送我的。"

陈芳泪水在眼眶里打转，被她掰开了下颌，噙着那烟不敢说话。

林厌手指拂过她的肩头，在鲜血淋漓那伤处狠狠掐了一下。

陈芳再也忍耐不住，痛哭流涕起来："红姐，红姐，对不起，对不起，我错了，再也不敢了……"

林厌替她把衣服拢好："哪儿错了？你没错，姐姐喜欢你，给你留个记号罢了。"

"来，起来。"林厌说着，亲自把人扶了起来。

陈芳披着衣服，浑身哆嗦，再也不敢看她。

林厌拍着她的肩："回去好好养伤，今天这事我不会告诉别人，至于王哥那儿你自己去跟他解释。"

陈芳抽泣，知道比起上一个吃里爬外的歌女，裴锦红让人拔了她的指甲，割了她的舌头，又给她注射了高纯度的毒品，最后卖到了东南亚来说，自己仅仅是被烫了一个烟疤，已经是最好的结局了。

"是，芳芳知道了，芳芳再也不敢有非分之想了，从此只听红姐的，红姐让我做什么我就做什么，红姐就是我的亲姐姐。"

林厌鲜红的指甲抚上她的脸，"咯咯"笑着。

"乖，你也知道，只要姐姐打过招呼，你离开了欢歌又怎么样？照样流落街头没人要。好好跟着姐姐，有你的好处。"

林厌说着，意味深长地瞥了王强一眼。

陈芳却不敢再看，匆匆朝她鞠了一躬，跌跌撞撞地离去了。

等人走后，林厌又坐了下来，意兴阑珊地点上一支烟："进来吧。"

刘志推门而入，面色不忿："嫂子怎么不做了她？"

林厌幽幽地抽着烟，烟雾缭绕里越发衬得那张脸深沉娇艳。

刘志总觉得她自从缅北回来后就有些不一样了，说话声音是一样的，性格举止也差不多，但不知道是整个人又瘦了一点还是什么，容颜变得更精致耐看了，身上还多了一抹令人沉醉的风情。

他虽说不上变化在哪儿，但无疑越发吸引得他离不开视线了。

刘志的视线紧紧胶着在她夹着烟的手指上，那指骨修长分明，手腕白皙又纤细。

他咽了咽口水，就听见林厌说。

"毕竟是你哥喜欢的女人，做了她不是又要惹他不快？"

刘志看了一眼床上睡得跟死猪一样的男人，眼里的不满之色越发明显了。

林厌把烟摁熄在烟灰缸里，悠悠叹了一口气，靠在了沙发上。

刘志走过去替她捏着肩。

林厌感叹："还是你贴心。"

刘志见她胳膊上还缠着纱布，下手更轻了几分："应该的，嫂子好些了吗？"

"好多了，多亏你。"林厌偏头看着他，黑发柔顺地垂在肩上，未施脂粉，更显得素颜清丽。

"对了，我今天瞧见……"她不知道那天在小木屋里见过的那个穿迷彩服的男人的姓名，因此模糊了概念。

"有人去见王哥，他们好像在谈什么事情。"

刘志淡淡地"嗯"了一声，觉得对她没什么好隐瞒的，便和盘托出："说是三天后会有一批货送到咱们这儿来，上面的大人物也会过来。"

"这样吗？"林厌琢磨着，也不知道这个大人物究竟是谁？

看来她得给组织打个报告回去了。

"得了，不早了，你也早点回去休息吧，我服侍王哥也睡了。"

刘志心不甘情不愿地退下了，林厌嘴角挑起一个妩媚的笑容，冲他抛了媚眼，而那脚背还轻轻蹭了一下他的裤腿："手艺不错，往后王哥不在的话，可以常来按按，替我松松筋骨。"

刘志到底年轻气盛了些，被她撩拨得血气翻涌，涨红了脸，话都说不利索了："好，好，嫂子都这么说了，一定常来。"

林厌挥手示意他离开，刘志轻轻替她关上门，最后一眼看到的是她跪在床上拿毛巾替王强擦着汗。

他头一次对大哥有了怨恨之心，还如此强烈。

凭什么？凭什么？嫂子这样好的女人，还全心全意地待他，王强还不知道珍惜？

年轻人捏紧了拳头，眼底蓦地闪过一丝狠厉之色。

第 104 章 标志

那日王强醒来后，自知对不起她，抱着她好一顿安抚。

林厌又趁机打探了些关于三天后送货的消息。

"晚上十一点，老虎会来，咱们不是要进一批酒水吗？货会跟着送酒的货车一起进来，当面交易。"

林厌不知道裴锦红以前见没见过"老虎"，由此犹豫了一会儿没开口。

王强只当她在害怕，柔声道："你放心，那天虎哥拿枪指着你也是迫不得已，卧底既然已经被刘志杀了，那么便无须担心了。再说了，他要是真对你动手，王哥也会护着你的。"

林厌小鸟依人般偎进他怀里："还是王哥对我好。"

见王强面上一派受用的样子，林厌接着道："难得的大场面，我也想去见识见识呢。再说了，咱们的货也快要用完了。"

她一边说着，一边不安分地在他怀里扭来扭去，流着眼泪打着哈欠，完全一副毒瘾犯了的模样。

王强哈哈大笑："行，就听你的，这次有好货，咱们也弄点回来尝尝！"

眼看着时候不早了，王强还惦记着另一个受了委屈的小妖精呢，便打算离去了。

"你身上不是有伤吗？先歇着，我去安排安排。"

林厌内心冷笑，估计他是去安排和陈芳上床吧。

她打心底里厌恶，面上却不露分毫："王哥也早些休息。"

王强点点头穿好衣服离去，出了门就迫不及待地追问侍者陈芳的房间在哪儿。

刘志端着酒水从走廊走过的时候，听见门缝里传来声音。

"哎哟，我的小心肝，你受苦了。"

陈芳抽泣道："红姐要惩罚我，我哪里敢说半个'不'字？"

王强把人抱上了床："嘁，说实话我也挺看不惯她的，太强势，但你也知道我们在一起很多年了，她手底下的人也多，一时半会儿我也……"

陈芳的哭声变得断断续续的："说，你究竟喜欢谁？"

王强的声音有几分急切："小心肝，我当然还是喜欢你这种年轻漂亮又柔情似水的了。"

后面还夹杂着两个人的调笑声，以及对裴锦红的一些吐槽。

刘志再也听不下去，捏着托盘的指骨泛白，大踏步转身离去了。

宋余杭从洗手间出来，转到了楼梯口，正准备抬脚迈上去的时候被人拦住了。

"您好，二楼都是贵宾席，需一位老会员带领且消费一百万以上才可以进入。"

西装革履的侍者警惕地看着她，腰后别着对讲机，裤兜里鼓鼓囊囊的，可能是别的什么武器。

不远处游荡的其他侍者也围了过来。

宋余杭退后一步，不打算跟他们起正面冲突，也因此错过了和林厌见面的机会。

"不好意思，走错了，你们这儿太大了，出口在哪儿？"

侍者替她指明了方向："我送您出去吧。"

"不用了。"宋余杭连连摆手，路过刚才的卡座时往里面瞥了一眼，里面空无一人。

段城他们应该先出去了,她心里一松,任由那个侍者不远不近地跟了她一段路，直到看着她出门才作罢。

一行人在车里聚首。

宋余杭握着方向盘："他们警惕性都很高，走廊上布满了监控摄像头，服务生人数也很多，与其说是无处不在的服务倒不如说是无处不在的监视，这家夜总会一定有问题。"

段城也点了点头："你走后不久，不停有人来让我们点单，不点喝的就不走，来的人越来越多，我们怕被打就先出来了。"

宋余杭把顺手摸来的会员卡递给了方辛："毕竟是十万块钱呢，还是还给他吧。"

方辛点点头，明白了她的意思，拿着会员卡下车步行到了欢歌夜总会门前，将卡交给了会所的工作人员。

"在前面不远处的路口捡的，看上面有你们会所的标志，麻烦交给失主，谢谢。"

对方一怔，翻过来确认了一下，方辛已经走远了。

分别把他们三人送回家之后，宋余杭也开着车回到了自己家。

到家不久后，门铃响了起来，宋余杭浑身紧绷，瞥了一眼旁边的监视器，发现门口站着的是外卖小哥，这才松了一口气，起身去开门。

"您好，您的餐到了，请慢用。"

"谢谢。"

宋余杭拎着餐盒往回走，却突然想到了什么似的，盯着这外卖单子。

没错，是人总要吃饭的，毒枭也一样，欢歌夜总会既然是个声色场所，又卖酒水，菜单上还有小食，那么一定也有自己的进货渠道。

她若逮住了这渠道不亚于捏住了他们的命脉，未必比她光明正大地进去收获的少。

宋余杭把餐盒往桌上一放，也顾不得吃了，拿起钥匙又出了门。

这次她没打草惊蛇，车子绕着欢歌夜总会开了一圈，发现街背后的巷子里有道后门，不时有穿着工作服的人出来倒垃圾。

宋余杭在地图上做了标记，把车停在了巷子口，暗中观察着一切。

手表上的时针指到"11"的时候，一辆写有"飞迅物流"的面包车缓缓开过了她身边。

宋余杭顿时打起了精神。

"嘎吱"一声轻响，后门打开了，出来几个工作人员，手里拿着账本，大概是在核对数量。

面包车司机下来签了字，打开车门，一箱箱的酒水饮料被抬了进去。

宋余杭指尖敲打着方向盘，这流程还挺规范的，也没有任何异常情况。

交接完货物后，一个工作人员当面把钱款点清交给了司机，司机点头哈腰地拿着钱离开了。

宋余杭轻轻踩下油门，车子跟上了前面那辆物流车。

大清早的社区医院里人不多，林厌很快就挂到了号，排队进了诊室。

刘志受王强的吩咐跟在她身边。

医生要她脱掉衣服方便换药，林厌看了他一眼，欲说还休，扒拉下来半边袖子，露出了雪白莹润的肩头。

刘志涨红了脸，退后一步："嫂子，我去外面等。"

林厌轻飘飘地点头，风情万种地看了他一眼。

刘志把门留了条缝，站在门口等着。

这个距离无论里面的人说什么他都听得见。

医生问了她一些常见问题，然后开始闲话家常："过来要多久呀？看你还蛮早的。"

"嗐，路上堵，二十多分钟吧，天不亮就走了。"

"是吗？现在不光医生辛苦，患者看个病也不容易，来，抬一下胳膊。"

刘志透过门缝看去，医生正拿着棉签处理她的伤口，林厌咬紧了下唇，侧脸在清晨的日光里白皙如玉。

他又把脸转了回来。

"好了，回去伤口不要沾水，不要做剧烈运动，按时来换药，有不舒服的地方及时就诊。"

医生虚扶了她一把，林厌顺势起身，把掌心里捏得汗津津的小字条塞进了他手里。

"好，谢谢。"她说着迅速收回手，披好衣服。刘志推门而入，扶着她出去。

等二人走后，医生打开门看了看走廊，挂上了"请勿打扰"的牌子，回转身来锁上了门，打开了那张字条。

林厌歪歪扭扭地写着："两天后，欢歌夜总会交易，有大人物。"

随着交易日期临近，欢歌夜总会的气氛也悄然紧张了起来，楼上楼下加派了不少人手。

林厌甫一回去，刘志就被人叫走了。

王强靠坐在沙发上抽着烟，怀里搂着娇滴滴的陈芳，在兄弟面前倒是不避讳。

"锦红今早出去干吗了？"

刘志低着头道："去看病了。"

"还是她之前去的那家医院？"

刘志点了点头："是。"

"和医生说了些什么？"

刘志想了想道："没说什么，说了下早上堵车什么的，不到五分钟就出来了。"

王强抽了口雪茄："行，知道了，你下去吧。"

刘志却慢慢回转身来，看看他怀里的女人，再看看自己的大哥："哥，你让我跟着红姐，是不相信她吗？"

王强嗤笑了一声，把烟按熄在烟灰缸里，起身替他拉平西装的肩角："信当然是信的，但你红姐太聪明了，我不得不防着。再说了，兄弟如手足，女人如衣服，衣服嘛，迟早是要换的。"

"好了，交易日期也迫在眉睫了，你去忙吧，她有什么风吹草动，一并报告给我。"

刘志鞠了一躬，转身离去，却暗自捏紧了拳头。

"上仕。"

"将。"

棋盘落子，黑红方胜负已分。

老人悠悠笑开，恰逢库巴和穿迷彩服的男人一起走了进来。

"顶爷，都准备好了。"穿迷彩服的男人道。

"老虎来了啊。"老人把棋子撒落在了棋盘上，颤颤巍巍地起身。

库巴扶着人在沙发上坐好。

林舸从烟盒里摸出烟，嗤笑了一声："我就不明白了，搞这么复杂，既然怀疑，杀了不就得了？"

库巴也替老人点了一根烟，他混浊的眼睛里满是血丝，一张脸遍布皱纹和瘢痕，在头顶上因电风扇旋转而切割的光线里越发显得阴森可怕。

"你还年轻，杀个人容易，再想经营起庞大的关系网就难了。"

被唤作"顶爷"的老人悠悠叹了口气："对了，你上次说谁是卧底来着？"

老虎恭敬地低下头："王强手下的人。"

老人吐了一口烟圈，在烟雾缭绕里笑了，露出一口漏了风的黄板牙，看起来既阴险又狡猾。

"这样吗？我还真是期待呀。"他说着，似想起了什么，手颤颤巍巍地往地上的箱子一指，"这次来也给你带来了好东西，尝尝。"

老虎打开一看，顿时喜出望外。

一整排码放得整整齐齐的试管，够他抽一个月了。

他知道这是顶爷信任他，立马跪下来磕了个大头："谢顶爷！"

林舸不屑一顾地扯了下嘴角，把棋子扔进了棋盘里。

老人将目光转向他："对了，你那边准备得怎么样了？"

林舸起身："放心吧，还有，以后没事别派人来找我，没时间。"

老人脸上闪过一丝愠色，库巴抬脚要去追人，被人摆手止住了。

"顶爷，他……"

"罢了，罢了，只要不影响大局，随他去吧。"老人长叹了一口气，语气里有一丝无奈之意。

等伺候顶爷歇下，库巴和老虎一起往外走着。

老虎："那个林公子究竟是什么人，对老大那般无礼，顶爷居然也不生气？"

库巴看了他一眼，用瞥脚的普通话说："不……不知道，爷没有说过。"

此人向来是个闷葫芦，一棍子打不出个屁来。

老虎放弃了，拍了拍他的肩离去。

"得了，不跟你废话了，我也赶紧回去享受我的大餐了。"

库巴这才嘿嘿笑起来："给我几支，给我几支，馋了，馋了……"

宋余杭看着那辆物流车开回了郊区的工业园里。

她把车停在外围，等人走远，悄无声息地翻上了墙头，在探照灯照过来之前迅速跳下去滚进了阴影里。

她贴着墙根走着，迎面走来几个手持手电筒往来巡逻的工作人员。

宋余杭一个闪身躲进了集装箱里，放轻了呼吸，几乎和黑暗融为一体，透过集装箱的缝隙往外看去。

戴着安全帽的工作人员往来巡视着，手电筒的灯光扫过她的眉眼。

宋余杭往里一躲。

"奇怪了，我刚刚明明看见有人的。"

"眼花了吧？走走走，这么热的天，赶紧回去吹空调。"

戴着安全帽的工作人员被同伴拉走，宋余杭又把眼睛贴上了缝隙。

今夜月亮很圆，她清晰地看见那两个工人工作服后背上有一个熟悉的标志。

记忆纷至沓来，回溯到她和林厌初见那一天，管家递来名片的情景。

"有什么问题再打这个电话联系我们解决。"

她想起来了，工人工作服上的半球形标志和那张烫金名片上景泰集团的商标一模一样！

宋余杭瞳孔猛地一缩。

第105章 交易

宋余杭等人走远后从集装箱里爬了出来，贴着墙根继续走着。

夜深了，园区里的人还在工作，不远处车间里的机器声轰隆隆的，排出的烟雾升上了天空，空气里弥漫着一股刺鼻的气味。

巡逻人员往来有序，几辆铲车载着原材料穿梭在堆放集装箱的货物区间。

宋余杭几乎寸步难行，躲在探照灯照不到的阴影里。

面前一辆铲车滑过，司机打了个哈欠，恰逢探照灯从他脸上滑过，灯光刺眼，他下意识地闭上了眼睛，用手挡着光线。

车身一震，宋余杭"刺溜"一下钻进了车底。

司机把手放下来，又打了个哈欠，继续往前开去。

宋余杭扒着车底，糊了满脸机油，过了五六分钟，车停了下来。

车间门打开，几个戴着白色口罩的工作人员跑出来开始卸货。

从宋余杭这个角度她只能看见他们统一的蓝色防护服裤腿，有点像林厌做实验的时候穿的那种衣服。

她皱了一下眉头，这不是物流园吗？

难不成挂着羊头卖狗肉，里面在搞什么秘密实验？

据她所知，景泰是一家多元的大型跨国集团公司，旗下拥有众多子公司，经营范围不仅包括房地产、金融、教育、科技，还包含了医疗这一块。

如果是景泰的实验园，光明正大地搞就行了，这帮人何必深更半夜鬼鬼祟祟的，安保还如此严密？

她正思索着，司机卸完货又准备倒回去了。趁他开到路边的时候，宋余杭顺势一滚，躲进了门房背后的黑暗里。

工作人员从她身前走过，和同伴小声抱怨："这大半个月天天加班，搞得我都受不了了。"

"谁说不是呢？上面换了人，新官上任三把火啊，又接了一个大订单，可不得加班嘛。"

"我都一礼拜没回过家了，天天睡实验室。"那说话的人又捅了一下同事的胳膊，"欸，我那天不小心看了配方一眼，你猜我看见什么了？"

同事好奇："什么？"

那人往周围看了一眼，见四下无人，这才神神秘秘地道："γ-羟基丁酸。"

话音未落，那人一把被同事拉住了袖子："嘘，你不要命啦？！这可是管制药物！"

宋余杭心里一惊，探出头去，那两个人已经走到车间门口，经过门口的工作人员搜身、核对证件、验过指纹后才放进去。

还要验指纹，这么谨慎的吗？

她来得仓促，什么都没有准备，估计是进不去了。

不过……

宋余杭微微闭了下眸子，想起了林厌曾说过的话。

"γ-羟基丁酸，一种存在于中枢神经里的天然物质，在医学上曾被用于治疗失眠、抑郁等精神类疾病。

"这个药过量使用很容易致死，并且……会有戒断反应。"

她蓦地握紧了拳头，既然这东西和几桩案件都有关联，那么无论如何也要进去看一看了。

宋余杭回头在地上摸索着能用的东西，捡起了一块石头，拎在手里掂了掂，猛地朝着附近的集装箱扔了过去。

"砰啪——"石块砸在集装箱上弹了几下，发出不大不小的动静，门口的工作人员视线立马被吸引了过去。

宋余杭看着他们从腰后摸出了电警棍。

"谁？谁在那里？！"

一行人脚步匆匆地从她身前跑了过去。

等人走远，她迅速溜到了门前，手指把车间铁门扒拉开了一条缝，把自己的眼睛贴了上去。

然后瞳孔一缩，她看到了有生以来最震撼的场面之一。

车间里灯火通明，亮如白昼，数十名穿着蓝色防护服的工作人员正站在机器前操纵着。从反应堆里流出来的液体经过过滤蒸馏离心机分离后变成了流水线上一排排码放整齐的蓝色试管。

整个车间鸦雀无声，气氛紧张。

中央最大的一个铁罐上用红油漆写着"γ-丁内酯"。

她曾听林厌说过，这是合成γ-羟基丁酸的必备原材料之一，也是易燃易爆的一级危险品，更是在国家三类致癌物清单里。

宋余杭震惊得说不出话来，喉结上下滚动着，好半天才回过神来七手八脚地从兜里掏出手机，打开摄像头，对准了车间里面。

镜头录像不到三秒，一束灯光笼罩在了她身上，一声厉喝传来："谁？！"

兜头一根电警棍砸了过来！

宋余杭下意识地抬袖挡脸，往后一退，铁棍砸在了门上，她转身就跑。

"追！"

身后的人穷追不舍。

宋余杭身手利落地翻过了围墙，被墙头倒插着的玻璃碴子划破了手掌，迅速消失在夜色里。

追兵气喘吁吁，手撑在膝盖上停了下来："回去报告少爷，这地方被人发现了。"

下人来向他报告此事的时候，林舸正把玩着他那颗珍贵的水晶球，拿绒布擦了又擦。

他似早有预料般挑了挑眉头："哦？这么快？我以为还得过一阵子呢。"

"那明天的交易……"下人欲言又止。

"继续。"林舸把水晶球放回了桌面的底座上。

"是。"下人拿不准他是什么意思，又看他神色讳莫难辨，鞠了一躬匆匆离去。

林舸起身，视线正好对准了墙上的一幅水粉画，画面上一大一小两个小孩在山坡上一坐一躺并肩看着星星。

那是少年林厌的手笔。

深蓝色的夜空里繁星璀璨，身旁绿草拂动，女孩子的背影纤细又柔弱，柔软的发垂在了肩膀上。

少年则枕着手臂躺在她身边，绿草掩映了他的眉目。

虽然那时候的她画工拙劣，但整个画面看起来无疑是非常和谐且赏心悦目的。

她送他这画的时候才开口叫了第一句"哥哥"，那一年她十岁，而他即将远赴外地求学。

离别时林厌将这幅画作为礼物赠予了他，一晃这么多年过去了。

林舸把画框取了下来，拿绒布擦干净上面的灰尘，轻轻抚摸着她的背影。

"厌厌啊，哥不会让你白死的。"

宋余杭没回家，而是径直驱车去了另一处所在，敲响了房门。

隔了一会儿，屋里传来老人的声音。

"谁呀？"

"是我。"

宋余杭按两长一短的暗号轻轻敲了几下门。

冯建国打开门，还穿着睡衣拖鞋，往楼道里看了看："快进来。"

宋余杭摘下卫衣帽子走了进去，脸上还沾着机油，身上也挂了彩。

"你这是……？"

"长话短说，我有重大发现要报告给您，无论是发邮件还是打电话都有被监听的风险，所以深夜冒昧前来，打扰了。"

宋余杭一边说一边往屋里望着。

冯建国推开了书房门："没事，进来说，都睡了。"

他从桌上扯了纸巾给她示意她先擦一擦。宋余杭拿过纸巾来随便擦了两下，从兜里掏出手机打开了相册递到他眼前。

画面一闪而过，他只看见了几个蓝色影子，模糊得很。

冯建国怔了怔："这是……？"

宋余杭眼底略有惋惜之色："景泰在郊区设立的物流园，我机缘巧合之下潜进去看了，发现里面有一个很大的制毒工厂。

"我离开时不小心露了马脚，他们应该很快就能回过神来。冯局，我请求您下命令现在立刻查封该工厂，一定能人赃并获。"

她说完后，屋里陷入了静谧状态。

冯建国狐疑地看着她："你怎么能确认一定是景泰？又是怎么找到那个工厂的？"

宋余杭知道，不说清楚这些，无法打消他的疑虑。

她舔了舔唇，嗓子眼里还有因为剧烈奔跑而呛上来的血腥味。

"我见过，他们的工作服上的标志，和景泰的商标一模一样。"

她说着，凭着记忆手绘了标志出来，把白纸递给了他。

冯建国打量着这张纸，暗自思忖：宋余杭说她追着给欢歌夜总会送货的物流车到了工业园，发现了一个组织严密的大型制毒工厂，说明卧底传回来的消息不假。

那批货多半是明天就要出库了，这个时候派人去包围不亚于打草惊蛇，这样一来虽然能抓到不少制毒人员，但幕后主使未必能被一网打尽。

斩草不除根，春风吹又生。

短短一个对视里，冯建国内心闪过了无数念头，他平静地迎上她的目光："我知道了，你回去吧。"

宋余杭愕然："什么意思？不派人去吗？"

见冯建国无动于衷，她"噌"的一下站了起来，压低了声音吼："为了这玩意儿已经有那么多人死了！'白鲸案'中无辜的儿童、受人指使的李洋、命途多舛的余鲸、壮烈牺牲的张队……"她蓦地咬紧了下唇，"还有……林厌。"

"难道这么多人的命就一点都不值钱吗？！"宋余杭说这话的时候微微红了眼眶。

她想到了死去的那些人，想到了等这批毒品出库，千千万万可能被摧毁的家庭，一时之间只觉得气血翻涌，嚼碎了满腔恨意。

冯建国眼底掠过一抹沉痛之色。

他也很想将犯罪分子绳之以法，但现在确实不是收网的最佳时机。

宋余杭被仇恨冲昏了头脑，他不会，因此他只是用命令的口吻重复了一遍："你回去吧，这事从长计议。"

宋余杭提高了声音："为什么？！你不去我去！"

冯建国起身，椅子发出了轻响："你给我站住！你现在仅仅是一个巡警，有什么资格去？！"

宋余杭怔住了，双目通红，死死咬着唇，握紧了拳头："巡警怎么了？巡警也能……"

冯建国在屋里来回踱着步，语气斩钉截铁地说："没有先进的装备，没有枪支弹药，没有强而有力的后援，你去就是送死！"

"难道毒贩还会放下枪，赤手空拳地让你抓吗？"

"你看看你现在这个激进的样子，简直和林厌一模一样！"

他急火攻心，话到嘴边就脱口而出了，半晌才觉得有些不对，讪讪地摸了下鼻子。

宋余杭已经冷静下来了，那泪含在眼眶里没落，反倒全部逼了回去："您说得对，我以前也觉得她激进，可是我们活在这个世界上，要是没有能让我们胸怀激荡，甘愿付出全部包括生命的人或事，那该多无趣啊。

"我父亲也是从派出所巡警做起，林厌也是从实习法医做起，每个人生来都平凡且普通的，没有什么高低贵贱之分。

"即使我只是一名基层片警，也应该死在我的岗位上，而不是对违法犯罪活动视而不见，苟且偷生。"

她说着，抽过桌上那张纸揉成一团，扔进了垃圾桶里，转身离去："您有您的大局，小人物有小人物的坚持到底。咱们谁也说服不了谁，今夜打扰了，告辞。"

冯建国那叫一个气啊，肺都要炸了，又气又怕，气的是她怎么好的不学偏偏学了林厌的驴脾气，怕的是她冲动之下跑去送死！

眼看着她要走，火烧眉毛了，冯建国心梗都险些犯了，苦口婆心地说："你站住！我让你别去就别去，这件事市局和禁毒支队自有安排，你少给我打草惊蛇！"

宋余杭帽子下的嘴角悄然流露出一丝笑意，她转过身来："那我就放心了。"

冯建国怔了怔，抄起茶杯作势欲砸："你诈我？"

宋余杭没躲："不诈一诈您怎么跟我说真话？"

冯建国恨得磨牙。

"您也别扔茶杯了，大晚上的吵到您孙女睡觉也不好，说吧，绝密计划是什么？"

她又施施然坐了下来，从茶叶缸子里拨了些茶叶进一次性纸杯里，沏了热水给自己润润嗓子。

那天晚上，书房里的灯亮了很久。

冯建国轻轻关上门送走客人的时候，他的小孙女打开了卧室门，站在门口揉着眼睛："爷爷……"

冯建国回转身，脸上立马溢出了慈祥的微笑，一把把人抱了起来："哎哟，小冯冯怎么这么晚还不睡呀？"

小女孩怀里抱着布娃娃，睁着大眼睛："睡不着。"

"那爷爷给你讲故事好不好呀？"冯建国抱着她推开了房门。

小女孩扒着他的脖子："好！"

"要听什么故事呀？"冯建国拧亮了台灯，戴上了老花镜，"《灰姑娘》《白雪公主》《木偶奇遇记》？"

小孩子抱着布娃娃想了想："爷爷，我要听警察的故事。"

老人笑起来，鬓边的发已经白了，脸上的皱纹都舒展开来，周身卸去了工作时的凌厉。

此时此刻，他不是一名威震一方的公安局局长，只是一位疼爱孙女的爷爷罢了。

"好，那爷爷就讲警察的故事，从前呀……"

一个胡编乱造的段子还没讲完，小女孩已经快睡着了，抱着他的手腕睡眼惺忪地说："爷爷好厉害，冯冯长大也要当警察。"

冯建国慈爱地摸了摸她的脑袋，把她小小的胳膊放进了被子里，关上台灯，悄然离去。

第二天，宋余杭照常上班，在辖区派出所的街道巡逻，解决了几桩邻里纠纷后，时间很快到了晚上。

她一边看墙上挂着的时钟，一边面无表情地嚼着泡面。

离 11 点还有两个小时的时候，警铃响了。

接线员一把拿起话筒，是 110 指挥中心的内线电话。

"接群众报警称，欢歌夜总会内部发现大量疑似毒品，有人正在现场交易，上级部门要求我们先于禁毒支队控制现场，防止毒贩闻风逃窜。"

宋余杭一口汤还没喝完，所长跑了进来："快快快，都拿上家伙跟我走，逮上大案子了！"

听见命令，宋余杭的本能反应是服从，她穿好衣服，拿起电警棍，把枪套别好，戴起执法记录仪就出了门。

直到看见所里仅有的两辆警车，整个办公室的人倾巢而出，她才觉得有一丝不对劲："所长，咱们去哪儿，什么任务？"

"嗐，要不是咱们派出所离欢歌夜总会近，这任务也轮不到咱们头上。有群众举报，夜总会里有人交易毒品！禁毒的兄弟们一会儿就来，让咱们先控制现场。"

欢歌夜总会、毒品交易现场，宋余杭心里猛地"咯噔"了一下，看向了窗外的霓虹闪烁。

警车闪烁着警灯，鸣着笛掠过了十字路口。

十五分钟前。

林厌在屋里转来转去。

"王哥回来了没有？"

刘志摇头："没呢，我刚才去了陈芳的房间，人也不见了，多半是……"一起出去浪了。

后半句话怕惹她不快，刘志忍着没说。

林厌咬牙，也不看看是什么时候了，男人果真都是下半身动物，扶不起的阿斗。

仿佛为了印证她的想法，手机响了起来，是一串陌生的座机号码。

林厌疑惑，当着刘志的面，按了免提接起来："喂？"

"君安分局派出所，王力是你男朋友吗？在我们日常执法巡逻中，发现他和一名陌生女子在房间里进行钱色交易，麻烦来领一下人。"

这民警已经说得很委婉了，王力不就是嫖娼被抓了吗？

林厌差点喷出了一口老血，想也知道这个王力是王强的化名，多半也使用了假身份证。

她手指抚上眉心："行，知道了，一会儿去，挂了。"

刘志看她一脸郁闷，不停抽着烟，只当她是因为王强出轨心里烦，默默递上了一杯茶水："嫂子别生气，我去带大哥回来吧。"

话音未落，有人轻轻敲了两下门。

林厌把烟摁熄在烟灰缸里："进来，什么事？"

侍者微微鞠躬道："红姐，人已经到了。"

林厌瞳孔一缩："不是说好11点吗？"

"是买家提的，说是夜长梦多，早点交易早点心安，因此临时更改了时间。虎哥也在送货的路上了，最多十分钟就到，要咱们布置好场子，准备接货。"

听到这个消息，林厌的第一直觉是，太打眼了，如果这个时候她派人去捞王强的话，搞不好会被守在附近的毒贩认为她是在跟条子通风报信。

她略略敛下眸子，迅速做出了判断。

"好，知道了，你先下去吧，容我准备准备，这就去会客。"

侍者恭敬地一鞠躬，又退下了。

刘志走到了她身后,看着她对着镜子旋开了口红盖子,轻轻涂抹着,然后抿了下唇,戴上了黑色纱帽,遮挡了大半部分娇媚的容颜,包括那颗美人痣。

他情不自禁地替她把帽檐扶正,眼神有些迷恋:"嫂子真好看。"

林厌淡淡笑了一下,看着镜中男人沉醉的神色。就在这个瞬间她突然觉得有哪里不对劲,那种表情她从不曾在王强的脸上看到过,无论是对她还是对陈芳。

王强更像是从前的她一般,游戏人间,从不曾对谁真正动心。

更何况他虽然是一个男人,但更是一个毒枭,一个罪犯,一个犯罪团伙的小头目,不会这么不谨慎,嫖个娼还让警察抓了现行!

林厌想到这里,后背冷汗都出来了。

她"啪"的一下将口红放到了桌上,眼里忽地滚出泪来。

刘志看着镜子里的她哭了,大惊失色,把人转了过来:"嫂子,怎么了?"

林厌柔若无骨的指尖搭着他的手腕,眼泪似珍珠般砸在了他的手背上。

"刘志,他们都不信我,只有你信我、爱我、护我,我能不能活,就看你的了。"

五分钟后,一辆送货的小型面包车开了进来。

老虎穿着工作服跳下车去敲门,刘志把人迎进来,四下看了看,关上门。

"红姐已经等着了,请。"

他带着人往楼上走去,门外卸货的员工各自忙活开来。

有人给老虎带来的几个人递烟:"兄弟们辛苦了啊。"

"嗐,都是帮顶爷做事,谈不上辛苦。"

那人朝旁边使了个眼色。

一辆套着牌照的一模一样的面包车悄无声息地开了过来。

递烟那人揽过说话人的肩膀:"每次交易,红姐都会自己留点,这次要是有好货,也给兄弟们分点。"

"那敢情好,东南亚那地方鸟不拉屎,连个像样的女人都没有,你们这儿——"

几个人越说越兴奋,哈哈大笑起来。

"放心放心,咱们这是什么地方?夜总会!夜总会什么最多啊?"

几个人不怀好意地笑起来,一起附和:"那当然是女人啊!"

几个人言谈间,车辆错身而过。

最开始递烟那人是刘志的手下,松开了老虎的小弟的肩膀。

"走走走,先干活了,干活。"

眼看着警车开进了街区里，周遭居民纷纷翘首相望。

宋余杭还是觉得不对劲："所长，我寻思着，咱们还是缓缓，等禁毒的人来了再进吧。"

莲花池分局派出所是个名不见经传的小警局，在江城市大大小小的分局里都排不上号，所长干了半辈子，也没什么晋升的机会，就盼着捞点功勋再往上升一升呢。

"这是十万火急的事情，毒贩跑了怎么办？不能再等了！"

宋余杭当然也明白事态紧急，但是……

她又不好说昨晚上的事。

未等她细想，车子已经到了欢歌夜总会。

警车开不进去，停在了路口，一行人拉开车门，纷纷跳了下去。

所长将子弹上膛："一会儿听我命令，直接破门抓人，要是有人暴力拒捕，就喂他吃枪子，别朝着要害打就成。"

他们拿的都是橡皮弹，威慑力有余，杀伤力还是差了那么些的。

宋余杭长叹了一口气，已来不及阻止了。

"红姨人呢？看不起我……我……我吗？还不出……出来招待老子？"

他说话有些口吃，含混不清的。

刘志到底也是跟王强见过大场面的人，又得了林厌的吩咐，不慌不忙地替他倒了一杯茶："钱老板别急啊，我们红姐待会儿出来自然是有好货要给您的。"

旁边两个穿低胸露腰亮片背心的美女又喂了他一颗葡萄。

钱老板的面色这才缓和了下来："行，王哥不在，我看在你的面子上，再信红姨一回。"

林厌在房间里思来想去也没法传消息出去，这场交易一定有问题！

她现在只能期望警方的人别来，千万别来。警方的人来，她暴露，必死，来的人亦会有危险；不来，她还有一线生机。

她目前的手机肯定是被监听了，不能打电话，更不可能发邮件了，账号都掌握在王强手里。

林厌轻轻将窗户推开一条缝，往外看去。

欢歌夜总会后面僻静的小巷里也游荡着不少人，很面生，不像是她的人。

她又把窗子关上了，在屋里来回踱步，心急如焚。

恰逢外面又传来了脚步声，应该是来催她的人，声音很陌生："红姐呢？"

"在里面。"

门口随即响起了敲门声。

"红姐，钱老板请。"

林厌指甲在雪茄上狠狠掐了几道印子，她将雪茄点燃，披上了披肩，噙着出了门："来了，换个衣服，催什么催？"

说罢，她风情万种地白了来人一眼，把烟塞进了他嘴里："拿着，姐姐赏你的。"

那人等她转过脸去，就嗤笑了一声，从嘴里取下烟扔在了地上。

这种交易，为了把老虎背后的制毒团伙摘得干干净净的，一般都是通过第三方进行，裴锦红和王强牵线搭桥，成交后从中抽取部分金额或者毒品作为报酬。老虎本人多半是不会出面的，送完货只会躲在暗处，派他的手下来监视现场，美其名曰是为了防止对方黑吃黑，实际上也是在防着他们。

这些犯罪团伙真的是满肚子花花肠子，坏透了。

林厌一边想，一边暗自替自己捏了把汗。

王强不在，没了倚靠，前有买家，后有老虎，真可谓是前有狼后有虎，她现在举步维艰，如履薄冰。

她要注意说的每一句话、每一个表情、每一个动作，甚至是每一个眼神。

只要有任何不到位的地方，别说等到警方来她卧底身份暴露，在这些穷凶极恶的歹徒眼皮子底下只要露出半分胆怯和不对劲的地方，她都有可能被撕碎了喂狗连骨头渣子都不剩。

她卧底以来的第一场硬仗就要打响了。

林厌掌心里出了薄薄一层冷汗，她暗自调整着呼吸，正准备抬脚下楼的时候，大门被人一脚踹开了，几个侍者鼻青脸肿地跌了进来。

舞厅里五颜六色的灯光在她身上闪烁，映出宋余杭刀削斧刻般的一张脸。

怎么是她？！

林厌扶着栏杆的手微微颤了一下。

宋余杭戴着半指战术手套，手里握着一把漆黑的五四手枪，正冷冰冰地对着所有人。

"警察，不要动，经群众举报怀疑你们正在进行毒品交易，老老实实地手抱头蹲好接受检查！"

不大不小的声音铿锵有力，掷地有声，够所有人听见。

林厌在看见她的那一瞬间就心神不宁，随后余光看见了身后虎哥的人已经从后腰里拔出枪，将子弹上了膛。

更多的脚步声传来，宋余杭及她的同伴被牢牢包围在了中间。

虽然林厌不认识这些人，可是他们身上穿着和她从前穿的一模一样的警服。

她无法袖手旁观，更何况旁边还有一个宋余杭。

林厌微微闭了下眸子，喉结上下滚动着，旋即很快睁开眼，寒光一闪而过。

她把身后那人的枪缓缓推了回去。

"这是我的地盘，交给我。"

"可是今天不杀了条子，人赃并获，谁也走不了。"

林厌压低了声音冷冷地道："你闹市杀人，附近好几个警察局，惊动了他们，你就走得了了？"

最终她还是把对准宋余杭的枪口别开来，趁着宋余杭还没看见他们，把人往阴影里一推："我拖住他们，带上你的人赶紧滚。"

男人怔了怔，眸中闪烁着犹疑之色。

林厌已开了口，一边说，一边抬脚下楼，步步生莲，身姿妖娆："哟，是什么风把警察都吹来了啊？我们小地方，做个酒水生意，听个歌唱个曲儿，也犯法了吗？"

这女声宋余杭不熟悉，甚至有几分暗哑的媚意，可是说话的语调她是万分熟悉的。

宋余杭倏地抬眸看去，看见林厌的那一瞬间，浑身一震，手里的枪缓缓放了下来。

她上前一步，哑着嗓子唤道："林……林厌？"

"这位警官，认错人了吧？"女人嗤笑一声，扶着栏杆下了最后一级台阶。

林厌定了定神，拢了拢滑落到肩头的披肩，裹着开衩到大腿根的旗袍妖娆地走到了宋余杭面前，打量着她，面上溢出了人畜无害却暗藏冷意的微笑："当官的红口白牙一碰，我们就是毒贩啦？你们没个由头，拿不出证据来，我可是要去法院告你们强闯民宅还出手伤人的。"

听她这样说，刘志被打的几个手下纷纷从地上爬了起来，一瘸一拐地走到她身边。

"红姐……"

那些人脸上伤都不轻。

在林厌打量宋余杭的时候，宋余杭也在看她。

那女人虽然脸上蒙了一层黑纱，可是她的颧骨、下颌，她的身形、体态，她的一举一动，甚至说话时惯常的语气，都跟林厌一模一样！

宋余杭把枪塞回枪套里，这个动作也悄无声息地缓和了一触即发的气氛。

她微微上前一步，发现二人身高也差不多。

宋余杭抬手去掀林厌的纱帽："你究竟是谁？"

话到最后，已有些咬牙切齿。

林厌不能动，也不该动。

以她现在的身手，仅仅是一个手无缚鸡之力的柔弱女子，无论如何都是躲不过宋余杭的动作的。

她得让宋余杭死心，才能保护她，保护自己。

"红姐！"刘志以为宋余杭要动手，冲出来把人往后一拉。

纱帽掉落，露出和林厌极为相似的一张脸，可是那脸上的神情万分冰冷，甚至带了一丝在看无礼唐突的陌生人的厌恶。

宋余杭踉跄着退后一步："林……林厌……"

林厌在刘志的搀扶下站好，和宋余杭四目相对。

这么久没见，宋余杭的头发长了，没怎么打理，几乎快遮住了眼帘，身上穿的也是普通民警的制服，肩章上没有两道横杠，仅有几颗冰冷的四角星花。

也不知道这些日子她究竟经历了些什么，职也撤了，变成了现在这副落拓又有些狼狈的样子。

林厌保持着足够的冷漠和警惕。

她的人和宋余杭的人也泾渭分明地站在两边，都虎视眈眈地盯着对方。

林厌只能迎上宋余杭的视线，嘴角挑起一抹讽笑："我说了，我叫裴锦红，他们都叫我'红姨'。"

"警号015765的巡警，我记住你了。"林厌说着，指尖轻轻在宋余杭胸口的执法记录仪上点了一下，"你要为你今天的冲动负法律责任，警官。"

林厌说完退开："让开，让他们搜。"

刘志带头退了开来，其余人见他如此，犹豫了一会儿，纷纷退开。

唯独包间里的钱老板坐立不安，满头大汗。

宋余杭看着那张与林厌极为相似的脸，不同的是，眼前的人眼角添了泪痣，眼里只有冷漠之色，夹杂着一丝厌恶和轻蔑。

林厌不会这样看她。

宋余杭冷冷地看了她一眼，终于找回自己的声音："控制起来，好好搜。"

第106章 碰面

她说完这句话后,几个人迟迟没动,看看她,再看看所长。

所长也有些犹疑了。他执法十几年的生涯里鲜少见到这种面对荷枪实弹全副武装的警察还面不改色的女人,更重要的是,支援的兄弟也迟迟没来,从气势上他们就弱了人家一大截。

他舔了舔唇,眼神飘忽不定,似在盘算着该怎么收场。

到底还是宋余杭强硬些,低声道:"事已至此,宁可信其有不可信其无,若能搜到东西,就是大功一件。"

所长心想,反正这是宋余杭的主意,大不了上头怪罪下来,他推到她头上就好了,反正人家只是下放来基层体验生活的。

于是他把枪别进枪套里,挥了挥手:"搜。"

欢歌夜总会的员工都并排站好了让他们检查,林厌靠坐在沙发上抽烟,挨着旁边那位不停哆嗦的钱老板。

他人又胖,不停拿帕子抹着额头上的冷汗,看起来就是一副做贼心虚的模样,抖得整个沙发都在颤。

林厌翻了个白眼,手指夹着烟,扭了一下他大腿上的赘肉。

钱老板差点没"嗷"的一嗓子号出来。

林厌嘴唇微动，用只能两个人听见的声音道："一会儿顺着我的话说，保你没事。"

钱老板哆嗦着，怀里抱着的那两个美女也缩在沙发角落里，一副战战兢兢的模样。

"可……可是……"他不住地往桌上瞟，要说这警察来得也巧，前脚刘志刚把货拿出来，后脚警察就到了，这下可真是人赃并获了。

林厌见他目光东躲西藏畏畏缩缩的，暗骂没出息，又狠狠扭了一下他的大腿肉，强迫钱老板看向自己。

她的目光冰冷尖锐暗含了一丝杀意，微抿着唇，神色有那么一丝笃定，仿佛在说：听我的，活；不听我的，死。

钱老板浑身一震，还待说些什么，林厌已被一个警察揪了起来。

"干什么？干什么？说你呢，别窃窃私语的，站好，搜身了！"

眼看着他的手摸向了自己的肩膀，林厌不着痕迹地往后退了一步，目光若有似无地飘了过去："干吗？非礼吗？你们警察都是这么执法的？我要那位女警给我搜。"

她的声音不大不小，还拉住了自己的披肩，一脸被欺负的委屈模样，宋余杭的同事只好灰头土脸地退了开来："宋姐，你去吧。"

宋余杭看着面前这张和林厌极为相似的脸，一时之间有些恍惚："你……"

林厌从桌上的烟盒里摸了一根烟出来点燃，吸了几口："我说警官哪，还搜不搜了？我们还要开门做生意的，这一晚上的营业额你们赔得起吗？"

她说着，鄙夷地翻了个白眼。

宋余杭的面色冷峻下来："站好，我来搜。"

林厌向来是站没站相，坐没坐相的，装锦红作为毒枭头子更不会给条子什么好脸色，因此宋余杭一边搜，林厌一边闲闲地抽着烟，不时往外吐着烟圈。

宋余杭对她这样的小把戏视而不见，搜得很认真，手指穿过林厌浓密的黑发，没有任何东西，然后垂下来捏肩角，再往下滑："脱。"

林厌斜着眼睨她："脱什么？"

"披肩。"宋余杭一字一顿地道。

林厌把披肩脱下来扔到了沙发上。

这时楼上一个搜索的民警手里拿着针管跑了下来："所长、宋姐，发现了这个。"

刘志瞳孔一缩："红姐……"

林厌投去了一个安心的眼神。

裴锦红早有规定，所有夜总会工作人员皆不允许在会所内吸毒，因此这里不可能会留下什么毒品残留物，那针管是林厌故意扔在垃圾桶里的，为的就是彻底打消警方的疑虑。

毕竟一个地方太干净了，也会惹人怀疑不是吗？

在那针管出现的瞬间，气氛又悄然紧张了起来。

钱老板不停吞咽着口水，缩在沙发里一声不吭。

宋余杭拿着针管，打量着屋里的所有人："从哪个房间搜出来的？"

同事回答："最里面一间房的垃圾桶里。"

宋余杭把针管举了起来："谁的？自己站出来。"

林厌掩着唇打了个哈欠："我的，怎么了？"

"干吗用的？"

林厌把胳膊上受伤的那块地方露出来给她看："受伤了，发炎，请家庭医生来打针也不行吗？"

宋余杭将信将疑地看着她。

林厌面不改色地继续说："要不把纱布拆开你看看？或者，你自己闻闻里面是什么？"

她说着就要去解缠在胳膊上的纱布，宋余杭已举起针管凑到鼻尖，确实是消炎药的味道。

其他民警搜完楼上楼下，也纷纷回来报告。

"所长，都找过了，没有可疑物品。"

听到这句话，钱老板心头一松，心头好似卸下了一块大石头，暗暗对林厌投去了赞许的目光，靠在沙发上喘着粗气。

他的一系列小动作总算引起了所长的注意："你，起来，让我们看看沙发底下有没有什么东西。"

一行人又把沙发垫子、沙发背后、沙发底下，连地毯都掀了个底朝天，依旧是空无一物。

林厌看得好笑，翻了个白眼："我说各位，搜完了吗？搜完了就快滚，我们不似各位有铁饭碗，还要开门做生意的。"

所长缓缓松开了掀地毯的手，看着门外还是没有人来，神色犹疑不定，最后从兜里掏出手机，打算打个电话问问的时候，宋余杭开口了，指着桌上的玻璃杯：

"这是什么？"

玻璃杯里漾着淡蓝色的液体，光线在其中浮动着，显得越发神秘了。

钱老板的脸色一下子变得煞白。

林厌的神情则变得有些微妙："洋酒而已，怎么了？"

她这话说得坦然，刘志背后的手下却轻轻碰了一下他的胳膊："志哥，那不是……"

刘志回首，用眼神示意他噤声。

看着所有人都是一副如临大敌的模样，宋余杭笑了："洋酒，有这个颜色的洋酒？别是什么……"她顿了一下，语气变得意味深长，"新型毒品吧？"

"啧。"林厌咋舌，"警官在说笑吧？我们是正儿八经有营业执照，开门做生意迎客的地方，怎么可能会有这种东西？是不是呀，钱老板？"

她蓦地咬重了后面三个字。

猝不及防地被点到名字的钱老板回过神来，忙不迭点头："对……对对对……我……我……我们谈……谈……谈生意……"

剑拔弩张的气氛里他因为紧张越发结巴了，只不过在面对警察的时候，这种紧张是必然的，会显得人懦弱无能不会撒谎。

钱老板得了林厌的警告，再加上宋余杭目光犀利如电，并不敢和宋余杭对视，埋着脑袋，一副老实巴交的模样。

宋余杭看看他，再看看林厌，目光转到了那杯"洋酒"上，微勾起嘴角笑了笑："你觉得我会信？不瞒你说，这玩意儿我从前见过……"

她话音未落，林厌已端起那杯蓝色液体仰头灌了大半，只剩下杯底一口在里面晃荡。

她抹干净嘴角的酒渍，把玻璃杯轻轻递到了宋余杭身前。

"好喝，警官忙活了大半天，还是无功而返，要不要来点润润嗓子啊？"

宋余杭蓦地抿紧了唇，加重了呼吸。

她在证明，也是在挑衅。

宋余杭眸中神色变幻，半晌，还是摇头笑了，额前发丝轻轻飘到了一边，露出有些杂乱的眉毛和满是血丝的一双眼，整个人有些落拓不羁的味道，到底是和从前那个端庄周正的宋队长不一样了。

"来都来了，怎么能无功而返？小陈，拿毒品检测试纸来。"

尿检！

第106章 碰面

林厌脑中警铃大作：宋余杭，不搞死老子你誓不罢休是不是？

她要是做尿检肯定没问题，可这屋里其他人就不一定了，查出来一个吸毒的，她也得跟着倒霉，这卧底也就做不成了。

眼看着那试纸即将递到自己手里，林厌咬咬牙，无计可施的时候，所长的电话铃声响了起来，他捂着听筒去一旁点头哈腰地接起了电话。

"喂？局长，啊？搞错了？有人报假警啊……"

林厌嘴角含着笑意，又把那试纸推回了宋余杭手里："我看，这就不必了吧。"

所长挂了电话，回过头来拉宋余杭："走了，走了，收工了，误会一场，误会一场哈。"

局长亲自下令，所长来拉她，宋余杭总不可能当众违抗上级命令。

她不住回头望，隔着五颜六色却冰冷的灯光和林厌对视。

林厌眉头一挑，送给她一个得意的微笑，正准备把玻璃杯放下的时候，面前落下了一片阴影。

她抬头一看，宋余杭又倒了回来。

林厌微怔，宋余杭已一把将她手里的酒杯夺了过去，仰头将里面的酒一饮而尽，随即将酒杯重重砸在了桌子上。

玻璃杯应声而碎。

宋余杭看着林厌，眼底闪烁着跃跃欲试的光芒："裴锦红是吧？我记住你了。"

她状若无意地拂过林厌的肩膀，转身离去："我叫宋余杭，我们会再见的。"

等人一走，林厌身子一晃，摇摇欲坠。

刘志一把把人扶住了，没叫嫂子，叫的是"红姐"。

其他人也都围了上来，略带担忧地看着她。

"红姐，红姐，没事吧？"

经此一役，她才算是真正在欢歌夜总会里建立了威信。

这样的威信和她是谁无关，他们只会记得，今天是林厌挺身而出在条子面前救了他们，也救了钱老板。

林厌摆了摆手，站稳，看着这一地狼藉的场面："没事，把这里收拾干净，送钱老板回去，今晚暂停营业，各忙各的去吧。"

刘志送她上楼休息："红姐，那批货……"

老虎送来的那批货真价实的毒品早就被她调包了，她和宋余杭喝的确实是洋酒，只不过里面掺了点蓝墨水。

林厌嘴角微勾起一丝冷笑："不急，敢算计老子，狗急跳墙了自然会来找我要的。"

那车新型毒品少说也有一百公斤，不是小数目了，倒是替她手上添了筹码。

刘志看着她走进房门，有些不舍，又多嘴地追问了一句："那王哥……？"

林厌扶着门框，脸色有些冷："王哥不是不谨慎的人，你觉得怎么会被抓得那么巧？"

刘志心里一惊，冷汗湿透了衣服："您是说……？"

林厌说了消除他心里疑惑的最后一句话："刘志，姐姐比你大，走过的桥比你走过的路都多，别看我和你王哥好了这么多年，但是有一句话我不得不说，你把别人当兄弟，别人未必真心待你。"

"一百公斤，不是个小数目，今天要不是我察觉到不对，提前让你换走，咱们都得吃枪子儿。

"你好好想想，然后……"

林厌看着他，目光平静却暗藏锋芒。

"做个选择。"

今夜的欢歌夜总会没开张，后面的小巷也静悄悄的。

"嘎吱"一声轻响，木门被人推开，几个员工提着垃圾袋走了出来，一直走到巷口，垃圾桶已经堆满了。

几个人随手一扔，袋子里的垃圾散落了一地。

等他们说说笑笑地走远后，跑步健身路过巷口的老人停下了脚步，瞅着四下无人，悄悄地从一地废纸啤酒瓶里捡起了一根雪茄。

他草草地摸了摸，那上面被人用指甲掐出了有规律的印子——摩斯密码。

老人把烟收进裤兜里，继续往前跑去。

报假警的人被找到了，喝多了，醉酒大汉，坐在派出所里还在满口胡诌。经过他们仔细询问后得知，醉汉和欢歌夜总会有仇，原因是想进去消费，钱不够，对方不让进。

"……"几个办案民警面面相觑，都在磨牙。

本着"有警必出"的原则，110指挥中心一听是贩毒大案，立马就把任务派发下去了，所以才有了他们竹篮打水一场空的闹剧。事后禁毒支队也接到了任务，一核实，往上报给了冯建国，立马就被叫停。

第107章 诬蔑

在他们审讯醉汉的时候，宋余杭趁着夜色，来到了欢歌夜总会背后的小巷里。她踩着墙上的水管，身手利落地爬上了二楼，轻轻推开了最里面那间屋子的窗户，纵身跃了进去。

房间里没开灯，漆黑一片，床上铺着被子，宋余杭手里攥着机械棍，蹑手蹑脚地走了过去，猛地掀开被子。

"你究竟……"她话音未落，瞳孔一缩，床上没人！

林厌当然是不在的。

她走后不久，老虎就又回来了，两方人马在郊区的工厂里冷冷持械对峙。

林厌这边以刘志为首，手里拿着枪，把她护在中间，虎视眈眈地看着对方。

林厌手里夹着烟，靠坐在一张破旧的沙发上，硬是坐出了豪华五星级宾馆酒店沙发椅的感觉。

她有一下没一下地弹着烟灰，气定神闲，等得老虎失了耐性，压抑着怒火开了口："那批货，你究竟藏哪儿去了？"

林厌嘴角浮起一抹讥笑："我还没问虎哥，为什么突然更改交货时间，为什么你们前脚刚走，后脚条子就到了？"

老虎发狠问道："那谁知道？就是这么巧也说不定，再说了，接货时间是买家和顶爷定的,我说了不算。"

"是很巧。"林厌把烟灰弹进了烟灰缸里,看着面前站着的男人,轻轻笑了一下,"这么说,是顶爷想要我们死咯?"

她话音刚落,对面群情激愤,有人"咔嚓"一下将手枪上了膛,对准了她,破口大骂:"你少诬蔑顶爷,今天这事和顶爷没关系,说不定就是你们自导自演,自己人里出了奸细!"

"你说谁呢?!再骂一句试试看!"以刘志为首的欢歌夜总会的人也都激动起来,纷纷不甘示弱地问候对方的祖宗十八代。

刘志揉了一下说话那人,两方人马撕扯在了一起。

林厌"啪嗒"一下按亮了打火机,腾起的烟雾把那眉眼映衬得越发深沉。

"行了,都住手吧,反正啊,咱们都是小喽啰,受的委屈还少吗?"

她幽幽地抬眼望向了老虎,眼神有些哀怨:"虎哥啊,您说句公道话,要是欢歌夜总会内部出了奸细,那这奸细估计是想要我们全部人都去吃枪子儿吧。杀敌一千,自损八百,何必呢?"

老虎一时不知道该怎么接话。今天这事确实蹊跷,不过他看林厌坐在王强惯常坐着的位置上,手下人也都十分听话,脑中突然灵光一闪:"今天不是应该王强安排吗,怎么是你?"

这话一出口,林厌也察觉到了不对劲,老虎不知道王强被抓,那么有没有可能这事不是顶爷做的?

林厌冷笑了一声:"我也正奇怪呢,交货前十五分钟,派出所突然给我来了个电话,说是王哥嫖娼被抓了。"

"嫖娼"这两个字轻飘飘地一出口,立马引来众人的一片哗然。

"真被抓了?"

"不可能吧?"

"王哥不会这么不谨慎吧?"

"和谁呀?"

"还能是谁?不就那个……嘿嘿嘿。"

"两个人早就背着嫂子搞一块去了。"

"他被抓了会不会供出咱们来啊?"

总算是有人问到了重点。

老虎脸色铁青地说:"所以这消息还是从你们那儿走漏的?"

林厌赶紧摆手止住了他的话头："欸，虎哥这么说我可就不乐意听了，他是他，我是我，少把他和老娘扯在一起。

　　"是不是啊，兄弟们？"

　　林厌嘴角微勾起了一丝笑意，满意地听着身后其他人愣了三秒，然后赶紧各自撇清关系，群情愤慨。

　　"对，对，红姐是红姐，王哥是王哥。"

　　"我们都是跟红姐做事的，和王哥没有关系。"

　　"王哥怎么样是他的事，少往我们头上扣屎盆子。"

　　…………

　　这个时候他们再不站队，可就来不及了。

　　林厌把烟摁熄在烟灰缸里："虎哥也别急着先把谁打成奸细，王哥这些年来对顶爷没有功劳也有苦劳，我看这事还是得先找到他，再从长计议。"

　　林厌这番话，要气势有气势，要柔情有柔情，最重要的还是有理有据，使人信服，就连老虎这边的几个人都互相看了看，有人走上前来冲老虎耳语："虎哥……这个女人说得有道理啊，咱们的货还在她手上，要是没了，顶爷那里恐怕不好交差。"

　　林厌微勾嘴角。她已往外传出消息，王强多半是回不来了，至于那批货，她也另有打算。

　　然而没等她得意太久，屋外传来了一阵异响。

　　所有人的神经都紧绷了起来，刘志率先将子弹上膛："谁？！"

　　"我。"男人中气十足略显低沉的声音从门外传来，伴随着整齐划一的脚步声，一队人高马大手里拿着AK，肩上挎着子弹带的外籍士兵走了进来。

　　为首的人正是库巴。

　　屋里所有人都放下了枪，微微鞠躬。

　　"二爷。"

　　论资排辈，他是顶爷的左膀右臂，当得起这样的阵仗和称呼。

　　唯独林厌闲闲地靠在沙发里，悠悠地吐了一口烟圈，尽显妩媚。

　　"二爷来了。"

　　库巴早就习惯了她这样不咸不淡的态度，略点了一下头，直入主题。

　　"你要的人，我替你带来了。"

　　林厌夹着烟的手一顿，随即她又不动声色地笑起来："哟，那敢情好。"

　　王强被人反绑着手，拖死狗一样拽上来扔在地上。

他就穿了一件薄衬衣，上面全是血迹，下面仅穿了底裤，腿上全是瘀青，鼻青脸肿的，看不出人样。

"虎哥，虎哥，二爷，二爷，不是我，不是我呀！我出去这事压根没人知道！"

他膝行过去舔着库巴的脚，又拿脸去蹭老虎的裤腿，最后目光一转看见林厌："锦红，锦红，你帮我说句话呀！"

林厌前几天传出去的消息是要警方趁这次交易的机会拿到"醉梦"的样品，顺便逮到老虎这几个关键人物，并不是要在交易现场将他们一网打尽。

当她听见交易提前的时候就起了疑心，直到看见来的人不是禁毒支队而是宋余杭，被人算计的想法越发清晰了。

恐怕警方也是一头雾水吧。

林厌盘算着，不管算计她的人是谁，总之这个时候和王强撇清干系就对了。

想清楚了这一点，她脸上溢出幽怨神色来："王哥说什么呢？你和人出去开房，真是伤透了我的心，一日夫妻百日恩，你不念着这恩情就算了，还想要我的命，好去逍遥快活吗？"

"锦红，锦红，你……"王强一口淤血哽在喉咙里，上不来也下不去。

他咬牙切齿，看着她那张脸只觉得遍体生寒。

他活不了，别人也得死！

"你别以为我不知道，你自从上次回来就……"

话音未落，林厌抄起烟灰缸就狠狠砸了过去，烟灰缸磕在他的额角上，鲜血直流。

王强惨叫一声，倒在了地上，扑过去抱住库巴的腿，又哭又号："杀人啦，杀人啦，二爷，二爷，救救我，救救我，她才是奸细，她要灭……灭口！"

林厌慢条斯理地抚摸着自己的美甲，轻轻吹了口气。

"我要是想灭口，开枪就行了，扔什么烟灰缸？我打你，是因为你恬不知耻，背着我和别的女人鬼混，老娘咽不下这口气。"

库巴抚掌大笑："不愧是红姨，恩怨分明。

"既然王强说奸细是你，你说是他泄露了风声，那么我们做个游戏吧。"

他朝身后示意，属下递上了一把左轮手枪。

"这枪里只有一发子弹，打到谁谁就是奸细。当然，不愿意赌命的那个人，也可能是奸细。"

库巴顿了一下，缓缓把枪放上了桌案："你们……谁先来？"

林厌将目光落到那把枪上，嗤笑了一声："二爷在开玩笑吧？我死了，可就没人知道那批货在哪儿了。"

"没关系，顶爷说了，可以慢慢找。"

林厌嘴角的笑意逐渐凝固了下来，她看看王强，再看看那把枪，脸色越发冷了些。

王强咽了咽口水，看看她，再看看库巴，扑上去想要占得先机。

林厌一脚把桌子踹翻，手枪飞了起来，被她稳稳地接在了手里。

王强扑了个空，跪倒在她脚下。

"咔嚓"一声脆响，子弹已上膛，只不过林厌没把枪口对准自己，而是抓着他的头发，将枪抵上了他的胸口。

"奸细没有资格玩什么游戏，王哥，对不住了，来年锦红给你烧纸。"

她说这话又快又狠，一系列变故让人措手不及。

库巴的人还来不及反应，林厌已扣下了扳机。

令人窒息的死寂过后，王强瞪大了眼睛，没死，他没死！

他喘着粗气，额上冷汗直流，还没来得及高兴太久，"噗"一声，利刃穿胸而过，鲜血染红了他的衣服。

库巴收回手，舔着刀上的血。

王强"扑通"一声倒在了她的脚下，死不瞑目。

不到万不得已，冯建国告诫过她不要杀人，即使是犯罪分子也应该被送上审判席，由法律来决定其生死。

这个人如果是她来动手解决的话，还有一线生机。

林厌缓缓放下枪，眼里适时地溢出一丝哀痛之色。

库巴把匕首插进自己的作战靴里，把她手里的枪拿过来扔给了自己的下属，拍了拍她的肩膀，大笑道："这枪里没子弹，试探的就是谁更忠心而已。你做得不错，顶爷会赏的。"

与其说是试探谁更忠心，倒不如说是看谁更狠心罢了。

在短暂悲痛之后，林厌恢复了常色："成交额的百分之十。"

库巴痛快地答应了："没问题。"

"以后的交易由我的人来安排。"这话她是在影射老虎也有嫌疑。

库巴上前一步："你——"

林厌的人齐刷刷地掏出了枪拦在她身前。

库巴摆手,示意人都退下:"没问题,红姨以后只和我单线联系。"

林厌提出了一个更大胆的要求:"我要见顶爷。"

据裴锦红所说,她见到的最高人物仅仅是库巴这个二把手。

神秘的"顶爷"依旧神龙见首不见尾。

挖到这个顶爷的身份背景,将此犯罪团伙一网打尽,她才算是完成任务。

这些小喽啰,大概是没有不想见顶爷的。库巴笑了,示意兄弟们撤。

"现在还不行,总有一天你会见到顶爷的。好了,这个人就交给你们处置了。"他说罢,带着自己的人离去。

林厌:"那批货,不要了吗?"

库巴摆手:"顶爷说了,送给红姨的见面礼。"

四下搜寻无果之后,宋余杭只得把房间恢复到原状,原路返回。

此时已是月上中天,她却毫无睡意,索性径直驱车去了陵园。

这里她常来,墓碑都擦拭得一尘不染。

宋余杭在台阶上坐下来,伸手从兜里摸出一包烟,自己点燃一根,其余的全部放在了墓碑前。

清凉的夜风将烟雾散出去很远,宋余杭喃喃自语:"林厌,你……还好吗?……"

没有人回答她的话,只有旷野里的风将铜盆里的纸钱打着旋儿地卷上天空。

"顶爷,既然无法确定卧底究竟是谁,那么为什么不都杀了?"

库巴回到落脚点,顶爷还没睡,扶着人颤颤巍巍地起身,坐到了窗边下棋。

"那多没意思啊。"老人捡起被吃的黑子,放进了棋篓里,"都做干净了吗?"

"放心吧。"

如果不出他所料,王强被警察抓了之后,稍做盘问,一定会交代些什么消息来保命。

所以他就派人在押王强去看守所的路上,半道儿截了车。

至于那通报警电话,倒真的是误打误撞了,但也因此给了林厌一个绝佳的立威机会。

她把握得不好,死;把握得好,声威更上一层楼。

这个红姨倒真的是心狠手辣,有两把刷子。

第107章 污蔑

老人把棋子全数砸在了棋盘上。

"好,那你下去吧,那批货,通知林舸抓紧点。"

库巴略一点头,退了出去:"是,顶爷。"

Dear